Jean Jacques Laurent
Elsässer Verfehlungen

AF178045

PIPER

Zu diesem Buch

Die Vogesen – berühmt für ihre traumhafte Landschaft und die zahlreichen atemberaubenden Grotten und Höhlen. Und manchmal sind sie tödlich: Major Gabin wird in eine abgelegene Höhle namens Blutgrotte gerufen, um den Tod des Rebenheimers Richard Jardin zu untersuchen. Hatte der geübte Kletterer einen tragischen Unfall? Versagte seine Kletterausrüstung? Oder war etwa Manipulation im Spiel? Die Ermittlungen führen Jules Gabin zu Anhängern eines esoterischen Kults, die davon überzeugt sind, dass die Blutgrotte einst Versammlungsstätte eines Druidenordens war. Dabei macht er eine erschreckende Entdeckung: Es ist nicht der erste Todesfall in dieser Höhle.

Jean Jacques Laurent ist das Pseudonym eines deutschen Autors, der bereits zahlreiche Kriminalromane verfasst hat. Mehrmals im Jahr reist er zu seiner Familie ins Elsass, wo er Land und Leute studiert und die gute Küche genießt. Immer mit einem Gläschen Weißwein dazu, denn im Gegensatz zu Rotweinliebhaber Major Gabin hat der Autor nichts gegen den Elsässer Silvaner einzuwenden.

Jean Jacques Laurent

ELSÄSSER VERFEHLUNGEN

Ein Fall für Major Jules Gabin

PIPER

Mehr über unsere Autoren und Bücher:
www.piper.de

Wenn Ihnen dieser Krimi gefallen hat, schreiben Sie uns mit dem Betreff
»Elsässer Verfehlungen« an *empfehlungen@piper.de,* und wir empfehlen
Ihnen gerne vergleichbare Bücher.

Von Jean Jacques Laurent liegen im Piper Verlag vor:
Jules-Gabin-Reihe:
Band 1: Elsässer Erbschaften
Band 2: Elsässer Sünden
Band 3: Elsässer Versuchungen
Band 4: Elsässer Verfehlungen
Band 5: Elsässer Intrigen

Ungekürzte Taschenbuchausgabe
ISBN 978-3-492-23208-1
1. Auflage März 2019
3. Auflage Januar 2021
© Piper Verlag GmbH, München 2018,
erschienen im Verlagsprogramm Paperback
Redaktion: Uta Rupprecht
Umschlaggestaltung: FAVORITBUERO, München
Umschlagabbildung: sumroeng chinnapan/shutterstock
(Himmel); leoks/shutterstock (Häuser)
Satz: Uhl + Massopust, Aalen
Gesetzt aus der Garamond
Druck und Bindung: CPI books GmbH, Leck
Printed in the EU

LE PREMIER JOUR

DER ERSTE TAG

Dunkelheit. Nässe. Absolute Stille.

Er hatte sich viel zu weit von den anderen entfernt, sah nicht einmal mehr die Strahlen ihrer Helmlampen.

Richard Jardin war erfahren genug, um zu wissen, dass so etwas leichtsinnig war. Auch unter Hobbyhöhlenforschern galt das ungeschriebene Gesetz, stets in der Gruppe zu bleiben.

Dass Jardin nicht zu den beiden Kletterfreunden aufgeschlossen hatte, war seine eigene Schuld. Denn er war mit den Gedanken nicht hier, in diesem tief abfallenden Schacht der Blutgrotte, sondern bei einer ganz anderen Sache. Einer Sache, die ihn in letzter Zeit so sehr beschäftigte, dass er sich auf nichts richtig konzentrieren konnte, weder auf den Flammkuchenwettbewerb, an dem er sich mit seinem Gasthaus *La Taverne* beteiligen wollte, noch auf seine Leidenschaft, das Erkunden von Höhlen in den Vogesen. All das war auf einmal zweitrangig geworden, denn die Entdeckung, die er wenige Tage zuvor gemacht hatte, hatte sein Leben verändert.

Jetzt hing Jardin in seinem Sitzgurt und fühlte neben sich die kalte Wand der unterirdischen Schlucht, in die er und seine Freunde sich abseilen wollten. Das bläuliche Licht seiner LED-Leuchte brachte die feuchte Oberfläche des Gesteins zum Glitzern und ließ erkennen, wie glatt der Fels war. Hier gab es weder Vorsprünge noch Einbuchtungen, an denen er sich festhalten konnte. Einzig das Kletterseil und die beiden Karabiner, die er am Einstieg des Schachts gesetzt hatte, hielten ihn in der Wand.

»Joey? Claude?«

Jardins Stimme hallte von den gegenüberliegenden Felsformationen wider und verklang im düsteren Schlund der Höhle. Er lauschte in die Leere, doch von seinen Partnern war nichts zu hören.

Also los! Jardin zwang sich zur Disziplin. Er musste einfach weitermachen. Am Grund der Felsspalte warteten die anderen sicher schon auf ihn. Er stieß sich mit den Füßen von der Wand ab und ließ das Seil durch die Hauptschlinge seines Gurts gleiten. Meter um Meter fuhr er weiter in die Tiefe.

Doch immer noch war er nicht voll bei der Sache. Erneut schweiften seine Gedanken ab: Jardin trug ein Geheimnis mit sich herum, das er bislang nicht einmal seiner Frau Anabelle anvertraut hatte. Und er wusste immer noch nicht recht, wie er mit seinem Wissen umgehen sollte. Zunächst hatte er vorgehabt, das Ganze einfach zu ignorieren, getreu der alten Weisheit: Die Toten soll man ruhen lassen. Aber genau darum ging es, wurde Jardin wieder einmal klar, und er spürte, wie ihm eine Gänsehaut über den Rücken lief. Dann hatte er sich dennoch dazu verleiten lassen, seine Entdeckung zu nutzen – um Kapital daraus zu schlagen. Zunächst war ihm das als eine gute Idee erschienen, denn das Geld, das ihm winkte, konnte er gut gebrauchen. Inzwischen jedoch fragte er sich, ob es nicht ein Fehler gewesen war, der ihm vielleicht eine Menge Ärger einbringen konnte.

Er bemühte sich, die finsteren Überlegungen abzuschütteln und sich auf seine augenblickliche Lage zu besinnen. Es kam jetzt einzig und allein darauf an, diesen Abstieg zügig hinter sich zu bringen und zu seinen Kumpanen aufzuschließen. Er durfte nicht noch mehr Zeit verlieren!

Das Seil glitt langsam und kontrolliert durch seine Hände. Alles lief glatt, bis er plötzlich ein leichtes Vibrieren spürte, das wie ein Stromimpuls durch die Gurtschlinge jagte. Jardin stockte. Die Bewegung des Seils aber setzte sich fort und wurde sogar stärker. Was ging hier vor, fragte sich Jardin und stoppte die Abwärtsfahrt. Hatte er die Haken für die Karabiner nicht fest genug verankert? Begannen sie sich etwa zu lösen? Aber nein, er hatte ihren Halt mehrfach überprüft!

Jardin beschloss, kein Risiko einzugehen. Er griff nach einem kleinen Hammer am Gürtel, um einen weiteren Haken ins Gestein zu schlagen. Daran wollte er einen zusätzlichen Karabiner einklinken, um die beiden oberen zu entlasten.

Das Klack, Klack, Klack seiner Schläge mit dem Spezialhammer durchbrach die Stille. Feinste Gesteinsbrocken stoben unter der Wucht seiner Hiebe auf und verschwanden sogleich in der dunklen Tiefe. Jardin hängte den Karabiner ein, testete die Haltekraft und spannte das Seil ein. Abermals stieß er sich mit den Schuhen ab und glitt behutsam weiter an der gerade abfallenden Wand nach unten.

Die Abwärtsbewegung endete jäh, als ein erneuter, diesmal sehr kräftiger Ruck durch das Seil fuhr. Jardin bremste ab, kam jedoch nicht dazu, über die Gründe für die neuerlichen Seilbewegungen nachzudenken.

Wenige Meter über sich hörte er ein metallisches Schnappen, gleichzeitig ließ die Zugkraft an seinem Klettergeschirr abrupt nach. Seile und Riemen hatten plötzlich keinerlei tragende Funktion mehr. Einen Augenblick fühlte sich Jardin, als schwebte er im luftleeren Raum. Schwerelos. Reflexartig streckte er die Hände aus, um sich festzuhalten, doch an der feuchten, glatten Wand rutschte er ab.

Er stürzte in die Tiefe, bis er nach kurzem Fall plötzlich hart gebremst wurde. Jardin atmete auf: Die oberen Karabiner mochten sich gelöst haben, der neu angebrachte Haken jedoch hielt.

Doch seine Erleichterung war von kurzer Dauer. Gleich darauf erzitterte das Seil wieder. Dann ertönte ein weiterer metallischer Schlag, als würde der gerade von ihm gesetzte Karabiner auseinandergerissen. Materialermüdung?, schoss es Jardin durch den Kopf. Seine Ausrüstung war doch so gut wie neu!

Zu weiteren Überlegungen kam er nicht mehr, wieder ging es rasant abwärts. Im Fallen versuchte Jardin verzweifelt, seine Finger in den Felsen zu krallen – ein aussichtsloses Unterfangen. Sein Sturz war durch nichts zu bremsen.

Jules Gabin hatte beide Hände um seine mit Storchenmotiven verzierte Porzellantasse gelegt, als wollte er sich daran festhalten. Unbeweglich saß er an seinem Schreibtisch. Sein Hemd war schweißgetränkt, die Haut aschfahl, und er fühlte sich schwindlig und so benommen, als hätte ihm jemand einen Hieb mit dem Vorschlaghammer verpasst. Nach dem, was sich in den vergangenen Minuten ereignet hatte, war er nicht fähig, irgendetwas anderes zu tun, als vor sich hin zu starren.

Jules Gabin hatte ein Problem. Und zwar ein gravierendes!

Draußen vor der Bürotür, im Flur der Rebenheimer Gendarmerie, saß die Frau, an deren Seite er die letzten Jahre seines Lebens verbracht hatte, bis zur Trennung vor sieben Monaten. Und seit er mit seiner neuen großen Liebe in der neuen Stadt glücklich war, hatte er nichts mehr von seiner Verflossenen gehört. Bis heute.

Nun wartete seine Ex – Lilou – auf dem Bänkchen vor der Tür, während seine Neue – Joanna – soeben wutschnaubend davongelaufen war. Weil sie für den unübersehbaren Babybauch ihrer so plötzlich aufgetauchten Vorgängerin niemand anderes als Jules verantwortlich machte. Lilou war hochschwanger – und Jules angeblich der Vater.

Aber konnte das denn überhaupt sein?

Lilou wohnte in der fernen Küstenstadt Royan am Atlantik, Jules' alter Heimat, die er der Karriere zuliebe verlassen hatte. Das Verhältnis zu Lilou hatte sich schon bald nach seinem beruflichen Wechsel ins Elsass abgekühlt, bis er dann vor einem guten halben Jahr auch offiziell den Schlussstrich gezogen hatte. Seitdem war er glücklich vereint mit Joanna Laffargue, der hiesigen Untersuchungsrichterin, und hatte kaum noch einen Gedanken an seine frühere Beziehung verschwendet. Und nun das!

Jules raufte sich die Haare. Er musste sofort mit Lilou sprechen und für Klarheit sorgen. Es konnte sich doch wohl nur um ein Missverständnis handeln, einen Irrtum, den man schnell auflösen musste.

Aber François Kieffer hinderte ihn daran. Der Gendarm, dessen Uniformjacke über seiner pummeligen Figur spannte, stand dicht neben ihm und redete auf ihn ein. »Wir werden gebraucht, Major!«, sagte er mehrfach, ohne Rücksicht auf Jules' sichtlich erschütterten Gemütszustand zu nehmen. Kollegen der Police municipale seien zu einem Einsatz gerufen worden und benötigten die Unterstützung der Gendarmerie.

»Was ist denn passiert?«, fragte Jules geistesabwesend.

»Wie es aussieht, ein neuer Mord, Major. Ihr Einsatz ist gefordert.«

Das Wort »Mord« riss Jules aus seiner Erstarrung, er wandte sich dem Gendarmen zu. »Na schön, setzen Sie mich ins Bild. Was genau ist vorgefallen?«

»Gefallen? Das trifft es schon recht gut«, antwortete Kieffer mit dem missglückten Versuch eines Wortwitzes. »Wir haben es mit einem Kletterunfall zu tun, der eventuell kein Unfall war. Zumindest hegt Claude Zweifel daran.«

»Claude?«, fragte Jules überrascht. »Unser Feuerwehrkommandant?«

Kieffer nickte. »Claude ist Mitglied einer Seilschaft, die sich aufs Höhlenklettern spezialisiert hat. Er war in *La grotte du sang*, der Blutgrotte, unterwegs, mit einem weiteren Kletterfreund, Joey Dolder, und dem Opfer, Richard Jardin. Die Blutgrotte liegt noch auf Rebenheimer Gebiet, also sind wir zuständig.«

»Der Name Jardin sagt mir etwas«, meinte Jules. »Betreibt er nicht das Lokal in der Rue du Muscat?«

»Ja, *La Taverne*«, bestätigte der Gendarm.

»Ein Absturz also«, griff Jules den Faden wieder auf. »Was veranlasst Claude dazu, von Fremdverschulden auszugehen?«

»Das müssen Sie ihn selbst fragen, mehr weiß ich nämlich auch nicht. Aber wir müssen uns beeilen. Der Tote muss schleunigst aus der Höhle geborgen werden, denn im unwegsamen Gelände rund um den Eingang wird die Arbeit der Retter zu gefährlich, sobald die Dämmerung hereinbricht.«

Jules spähte hinüber zur geschlossenen Tür seines Büros, die Joanna wenige Minuten zuvor mit Karacho zugeknallt hatte. Dahinter saß sicherlich noch immer Lilou mit provokant gefalteten Händen über ihrem Babybauch. Für eine Aussprache mit ihr blieb jetzt keine Zeit. Er würde sie dazu verdonnern, auf ihn zu warten, nahm Jules sich vor.

»Also gut, lassen Sie uns aufbrechen!«, sagte er zu Kieffer und nahm seine Uniformjacke vom Haken. Er setzte seine Kappe auf und eilte gemeinsam mit dem Gendarmen aus dem Büro.

Kaum war er im Flur, fiel sein Blick auf die Bank. Sie war leer. Verwundert hob er die Augenbrauen. Wo war Lilou geblieben?

Hinter sich hörte er ein Räuspern. Es kam von Charlotte Regnier, seiner Assistentin. Die feingliedrige, stets zuvorkommende Verwaltungskraft teilte ihm mit, dass die Besucherin nicht länger habe warten wollen. »Ich soll Sie von ihr grüßen und Ihnen ausrichten, dass sie sich für ein paar Tage in Rebenheim aufhalten wird«, sagte Charlotte und musterte ihren Chef mit gewisser Neugierde. »Sie könnten sich jederzeit bei ihr melden, hat sie gesagt.«

Jules schluckte. Lilou hatte vor, in der Stadt zu bleiben? Was sollte das nun wieder bedeuten?

»Verstehe«, sagte er und strengte sich an, möglichst keine Miene zu verziehen. Dann räusperte auch er sich und fragte bemüht beiläufig: »Hat sie zufällig erwähnt, wo sie sich einquartiert hat?«

»Aber sicher«, antwortete Charlotte mit einem vorsichtigen Lächeln. »Bei Clotilde in der *Auberge de la Cigogne*.«

»Ausgerechnet!«, entfuhr es Jules sehr laut, und er registrierte, wie Charlotte und der dicke Kieffer zusammenfuhren.

Mit ihrem Dienstwagen, einem Renault Mégane, hatten sie ihre liebe Not, die abgelegene Höhle zu erreichen. Nach kurvenreicher Fahrt durch die Weinberge kamen sie an den Rand des Gebirgszugs und waren bald von dichtem Laubwald umgeben. Dann bogen sie von der asphaltierten Landstraße auf einen Waldweg ein, doch nach wenigen Metern auf der schlaglochreichen Piste war Schluss für ihr Gefährt. Kieffer stellte den Renault neben einem Stapel Baumstämme ab.

»Das letzte Stück müssen wir zu Fuß gehen«, sagte er.

»Das letzte Stück?«, fragte Jules und stöhnte. Aus bitterer Erfahrung wusste er, wie ausgedehnt und kräftezehrend selbst vermeintlich kleine Touren in den Vogesen sein konnten. Er folgte dem Gendarmen, der sich im Gegensatz zu ihm in der Gegend bestens auskannte, und hielt den Blick auf den unebenen Waldboden gerichtet.

Dabei überlegte er, was er über die Blutgrotte wusste.

Im Elsass, speziell in den Vogesen, gab es zahlreiche Schluchten, Grotten und Höhlen. Einige davon waren öffentlich zugänglich, andere noch völlig unerschlossen. Mit dieser Höhle hatte es jedoch eine besondere Bewandtnis. Wie Jules gehört hatte, kam der Name Blutgrotte nicht von ungefähr. Die eigenwillige Bezeichnung ging auf eine Sage zurück, von denen es im Elsass viele gab. Im 13. Jahrhundert hatte angeblich eine Frau aus Rebenheim ihre beiden Kinder in die Höhle geführt und dort getötet, weil sie glaubte, die Kleinen stünden ihrer Wiederverheiratung mit einem wohlhabenden Rebenheimer Kaufmann im Wege. Trotz späterer Buße der Kindsmörderin und der Gründung eines Klosters, welchem sie als Äbtissin vorstand, ging ihr ruheloser Geist angeblich immer noch in der Höhle um. Auch die Spuren der einstigen Bluttat waren, wie man sich erzählte, nach wie vor sichtbar: in Form von Blutspritzern an den Höhlenwänden ...

»Major? Wir sind am Ziel.«

Gendarm Kieffer holte Jules zurück ins Hier und Jetzt. Sie traten auf eine Lichtung, die von der beeindruckenden Sandsteinfront der Höhle dominiert wurde. Über dem schlundartigen Eingang türmte sich das graugelbe Gestein wie eine Trutzburg. Ringsherum bildete der urwüchsige Wald mit seinen Grüntönen in allen denkbaren Schattierungen eine stimmige Kulisse.

Sie wurden bereits erwartet: Vor der Blutgrotte standen einige geländetaugliche Wagen aus dem Fuhrpark der Freiwilligen Feuerwehr. Außerdem war die Bergwacht mit einem Peugeot P4 vor Ort, einer Art Jeep, der nach Jules' Kenntnis auch von der französischen Armee verwendet wurde. Gleich darauf entdeckte er Feuerwehrkommandant Claude neben einem der Geländewagen, an seiner Seite ein anderer Mann, den Jules in Rebenheim schon ein paarmal gesehen hatte. Jules schätzte ihn auf Ende vierzig. Er hatte graublondes Haar und einen Bauchansatz, den sein Neoprenanzug deutlich hervorhob. Wahrscheinlich handelte es sich um Joey Dolder, den dritten Höhlenforscher. Zielstrebig ging Jules auf die beiden zu.

»*Salut*, Claude«, grüßte er seinen Bekannten.

Der hochgewachsene Feuerwehrchef mit den raspelkurzen platinblonden Haaren machte einen zutiefst niedergeschlagenen Eindruck. Immer noch trug er Kletterhose und Stiefel, die feste Jacke, die seinen Oberkörper vor Abschürfungen schützen sollte, hatte er abgelegt. Er lehnte am Kotflügel des Einsatzfahrzeugs und sah Jules aus traurigen Augen an.

»*Salut*, Jules«, sagte Claude und stellte seinen Nebenmann vor, wie Jules erwartet hatte, handelte es sich um Dolder.

»Ich kann es noch immer nicht fassen«, sagte Claude. »Richard ist tot – und wir haben nicht einmal mitbekommen, wie es passiert ist.«

Jules nickte mit betretener Miene und drückte den beiden sein Mitgefühl aus. Den Tod eines guten Freundes so hautnah mitzuerleben, sei nicht leicht, sagte er. Dann nahm er seinen Notizblock zur Hand. »Trotzdem kann ich es euch nicht ersparen, mir einige Fragen zu beantworten. Ich brauche präzise Details über den Ablauf eurer heutigen Tour.«

Die erste Frage richtete er an Claude: »Du sagtest, dass ihr den Sturz nicht direkt mitbekommen habt. Woran lag das?«

»Das Höhlensystem ist sehr weitläufig«, erklärte Claude. »Zwar achten wir bei unseren Erkundungsgängen normalerweise darauf, dass wir alle zusammenbleiben. Aber manchmal kommt es eben doch vor, dass sich die Gruppe auseinanderzieht.«

»Ihr habt euch also aus den Augen verloren.«

»In der Höhle ist es dunkler als in einer mondlosen Nacht«, antwortete Joey Dolder an Claudes Stelle. »Unsere Stirnlampen leuchten nur das unmittelbare Umfeld aus. Biegt man um eine Ecke oder umrundet eine Felssäule, kann einen der Nachfolgende nicht mehr sehen.«

»Aber ihr konntet euch doch gegenseitig hören«, wandte Jules ein. »Die Schritte, gelegentliche Zurufe ...«

Claude schüttelte den Kopf. »Das mit der Schallübertragung ist unter Tage so eine Sache. An einigen Stellen ist die Akustik exzellent, an anderen verschluckt das Gestein jedes Geräusch.« Niedergeschlagen und sichtlich von Selbstvorwürfen geplagt fügte er hinzu: »Uns ist überhaupt nicht aufgefallen, dass Richard nicht mehr hinter uns war. Joey und ich haben uns unterhalten und sind davon ausgegangen, dass er uns dicht auf den Fersen ist. Eine totale Fehleinschätzung, denn zuletzt muss er mindestens zehn Minuten Abstand zu uns gehabt haben.«

»Ich verstehe nicht, weshalb er nicht nach uns gerufen hat«, merkte Joey Dolder an. »Ihm muss doch aufgefallen sein, dass er den Anschluss verpasst hat. Weshalb hat er sich nicht bemerkbar gemacht?«

»Vielleicht hat er ja gerufen, und wir haben ihn nicht gehört«, mutmaßte Claude. »Oder sein Stolz hat es ihm verboten. Du weißt ja, wie sehr Richard von seinen Kletterkünsten überzeugt war. Bevor einer wie er um Hilfe ruft, verschluckt er eher seine eigene Zunge.«

Jules schrieb mit, hob seinen Kopf von dem Block und fragte: »Kanntet ihr die heutige Tour bereits? Ich meine: Wart ihr mit der Route, die ihr gewählt habt, vertraut?«

»Die Blutgrotte steht immer mal wieder auf unserem Programm«, sagte Dolder. »Von Rebenheim ist man relativ schnell dort, und es gibt hier einige Abschnitte, die sich gut zum Trainieren eignen. Die heutige Passage nehmen wir eher selten, sie ist sehr anspruchsvoll.«

»Offensichtlich zu anspruchsvoll«, meinte Claude und fuhr sich mit der Handfläche über die Stirn. »Wir sollten sie ein für alle Mal von unserer Liste streichen. Vor allem der Abstieg in die unterirdische Schlucht – viel zu gefährlich.«

»Aber ihr beide habt ihn geschafft, sonst würdet ihr jetzt nicht hier stehen«, wandte Jules ein. »Was also ist bei Richard Jardin schiefgegangen?«

Claude wechselte einen fragenden Blick mit seinem Kletterfreund, bevor er antwortete: »Das können wir uns auch nicht erklären. Richard war ein überaus erfahrener Kletterer, er übte sein Hobby schon seit mehr als zwanzig Jahren aus. Ich kann mir nicht vorstellen, dass er einen Leichtsinnsfehler begangen hat.«

»Könnte es eine Panikattacke gewesen sein, die ihn unvorsichtig werden ließ?«, spekulierte Jules. »Hat die Erkenntnis, dass er den Anschluss an euch verloren hatte, möglicherweise einen plötzlichen Angstanfall ausgelöst?«

Wieder sahen sich die beiden Männer an. Diesmal ergriff erneut Dolder das Wort: »So etwas passt nicht zu Richard. Er war nicht anfällig für Panikattacken, ebenso wenig wie für Klaustrophobie. Sonst hätte er sich bestimmt nicht der Speläologie verschrieben.«

»Höhlenkunde«, übersetzte Claude für Jules.

»Was war es dann?«, wollte Jules wissen. »Was könnte der Auslöser für den Sturz gewesen sein?«

François Kieffer, der bis jetzt schweigend hinter Jules gestanden hatte, sprach Claude an: »Der Police municipale gegenüber hast du Andeutungen gemacht, es könnte sich um Mord handeln. Was hat es damit auf sich? Hat sich außer euch etwa noch jemand in der Höhle herumgetrieben?«

»Nein, das nicht«, sagte Claude ein wenig kleinlaut. »Es war nur so eine Vermutung. Denn wie schon gesagt: Richard war äußerst professionell. Wenn es ums Klettern ging, hat er nie etwas dem Zufall überlassen. Er war immer bestens vorbereitet und ist niemals ein unnötiges Risiko eingegangen. Schon seiner Frau Anabelle zuliebe, die sich immer Sorgen um ihn machte, wenn er in einer Höhle unterwegs war.«

»Werde bitte konkreter, Claude«, sagte Jules. »Wie kommst du auf die Idee, es könnte doch kein Unfall gewesen sein?«

»Die Ausrüstung«, antwortete Dolder für seinen um Worte ringenden Freund. »Claude meint, dass es daran gelegen haben muss.«

»Die Ausrüstung?« Jules hob die Brauen. »Habt ihr etwa Spuren von Manipulation am Seil gefunden? Hatte es jemand angeritzt?«

»Nein, das Seil scheint intakt gewesen zu sein,

ebenso wie sein Klettergeschirr«, räumte Claude ein. »Es war nichts in der Art, nichts Offensichtliches.«

»Sondern?«

»Die Karabiner kamen mir seltsam vor.«

»Inwiefern? Meinst du, es könnte sich jemand daran zu schaffen gemacht haben?«

»Nein, zumindest nicht erkennbar. Nicht auf den ersten Blick.«

Allmählich wurde Jules die Raterei zu dumm. »Nun red mal Klartext, Claude: Was ist dir aufgefallen? Weshalb bist du stutzig geworden?«

Claude tat sich schwer, seine Bedenken zu formulieren. »Einige der Karabiner, die wir neben Richard gefunden haben, waren stark beschädigt. Nicht so, wie man es beim Aufprall auf dem Boden der Schlucht erwarten konnte – solchen Kräften halten sie normalerweise stand. Nein, es sah so aus, als wären sie regelrecht gesprengt worden.«

»Gesprengt im Sinne von explodiert?«

Claude schüttelte den Kopf. »Aufgesprengt durch Überbelastung. Dabei ist so etwas so gut wie ausgeschlossen, denn man wählt seine Karabiner immer nach dem vorgesehenen Zweck aus und stimmt sie auf die notwendige Tragkraft ab. Für unsere Touren verwenden wir selbstverständlich nur die widerstandsfähigsten Varianten. Höchst belastbare, geprüfte Ware aus dem Fachhandel. Das ist schon an der Farbe klar erkennbar.«

»Die Karabiner sehen unterschiedlich aus?«

»Ja«, bestätigte Dolder. »Ebenso wie die Seile. Auf diese Weise beugt man Verwechslungen vor und geht nicht mit ungeeigneter Ausstattung in die Wand.«

»Hm. Auch eine unterschiedliche Farbgebung kann Materialermüdung nicht vorbeugen.« Jules sah nachdenklich in die Runde. »Bei dem, was ich bis jetzt gehört habe, weiß ich wirklich nicht, wo wir mit einer Mordermittlung ansetzen sollten. Es spricht alles für einen – wenn auch tragischen – Unfall.«

»Es ist mein Instinkt«, brachte Claude vor. »Ich habe so ein Bauchgefühl, dass da etwas nicht stimmt.«

Jules neigte den Kopf. »Das reicht leider nicht aus, um einen Richter zu überzeugen, ein großes Polizeiaufgebot aufzufahren.« Dann straffte er die Schultern und sagte: »Aber natürlich werde ich mir alles genau ansehen.«

Mittlerweile waren auch die Bergretter aus der Höhle aufgetaucht. Jules ging auf den Peugeot zu, aus dessen Laderaum sich soeben drei durchtrainiert wirkende Männer in Funktionskleidung und Bergstiefeln zusätzliche Ausrüstungsmittel holten. Ihre großen, regenfesten Rucksäcke ließen darauf schließen, dass sie für alle Eventualitäten gewappnet waren.

»Wie ist die Lage?«, erkundigte sich Jules bei ihnen, nachdem er sich vorgestellt hatte. »Waren Sie schon am Unglücksort?«

Einer der drei Männer, dessen kantiges Kinn von einem kurz gehaltenen Bart umspielt wurde, nickte. »Der Verunglückte hatte keine Chance. Sturz aus großer Höhe, mindestens fünf Meter freier Fall. Ich tippe auf Genickbruch. Aber das wird Ihnen ein Arzt genauer sagen können, sobald wir den Toten geborgen haben.« Er machte Anstalten, seinen Rucksack wieder zu schultern.

»Moment, Moment.« Jules hob die Hände. »Der

Tote bleibt an Ort und Stelle, bis die Spurensicherung da ist. Möglicherweise gilt es, einen Tatort zu sichern.«

Die drei Bergretter sahen sich mit vielsagenden Blicken an. Dann stellte der Bärtige seinen Rucksack ab und holte eine Karte aus dem Auto. Er breitete sie auf der Motorhaube aus. Wie Jules erkannte, handelte es sich um eine Art Plan der Höhle.

»Wir haben es hier mit einem ausgesprochen weitläufigen System zu tun«, sagte der Bergretter und fuhr mit seinem Zeigefinger über die Karte. »Zahlreiche Längs- und Querklüfte. Teilweise steilwandige Dolinen und etliche, zum Teil verborgene Halbhöhlen.«

Ein anderer Mann aus der Truppe tippte auf die Stelle in der Karte, die den Höhleneingang markierte. »Hinein kommt man durch einen ebenen, etwa zwei Meter hohen Tunnel, der ohne sonderliche Hindernisse in *Le grand hall de la grotte*, die sogenannte Große Halle führt. Bis dahin ist der Weg auch für den Laien gangbar. Was dann folgt, ist ein labyrinthisch verzweigtes Netz von teilweise äußerst engen Gängen. Außerdem sind die Höhenunterschiede extrem: Mal geht es steil bergauf, dann folgen schluchtartige Vertiefungen, die bis zu zehn Meter abfallen.«

Jules blickte den Mann fragend an. »Sie wollen mir damit sagen, dass ein Abstieg bis zum Auffindeort der Leiche nur für geübte Kletterer zu empfehlen ist?«

»Unbedingt! Wenn Sie nicht noch ein Todesopfer riskieren wollen, lassen Sie Ihre Spurensicherer draußen.«

Das passte Jules gar nicht. Sollte Claude recht behalten und hinter dem Kletterunfall verbarg sich eine Straftat, dann wäre eine genaue Untersuchung des Tatorts durch die Spezialisten der Polizei enorm wichtig. Andererseits konnte er nicht verantworten, die Gesundheit seiner Kollegen aufs Spiel zu setzen. Zumal es gut sein konnte, dass Claude sich irrte.

»Wie sollen wir vorgehen?«, fragte der Bartträger und warf einen Blick auf seine Uhr. »Wir werden einige Stunden für die Bergung benötigen und müssen fertig werden, bevor die Dämmerung einsetzt.«

Jules gab sich einen Ruck. »Garantieren Sie mir bitte dafür, dass sämtliche Kletterutensilien des Toten mitgenommen werden. Gehen Sie behutsam damit um und arbeiten Sie mit Handschuhen.«

»Machen wir ohnehin.«

»Umso besser«, sagte Jules und gab Kieffer einen Wink. Der Gendarm trug eine Fotokamera über der Schulter, die er nun einem der Bergretter aushändigte. Dann wandte er sich wieder den beiden Zeugen zu.

»Wäre es möglich, dass Sie einige Aufnahmen für uns machen?«, bat Jules das Rettungsteam. »Wir brauchen die genaue Position des Toten. Und Eindrücke von seiner näheren Umgebung. Machen Sie lieber mehr Fotos als zu wenige.«

Der Bärtige nickte abermals und steckte den Fotoapparat ein. »Geht klar«, sagte er mit einer stoischen Ruhe, die Jules beneidenswert fand.

»Danke, meine Herren. Ich verlasse mich auf Sie.«

Jules sah sich nach Gendarm Kieffer um, der sich mit den Zeugen angeregt unterhielt. »Ist euch noch etwas eingefallen, was uns weiterhelfen kann?«, fragte er in die Runde.

»Ich habe mich gerade erkundigt, ob Jardin Feinde hatte«, erklärte Kieffer.

Jules fand diese Vorgehensweise und vor allem die Formulierung der Frage ziemlich platt, interessierte sich aber für das Ergebnis. »Und?«, wollte er wissen.

»Claude meint, nein. Zumindest fällt ihm auf die Schnelle niemand ein. Aber Joey sagt, dass Richard in letzter Zeit öfter mal Zoff mit Mitgliedern des Druidenordens hatte.«

»Druidenorden?« Jules blickte Joey Dolder verblüfft an. »Können Sie mir darüber Genaueres sagen?«

»Genaueres?«, wiederholte Dolder und schluckte. »Also – ja, schon. Aber nicht, dass das missverstanden wird. Ich will niemandem etwas anhängen.«

»Schon gut«, sagte Jules ruhig. »Unser Gespräch ist rein informell. Sehen Sie: Ich stecke meinen Block weg und höre einfach nur zu.«

»Na gut«, sagte Dolder, doch seine Miene blieb argwöhnisch. »Richard hat sich neulich ziemlich aufgeregt über den Orden. Es hörte sich nach einer größeren Meinungsverschiedenheit an.«

»Klären Sie mich bitte auf«, bat Jules. »Was kann ich mir unter diesem Druidenorden vorstellen?«

»Ein sektenartiger Klub von Spinnern«, warf Kieffer ein, ehe Dolder die Gelegenheit hatte, selbst zu antworten.

Jules quittierte das mit einem strengen Blick. »Monsieur Dolder, bitte schildern Sie, wo die Konfliktpunkte zwischen dem Orden und dem Verstorbenen lagen.«

»Nun, wie François schon sagte: Die Druiden befassen sich mit okkulten Praktiken. Und diese üben sie mit Vorliebe an sogenannten Kraftorten aus. Dazu zählen auch Höhlen, vor allem, wenn sie so geheimnisumwoben sind wie die Blutgrotte.«

Kieffer mischte sich erneut ein: »Richard hat sich fürchterlich darüber aufgeregt, dass diese Idioten ohne jede Rücksicht auf Verluste bis in die Große Halle vordringen und dabei Zerstörungen in Kauf nehmen.«

Jules funkelte ihn böse an, worauf der pummelige Gendarm einen Schritt zurücktrat.

»François hat recht«, nahm Dolder ihn in Schutz. »Es ging bei dem Streit um das empfindliche Ökosystem der Höhle, um das Wohl von Fledermäusen und sensiblen Moosen. Die Sektenmitglieder trampeln bei ihren Treffen alles platt und entfachen neuerdings sogar Feuer im Stollenzugang. Das ging Richard verständlicherweise gegen den Strich. Deshalb hat er sich mit ihnen angelegt.«

Der Klingelton von Jules' Telefon unterbrach das Gespräch. Er sah auf das Display: Alain Lautner war dran, sein Stellvertreter. »Ja?«, fragte Jules.

»Ich habe gehört, was vorgefallen ist«, sagte der Adjutant und bot an, einen Teil der nun anstehenden Aufgaben zu übernehmen. »Wenn Sie einverstanden sind, überbringe ich der Witwe die Todesnachricht.«

Erklärend fügte Lautner hinzu, er kenne die Familie Jardin recht gut und sei ein regelmäßiger Gast im Restaurant *La Taverne*. »Ich werde es Anabelle möglichst schonend beibringen«, versprach er.

Jules hatte nichts dagegen einzuwenden, dass Lautner ihm den schweren Gang abnahm. Denn dieser traurige Aspekt der Polizeiarbeit gehörte gewiss nicht zu Jules' Lieblingstätigkeiten.

Zurück in Rebenheim ließ sich Jules von Kieffer kurz hinter dem nördlichen Stadttor an der Rue de Strasbourg absetzen. Er wartete, bis der Einsatzwagen in

Höhe des Corps de Garde abgebogen war, dann ging er schnell auf die *Auberge de la Cigogne* zu. Es brannte ihm unter den Nägeln: Er musste endlich mit Lilou, seiner Ex-Freundin, sprechen, die sich in dem Gasthaus angeblich ein Zimmer genommen hatte.

Nachdem Jules das farbenfroh getünchte Fachwerkhaus, das altersschwach an einem Wehrturm lehnte, betreten hatte, mussten sich seine Augen zunächst an das gedämpfte Licht gewöhnen. Die für diese Gegend typischen Butzenscheiben ließen nur sehr wenig Tageslicht eindringen. Daher herrschte im Inneren stets eine wohlig gemütliche Dämmerstimmung.

Jules strebte auf die Theke aus dunklem Holz zu, hinter der das Schlüsselbrett hing – an jedem Schlüssel baumelte ein holzgeschnitzter Storch. Jules schlug auf die runde Klingel, um den Wirtsleuten seinen Besuch anzukündigen. Vermutlich befanden sich Clotilde und ihr Mann Pierre in der *winstub* im hinteren Bereich des Erdgeschosses.

Schon im nächsten Moment schoss die matronenhafte Wirtin um die Ecke, mit einem für ihre üppige Figur erstaunlich hohen Tempo. Clotilde trug wie immer Elsässer Tracht und ein Lächeln auf den Lippen – das allerdings in sich zusammenfiel, sobald sie Jules erkannte.

»Oh, Monsieur le commissaire gibt sich die Ehre?«, fragte sie mit einem schneidenden Unterton, für den Jules keinerlei Erklärung hatte.

»Major«, korrigierte Jules und suchte angesichts des bissigen Empfangs nach einem unverfänglichen Gesprächseinstieg. »Wie geht es Ihnen? Lange nicht gesehen, Clotilde.«

»Das kann man wohl sagen. Seit Sie Ihre neue Wohnung bezogen haben, lassen Sie sich ja kaum noch bei uns blicken.«

Daher weht also der Wind, dachte Jules, er würde versuchen müssen, das Eis mit Freundlichkeit zu brechen. Er wusste, dass Clotilde ihn mochte, vermutlich deshalb, so ahnte er, weil sie mit seinem sommerbraunen Teint, dem schwarzen Struwwelhaar und dem männlich markanten Bartschatten an ihren Mann Pierre in jungen Jahren erinnerte.

Nun bot er all seinen Charme auf und sagte: »Das muss sich ändern! Ich habe Ihre gute Küche wirklich viel zu lange nicht mehr genossen. Aber das hole ich in Kürze nach, versprochen!«

Der Anbiederungsversuch verfehlte seinen Zweck, noch immer verzog Clotilde keine Miene. Stattdessen stellte sie ihm eine seltsame Frage: »Für wen darf ich den Tisch denn reservieren?«

»Na ja, für mich und ...«

»Und?«

»Das liegt doch auf der Hand.«

»Eben nicht!«

Nun wusste Jules, was die Stunde geschlagen hatte. Auch Clotilde nahm offenbar an, dass zwischen ihm und Lilou noch etwas lief. Den Aufenthalt seiner Ex in Rebenheim musste die Wirtin als ersten Schritt einer Wiederannäherung ausgelegt haben. Aber damit lag sie falsch!

»Ich habe schon gehört, dass meine frühere Lebensgefährtin bei Ihnen ein Zimmer bezogen hat«, sagte er so sachlich wie möglich. »Um ehrlich zu sein, ist das auch der Grund meines Kommens. Ich muss Lilou sprechen, denn ihr unerwartetes Auftauchen hier hat für einigen Wirbel gesorgt, wie Sie sich vielleicht vorstellen können.«

Auch Clotilde blieb ruhig. Zunächst. Doch dann lief sie puterrot an, stemmte die Fäuste in die Hüften und fuhr Jules mit einer Heftigkeit an, dass er zwei Schritte zurücktaumelte: »Schämen Sie sich eigentlich nicht? Das arme Mädchen mit einem ungeborenen Kind zurückzulassen? Sich einfach aus dem Staub zu machen und mit einer Neuen anzubandeln? Haben Sie denn überhaupt kein Verantwortungsgefühl?«

Jules verschlug es die Sprache. Er musste sich erst einmal sammeln, bevor er darauf eingehen konnte. Dann fragte er: »Hat sie Ihnen das gesagt? Hat Lilou Ihnen weisgemacht, dass ich der Vater ihres Kindes bin?«

Clotilde war immer noch wütend. »Das brauchte sie mir nicht zu sagen. Es spricht ja wohl für sich, wenn Ihre Verflossene ein halbes Jahr nach dem Ende Ihrer Beziehung bei mir auftaucht und mir ihren Babybauch präsentiert. Übrigens ein wunderschöner, ganz entzückender Babybauch.«

»Clotilde!« Jules hob abwehrend beide Hände. »Glauben Sie mir: Sie sind falsch informiert. Ich kann Ihnen fest versichern, dass …«

Weiter kam er nicht, da Clotilde ihm das Wort abschnitt: »Oho! Halten Sie sich mit solchen Aussagen zurück, Monsieur. Ich glaube nicht, dass jemand in Ihrer Position sich einen Meineid leisten sollte.«

Jules schüttelte den Kopf. Es war zwecklos. Clotilde schien der festen Überzeugung zu sein, dass er das Kind gezeugt und sich anschließend davongestohlen hatte. Ihr das Gegenteil zu beweisen würde schwer sein, wenn Lilou es nicht bestätigte.

»Darf ich sie sprechen, bitte?«, sagte er in dem Versuch, die Wogen zu glätten. »Können Sie Lilou Bescheid geben, dass ich da bin und sie unbedingt sehen muss?«

»Nein!«, beschied ihm Clotilde streng, und es klang unerbittlich. »Mademoiselle hat sich zurückgezogen. Sie braucht ihre Ruhe und möchte nicht gestört werden.«

»Aber ich …«

»Versuchen Sie es ein andermal«, sagte Clotilde und zeigte auf die Tür. »Sie wissen ja, wo es hinausgeht, Monsieur le commissaire.«

Jules fügte sich, und als er die Auberge verließ, meinte er noch zu hören, wie die Wirtin murmelte: »Wie konnte ich mich in diesem Menschen nur so täuschen?«

Draußen stach ihm die tief stehende Herbstsonne ins Gesicht. Er kniff die Augen zusammen und tastete die Uniformjacke nach seinem Smartphone ab. Eilig durchsuchte Jules seine Favoritenliste nach Joannas Nummer, er musste sie dringend erreichen. Zum einen, um auch mit ihr über die schwangere Lilou zu sprechen – in der Hoffnung, Joanna würde beherrschter reagieren, als es Clotilde soeben getan hatte. Zum anderen, weil er sie als Untersuchungsrichterin brauchte. Denn sollten sich Indizien auftun, die Richard Jardins Absturz vom Unfall zum Tötungsdelikt hinaufstuften, wäre das Joannas Fall. Dann müsste er mit ihr das weitere Vorgehen abstimmen.

Er ließ das Telefon mehrfach läuten. So lange, bis Joannas Mailbox ansprang.

Jules sprach eine unverbindliche Nachricht auf und bat um einen baldigen Rückruf.

Obwohl Claude hundeelend zumute war, hatte er bis zuletzt an der Blutgrotte ausgeharrt. Er hatte die Männer der Bergwacht eingewiesen und ihnen nach Kräften bei der Bergung des unglücklichen Richard Jardin sowie dessen Ausrüstung geholfen. War dabei gewesen, als Richards toter Körper in einen Sarg gebettet und zum Abtransport in die Gerichtsmedizin zu einem Leichenwagen getragen wurde. Hatte zugesehen, wie Richards Seile, Gurte, Haken und Karabiner sorgsam verpackt und für die erkennungsdienstliche Untersuchung sichergestellt wurden. Claude hatte sogar abgewartet, bis mehrere, von Jules beauftragte Uniformierte das Umfeld der Höhle großräumig mit Flatterband abgesperrt hatten.

Doch dann konnte er nicht mehr. Claude, der es als Feuerwehrkommandant eigentlich gewohnt war, auch in Krisensituationen einen kühlen Kopf zu bewahren und Herr der Lage zu bleiben, war mit seiner Kraft am Ende.

Joey Dolder, der die ganze Zeit über in seiner Nähe geblieben und den Einsatzkräften ebenfalls zur Hand gegangen war, schien das bemerkt zu haben. »Es ist besser, wenn wir jetzt fahren«, sagte er. »Was getan werden musste, ist getan. Wir werden hier nicht mehr gebraucht, und bald geht die Sonne unter.«

Claude sah dem Leichenwagen nach, der im Schritttempo über den holprigen Waldweg rollte. Er merkte, wie ihm die Augen feucht wurden. »Ja, Joey, für uns bleibt nichts mehr zu tun.«

Auf der Rückfahrt in Claudes Land Rover Defender schwiegen sie. Claude starrte unverwandt durch die Windschutzscheibe, beide Hände fest am Steuer. Dabei achtete er kaum auf die Umgebung, die im milden Licht der untergehenden Sonne vom felsig markanten Waldgebiet in eine liebliche Weinlandschaft überging. Er war viel zu sehr in seinen Gedanken verhaftet, um auf die Schönheit der Natur zu achten, denn wieder und wieder stellte er sich die quälende Frage, wie es zu dem tödlichen Sturz gekommen war. Hatten sie bei der Vorbereitung ihrer Tour nicht genügend Sorgfalt walten lassen? Waren sie ein zu großes Risiko eingegangen, als sie eine als besonders anspruchsvoll geltende Route durch das Höhlensystem gewählt hatten? Und, was ihn am meisten bedrückte: Hatten Joey und er fahrlässig gehandelt, als sie ihren Kameraden so weit hinter sich zurückgelassen hatten?

Claude setzte seinen Freund vor dessen kleinem Souvenirladen in der Rue du Ruisseau á truites ab, um dann selbst zu seiner Wohnung nahe der Feuerwache zu fahren. Dort zog es ihn als Erstes in den Keller, wo er eine kleine Werkstatt eingerichtet hatte. Da hielt er auch seine Kletterutensilien in Schuss. Claude legte großen Wert darauf, dass all seine Ausrüstungsstücke stets tipptopp gepflegt und funktionsfähig waren. Genauso hat es Richard gehalten, dachte Claude, während er einen Karabiner des Typs in den Händen wiegte, wie er auch bei ihrer heutigen Klettertour zum Einsatz gekommen war. Genau wie Richard hatte Jules ihn beim örtlichen Fahrradladen *Cycl'évasion* gekauft, denn der Radhändler Gilbert verstand sich auch auf andere Freizeitsportarten. Doch natürlich hatte Gilberts Ware ihren Preis, den er mit der hohen Qualität begründete. Im Internet bekam man so manches Stück für den Bruchteil dessen, was der lokale Handel verlangte.

Unter diesem Aspekt dachte Claude über die Lage des Ehepaars Jardin nach. Hatte er nicht neulich gehört, dass es mit Richards Finanzen nicht zum Besten stand? Dass in seinem Lokal *La Taverne* die Gäste ausblieben und ihn das in Geldnöte gebracht habe? Zwar hatte Richard Claude gegenüber nie etwas in dieser Richtung geäußert, aber wenn es doch zutraf, könnte das eine Erklärung sein. Eine Erklärung dafür, warum Richard zu einer minderwertigen Ausstattung gegriffen hatte. Zu Billigkarabinern, die den Strapazen einer Höhlentour nicht standhalten konnten.

War das die Lösung?, fragte sich Claude. Hatte sein Freund seinen Tod womöglich doch selbst verschuldet, weil er bei der Sicherheit geknausert hatte?

Oder machte Claude sich etwas vor? Wollte er sein schlechtes Gewissen entlasten, indem er die Schuld bei seinem verunglückten Freund suchte?

Er wusste es nicht und sah sich auch außerstande, der Sache heute noch auf den Grund zu gehen. Dafür war er schlicht und einfach zu fertig.

Claude knipste das Licht im Hobbykeller aus, schleppte sich hinauf in die Wohnung und ließ sich aufs Sofa fallen. Es dauerte keine zwei Minuten, bis er, von Erschöpfung übermannt, eingeschlafen war.

Jules war gleichermaßen frustriert wie sauer. Dass er an Lilou nicht herankam, aber auch Joanna für ihn nicht zu sprechen war, ärgerte ihn sehr. Denn so blieb es ihm verwehrt, sich mit den beiden auszusprechen und die Sache mit der Schwangerschaft so schnell wie möglich aufzuklären und aus dem Weg zu schaffen. Da er momentan nichts ausrichten konnte und sich der Arbeitstag dem Ende näherte, entschloss er sich zu einem Abstecher in die Brasserie *Georges*, seinem Stammlokal. Auf dem von Kastanien beschirmten Bouleplatz wollte er Ablenkung von der unschönen Geschichte suchen.

Tatsächlich traf er einige seiner Bekannten an, die bereits der französischsten aller Freizeitsportaktivitäten frönten. Das metallische Klacken, das erklang, wenn die schweren Kugeln aufeinandertrafen, stimmte Jules milde. Und als Wirt Georges mit einem Tablett voller frisch gezapfter Biere erschien, war für ihn die Welt – zumindest für den Moment – wieder in Ordnung.

Jules genoss sein *Kronenbourg*, ein kühles Blondes aus der größten französischen Brauerei mit Sitz in Strasbourg, im Stadtteil Cronenbourg. Dann warf er selbst einige Kugeln, wobei sich wieder einmal zeigte, dass seine Fertigkeiten in diesem Spiel über denen der meisten anderen lagen. Kein Wunder, war Jules in seinem Heimatort Royan an der Atlantikküste doch mehrfach Stadtmeister gewesen.

Beim anschließenden Gespräch mit seinen Freunden kristallisierte sich bald ein beherrschendes Thema heraus: Die Nachricht von Richard Jardins Tod hatte sich offenbar wie ein Lauffeuer verbreitet. Denn obwohl Jules darüber keine Silbe hatte verlauten lassen, wussten die anderen recht genau Bescheid. Die Männer zeigten sich bestürzt, weil ein jeder die Wirtsleute Jardin gut kannte. Vor allem Richards Witwe Anabelle tat ihnen allen sehr leid. Die Boulespieler fragten sich, wie sie das Lokal allein weiterführen sollte, zumal in den nächsten Tagen der regionale Wettbewerb um den kreativsten Flammkuchen anstand, bei dem Jardin gute Siegeschancen eingeräumt worden waren.

Besonders mitgenommen wirkte Jean-Paul Gardier. Jules fand, dass der Versicherungsvertreter heute noch blasser aussah als sonst. Vielleicht war Richard ein persönlicher Freund von ihm gewesen?, fragte sich Jules, kam aber nicht dazu, Gardier anzusprechen. Denn jemand anders hatte sich neben Jules gedrängt und ließ das Bierglas gegen seines klirren.

»Ist es wahr, dass es Zweifel an einem Unfall gibt?«, fragte Lino Pignieres so leise, dass es die Umstehenden nicht mitbekamen. Der ehemalige Gendarm, dessen graue Stoppelfrisur ebenso kennzeichnend für ihn war wie seine dicke Rübennase, blickte seinen Nachnachfolger Jules erwartungsvoll an.

»Woher weißt du denn das schon wieder?«, entgegnete Jules.

»Rebenheim ist klein«, meinte Lino augenzwinkernd. »So etwas spricht sich schnell herum.«

Jules antwortete ausweichend: »Ich kann dazu nichts sagen. Jardin galt als geübter Kletterer, der nicht zu Leichtsinnsfehlern tendierte. Also werden wir uns alles besonders gründlich ansehen.«

»Habt ihr schon jemanden unter Verdacht?«, bohrte Lino hartnäckig nach.

»Wie sollten wir jemanden verdächtigen, wenn bislang kein Vorsatz ermittelt werden konnte?«, stellte Jules die Gegenfrage. Doch dann beschloss er, den Spieß umzudrehen und seinen Amtsvorgänger auszuhorchen. Er lenkte das Gespräch auf die Okkultisten und wollte wissen, ob Lino mit dem Begriff »Druidenorden« etwas anfangen konnte.

Lino zog die Brauen zusammen. »Was sollen denn diese Spinner damit zu tun haben?« Es war ihm anzusehen, wie wenig er von dem Verein hielt. »Na klar, ich kenne den Orden und auch die Gerüchte, die sich die Leute darüber erzählen.«

»Lass hören!«, forderte Jules ihn auf.

Daraufhin hob Lino sein leeres Glas in die Höhe und sagte: »Das kostet dich aber eine Runde.«

Jules nickte Barmann Georges zu und hielt zwei Finger in die Höhe. »Also, was sind das für Gerüchte?«

Lino berichtete von geheimen Treffen in den Wäldern der Vogesen, von eigentümlichen Ritualen und dem Darreichen von Opfergaben. »Einige behaupten, es würden sogar Tiere getötet, aber nachweisen ließ sich das nie. Sonst hätte man diese Brüder und Schwestern längst wegen Verstoßes gegen das Tierschutzgesetz drankriegen können.« Nicht unerwähnt ließ Lino den Klatsch über ausufernde Orgien, bei denen die Druidenjünger auch fleißig Rauschmittel konsumierten. »Aber solche Geschichten sind wohl eher der überschäumenden Fantasie einiger unserer braven Rebenheimer Hausfrauen zuzuschreiben«, meinte Lino schmunzelnd.

Jules fand Linos Bericht und seine Einschätzung durchaus wertvoll und beschloss, sich bei nächster Gelegenheit selbst ein Bild von der Gruppe zu machen. »Kennst du zufällig jemanden, der bei diesem Zirkel mitmacht? Einen Ansprechpartner für mich?«, fragte er.

»Ich glaube kaum, dass diese Leute großen Wert

darauf legen, mit einem *flic* zu reden«, sagte Lino. »Aber wenn du unbedingt willst: Der Druidenorden wird von einer ehemaligen Krankenpflegerin und selbst erklärten Kräuterhexe namens Irma Richert geführt. Sie wohnt in einem ziemlich verlotterten, uralten Fachwerkhaus. Von hier sind es keine zehn Minuten bis dahin. Da musst du aber allein hingehen. Denn mich hat die Alte gefressen, seit ich ihr seinerzeit als Gendarm wiederholt in die Parade gefahren bin.« Nachdenklich fügte Lino hinzu: »Du gehst davon aus, dass ein Zusammenhang zwischen Irmas Teufelsanbeterei und dem Tod von Richard besteht?«

»Ich weiß es nicht«, gab Jules zur Antwort und dachte insgeheim: Noch weiß ich es nicht.

Auf dem Nachhauseweg durch die stillen Gassen des verträumten Weinstädtchens wanderten Jules' Gedanken schnell wieder zu einem anderen Thema zurück: Es war höchste Zeit, seine privaten Verwicklungen zu regeln. Er mochte es nicht, solche Klärungen aufzuschieben. Schon gar nicht wollte er die Ungewissheit mit ins Bett nehmen.

Umweht von der milden Nachtluft hielt er sich das Handy ans Ohr und wartete darauf, dass sich Joanna meldete. Er wusste, dass sie für den Abend mit einer Freundin zum Kinobesuch in Colmar verabredet war. Doch war es dabei geblieben? Und würde sie zu Hause übernachten oder nach dem Film noch zu ihm kommen? Jules hätte gern gewusst, woran er war, und vor allen Dingen wollte er mit Joanna so bald wie möglich über Lilou reden. Je schneller sie sich aussprechen konnten, desto besser.

Doch Joanna tat ihm den Gefallen nicht: Sie nahm einfach nicht ab. Vielleicht lief der Film ja noch, und sie hatte das Telefon abgeschaltet, mutmaßte Jules. Aber dann würde sich ihre Mobilbox einschalten …

Missgelaunt passierte er eine Gruppe ziemlich beschwingter Touristen, die gerade eine *winstub* verließen. Doch dann beschleunigte er seinen Schritt. Er hatte sich spontan entschieden, einen Umweg einzulegen und statt nach Hause zunächst noch einmal zur *Auberge de la Cigogne* zu gehen. Dort wollte er einen neuen Versuch starten, seine Ex-Freundin zur Rede zu stellen. Und diesmal würde sich die Verflossene nicht mehr aus der Affäre ziehen können!

Allerdings hatte er die Rechnung ohne die Wirtin gemacht.

»Schon wieder Sie?«, lautete ihre wenig einladende Begrüßung.

»Ja, Clotilde, schon wieder ich«, sagte Jules so freundlich wie nur möglich. »Ich hoffe, diesmal mehr Glück zu haben …«

Clotilde winkte ab. Ihr hochschwangerer Gast sei viel zu erschöpft nach der langen Anreise und den anderen Strapazen des Tages. Lilou habe sich längst schlafen gelegt, verkündete sie mit vor der Brust verschränkten Armen. Daher müsse er sich bis zum nächsten Tag gedulden. Im Übrigen sei das auch in Jules' Interesse, denn er wolle seiner Verflossenen doch sicher nicht mit einer Bierfahne unter die Augen treten.

Jules sah ein, dass Widerspruch zwecklos war.

LE DEUXIÈME JOUR

DER ZWEITE TAG

Joanna hatte sich in der Nacht nicht mehr blicken lassen, ihre Seite von Jules' Bett war leer geblieben. Auch auf einen Rückruf bei ihm oder wenigstens eine Whatsapp-Nachricht hatte sie verzichtet. Entsprechend schlecht gelaunt war Jules, als er um kurz nach neun das Corps de Garde, den Sitz der Gendarmerie, betrat.

Von seiner miserablen Stimmung nahm allerdings niemand Notiz, denn seine Mitarbeiter waren trotz der frühen Stunde schwer beschäftigt. Sie wirbelten emsig umher und telefonierten in Hektik, was sehr ungewöhnlich war. Jules war mittlerweile lange genug dabei, um zu wissen, dass seine Leute es üblicherweise eher gemütlich angehen ließen und nur in Ausnahmefällen Eigeninitiative oder gar Ehrgeiz zeigten. Was also ging heute Morgen vor?

Jules trat zwischen sie und räusperte sich. »Habe ich irgendetwas verpasst?«, fragte er.

Charlotte Regnier reagierte als Erste.

»Oh, Major, ich habe gar nicht mitbekommen, dass Sie schon da sind«, sagte die wie immer etwas bieder gekleidete Verwaltungskraft.

»Das habe ich bemerkt«, entgegnete Jules eingeschnappt. »Klärt mich bitte mal jemand auf, was los ist?«

Während Gendarm Kieffer ihn weiter ignorierte und unablässig in seinen Telefonhörer redete, legte der schlaksige Adjutant Alain Lautner Notizblock und Stift beiseite und informierte ihn: »Wir arbeiten die Aufträge ab. Haben ziemlich viel zu tun, um alles zu schaffen.« Damit nahm er seinen Block wieder auf und wollte mit der Arbeit fortfahren.

»Halt, halt!«, ging Jules dazwischen. »Ich will es aber genau wissen: Aufträge von wem?«

Wie er zu seiner größten Verwunderung erfuhr, war Joanna bereits am frühen Morgen auf der Wache gewesen – und zwar in offizieller Mission als Richterin, um Anweisungen im Fall Jardin zu erteilen. Wie sich herausstellte, war sie von den Kriminaltechnikern informiert worden, die mit den Untersuchungen von Jardins Ausrüstung beauftragt waren.

Weshalb Joanna den Fall an sich gezogen hatte, ohne Jules darüber in Kenntnis zu setzen, darüber konnte er nur spekulieren. Wahrscheinlich trug der Grund dafür den so unschuldig klingenden Namen Lilou …

Doch dies war nicht der richtige Zeitpunkt, um Privates mit Beruflichem zu vermischen. Daher konzentrierte Jules sich auf die Ermittlungen und bemühte sich, Joannas Anweisungen zu interpretieren. Er erkundigte sich: »Hat Claude also recht? Ist an dem Klettermaterial manipuliert worden?«

»Nicht direkt«, antwortete Lautner. »Aber es wurde bei der Kletterpartie eine falsche Ausrüstung gewählt. Die Karabiner, mit denen sich Richard beim Abstieg gesichert hatte, waren gar nicht für eine solche Zuglast vorgesehen.«

»Dann war es also doch ein Unfall?«, wunderte sich

Jules. »Jardin hat es bei der Vorbereitung an Sorgfalt mangeln lassen?«

Lautner schüttelte den Kopf. »Davon geht Richterin Laffargue nicht aus.«

»Und wir ebenso wenig«, schaltete sich Gendarm Kieffer ein, der endlich sein Telefonat beendet hatte. »So ein Anfängerfehler wäre einem wie Richard niemals passiert. Immerhin besaß er mehr als zwanzig Jahre Klettererfahrung.«

»Dann verstehe ich nicht, wie…«, setzte Jules an, doch Charlotte Regnier schaltete sich ein und versuchte, ein wenig mehr Klarheit in den Sachverhalt zu bringen.

»Bei den sichergestellten Halterungen handelt es sich laut Kriminaltechnik um minderwertige Billigprodukte, die allerdings nicht auf den ersten Blick als solche zu erkennen sind.«

»Hm«, machte Jules nachdenklich. »Das lässt den Schluss zu, dass Jardin all seiner Erfahrung zum Trotz zum falschen Karabinerset gegriffen hat. Aus Nachlässigkeit, oder aber…«

»…oder jemand hat ihm die Billigdinger untergeschoben«, führte Kieffer den Satz zu Ende.

»Da sich keiner von uns vorstellen kann, dass ein Profi wie Richard ausgerechnet bei der Sicherheit spart, muss man wohl davon ausgehen, dass die Karabiner ausgetauscht worden sind«, ergänzte Lautner.

Jules ließ diese Informationen auf sich wirken, um dann die naheliegende Frage zu stellen: »Aber von wem? Wer hatte die notwendigen Kenntnisse und die Gelegenheit, das zu tun?« Spontan dachte er an die beiden anderen Kletterer, Claude und Joey Dolder. Doch welches Motiv hätten die beiden gehabt? Außerdem drängte sich ihm eine weitere Überlegung auf: »Weshalb hat ein Kletterprofi wie Richard Jardin den Tausch nicht bemerkt?«

»All das fragt sich Richterin Laffargue auch. Deshalb sollen wir es herausfinden«, meinte Lautner. Joanna habe Jules' kleiner Truppe angeordnet, das Umfeld des Verstorbenen zu sondieren und die beiden Zeugen noch einmal zu vernehmen. »Bis zum Mittag sollen wir ihr erste Ergebnisse vorlegen.«

Jules spürte, wie die Zornesröte in ihm aufstieg. Er fühlte sich übergangen und in seinen Kompetenzen als Leiter der Gendarmerie beschnitten. Mit einer ruckartigen Bewegung griff er sich das nächste Telefon und versuchte erneut, Joanna anzurufen. Doch sie ging nicht dran. Weder unter ihrer Büronummer noch am Handy. Er stieß einen leisen Fluch aus und warf den Hörer zurück auf die Gabel.

Als seine Leute – ein jeder offenbar mit einem dezidierten Auftrag von Joanna im Gepäck – Anstalten machten, auszuschwärmen, beschloss Jules, seinen Ärger hinunterzuschlucken und das Heft des Handelns wieder selbst in die Hand zu nehmen.

»Moment! Warten Sie!«, rief er. »Ich bin dabei.«

Jules hängte sich kurzerhand an Adjutant Lautner, der sich, wie er erfuhr, bei der Feuerwehr umhören sollte, in der Jardin genau wie seine Sportsfreunde aktiv gewesen war.

Jules spürte, wie die Sache Fahrt aufnahm. Das kam ihm gelegen, denn er hasste es, wenn die Ermittler auf der Stelle traten. Gemeinsam mit Lautner wollte er alle noch offenen Fragen angehen und bis zu der von

Joanna gesetzten Frist am Mittag so weit wie möglich klären. Doch kaum hatten sie die Gendarmerie verlassen, wurden sie aufgehalten; wild gestikulierend kam ihnen Isabelle Cantalloube, die örtliche Fremdenverkehrschefin, entgegen. Vom *Office du tourisme* direkt gegenüber dem Corps de Garde hatte sie offenbar den Eingang des Gebäudes beobachtet und war aus ihrem Büro geschnellt, kaum dass sie Jules und seinen Adjutanten erspäht hatte. Sie war in weite, wallende Tücher gehüllt, darüber hüpften die Kringel ihrer Lockenpracht. Ihr vorwurfsvoller Gesichtsausdruck verhieß nichts Gutes.

Jules schielte nach dem Polizeiwagen, der wenige Schritte entfernt neben der Gendarmerie abgestellt war. Würden sie es schaffen hineinzuspringen und abzufahren, ehe Madame sie erreicht hatte?

Zu spät: Die emsige Amtsleiterin hatte den Place Turenne bereits überquert und hielt direkt auf sie zu. »Meine Herren, was zu weit geht, geht zu weit!«, echauffierte sie sich lautstark.

»Was geht zu weit?«, fragte Jules, um Höflichkeit bemüht. Er wollte die Angelegenheit – wahrscheinlich eine Bagatelle – zügig aus der Welt schaffen.

»Dass Sie nicht damit aufhören, Ihre Morde immer ausgerechnet in und um Rebenheim stattfinden zu lassen. Bevor Sie bei uns auftauchten, gab es jahrelang keinen Toten zu beklagen. Zumindest keinen, der ermordet wurde. Und nun ermitteln Sie schon wieder, wie man hört. So etwas ist absolut schädlich für den Tourismus, ist Ihnen das eigentlich klar?«

Jules wunderte sich keineswegs, dass Isabelle Cantalloube von den neuen Ermittlungen wusste, denn mittlerweile pfiffen es ja die Spatzen von den Dächern, dass mit Richard Jardins Ableben etwas nicht stimmte. Madame Cantalloubes Streben, Rebenheim im Interesse der Besucher möglichst verbrechensfrei zu halten, konnte er durchaus nachvollziehen. Doch musste selbst einer engagierten Tourismusbeauftragten wie ihr klar sein, dass die Polizei ihre Arbeit nicht ruhen lassen konnte, bloß um dem Fremdenverkehr nicht in die Quere zu kommen.

»Verzeihen Sie, aber wir sind in Eile«, sagte er und versuchte, an ihr vorbeizukommen.

»Darf man fragen, wohin Sie so dringend möchten?«, fragte Isabelle Cantalloube und stellte sich Jules in den Weg.

Darf man nicht, dachte er und merkte, dass er kurz davor war, unwirsch zu werden. »Das braucht Sie nicht zu interessieren.«

»Wenn Sie zu Anabelle wollen, muss ich Sie dringend bitten, sich ein wenig zurückzunehmen.«

Jules blickte erstaunt. »Ach ja? Und weshalb?«

»Auf der Ärmsten lastet jetzt, nachdem ihr Mann Richard so plötzlich aus dem Leben gerissen wurde, der ganze Druck des Wettbewerbs.«

»Welches Wettbewerbs?«

Isabelle Cantalloube sah ihn verwundert an: »Des Flammkuchenwettbewerbs natürlich!«

»Natürlich...«, sagte Jules und sah sich nach seinem Adjutanten um.

Dieser zuckte mit den Schultern und meinte nur: »Jedes Lokal, das etwas auf sich hält, macht mit. Den Jardins wurden gute Chancen eingeräumt, die Sache für sich zu entscheiden.«

»Davon hängt das Renommee von ganz Rebenheim ab!« Die Tourismuschefin verstieg sich mal wieder in Übertreibungen.

»Mit anderen Worten: Ich soll Madame Jardin nur ja nicht vom Kochen abhalten«, erwiderte Jules und fragte: »Glauben Sie nicht, dass die arme Frau zurzeit ganz andere Sorgen hat, als sich Gedanken um *galettes*-Rezepte zu machen?«

Daraufhin schlug Isabelle Cantalloube die Hände über dem Kopf zusammen. »Galettes? Um Himmels willen: Unsere *tarte flambée* hat mit den profanen Buchweizenfladen aus der Bretagne nicht das Geringste zu tun.«

»Wie dem auch sei: Wir sind beschäftigt.« Mit diesen Worten schob Jules die Dame beiseite und ließ sie vor der Gendarmerie stehen. Einmal mehr fragte er sich, was sich die Cantalloube eigentlich dachte, wenn sie ihm mit derartig abwegigen Bitten kam.

Auf dem Weg zur Feuerwache erkundigte sich Jules, welchen Eindruck Lautner bei der Übermittlung der Todesnachricht von Anabelle Jardin mitgenommen hatte.

»Völlig gebrochen und verzweifelt«, lautete die Einschätzung des Adjutanten. »Und das aus doppeltem Grund: einmal, weil ihr Mann so plötzlich aus dem Leben gerissen wurde, und dann, weil die Jardins finanziell wohl nicht sehr gut dastehen.«

Jules horchte auf, denn diesen Hinweis hatte er am gestrigen Abend ja schon in der *Brasserie Georges* erhalten. »Die beiden steckten ernsthaft in Geldnöten?«, hakte er nach.

»Ja, zumindest erzählt man sich das im Städtchen.

Das Lokal hat in letzter Zeit wohl zu wenig Umsatz gemacht. Die beiden haben alles versucht, um das Geschäft wieder anzukurbeln, aber mit mäßigem Erfolg. Von daher hat Madame Cantalloube tatsächlich nicht ganz unrecht mit ihrem Flammkuchenwettbewerb, denn die Jardins haben große Hoffnungen hineingesetzt. Für sie wäre dieses Wettkochen so eine Art rettender Strohhalm gewesen. Aber allein wird Anabelle die ganzen Vorbereitungen kaum hinkriegen.«

Zwar glaubte auch Jules mittlerweile nicht mehr an einen Unfall wegen Richards möglicher Knausrigkeit, dennoch wollte er auf die finanzielle Lage der Jardins sein besonderes Augenmerk richten. Denn Geld war aller Erfahrung nach generell ein großer Motivator für Straftaten aller Art, auch wenn Jules noch nicht recht erkennen konnte, an welcher Stelle es in diesem Fall eine Rolle spielte.

»Wo wir gerade unter uns sind, Major. Darf ich Sie etwas fragen? Etwas Persönliches?« Ein wenig verschüchtert sah Alain Lautner seinen Vorgesetzten an.

Jules ahnte, was gleich kommen würde, versuchte aber, sich nichts anmerken zu lassen. »Nur zu. Fragen Sie.«

»Als Richterin Laffargue heute Morgen in der Wache erschien, wirkte sie sehr – ähm – angespannt. Und wenn ich ehrlich bin, muss ich sagen, dass das Gleiche für Sie gilt. Ist irgendetwas nicht in Ordnung zwischen Ihnen beiden?«

Und wenn, dann ginge Sie das nichts an! Diese Antwort lag Jules auf der Zunge, aber er riss sich zusammen. »Es ist der Stress, den ein Fall wie dieser mit sich

bringt. Sich schon wieder mit einem solchen Kapital-
verbrechen zu befassen, setzt uns alle unter Druck«,
wiegelte er ab und sehnte die baldige Ankunft bei der
Feuerwache herbei, um das Gespräch nicht fortsetzen
zu müssen.

»Ja, das stimmt«, pflichtete Lautner ihm bei, und Jules
atmete auf. Doch die Neugierde seines Adjutanten war
keineswegs gestillt. »Mutter sagt, dass es gewiss auch mit
dem Besuch Ihrer früheren Lebensgefährtin zu tun hat.«
Lautner formte mit seinen Händen einen Halbkreis über
seinem Bauch. »Ihre Verflossene ist in anderen Umständen, nicht wahr? Im Kreise von Mutters Freundinnen
wird fleißig darüber diskutiert, wer…«

Jules fiel ihm ins Wort: »Für Kaffeeklatschgeschichten
ist jetzt wirklich nicht der richtige Zeitpunkt.« Er zeigte
auf das Spritzenhaus, dessen Fassade mit einer großfor-
matigen Wandmalerei verziert war, die lodernde Flam-
men und einen *pompier* im Einsatz darstellte. »Wir sind
am Ziel. Zücken Sie Stift und Notizblock, Adjutant, und
konzentrieren Sie sich auf unseren Fall.«

Lautner nickte pflichtschuldig.

Anabelle Jardin verzweifelte, ihre Welt war völlig aus
den Fugen geraten.

Seit zwei Stunden hatte sie ihr Badezimmer nicht
verlassen. Sie stand über das Waschbecken gebeugt
und kämpfte gegen heftige Schübe von Übelkeit an.
Immer wenn sie zwischendurch aufsah und einen Blick
auf ihr eigenes Spiegelbild erhaschte, ging es ihr noch
schlechter. Ihr Gesicht, das viele für schön hielten, sodass sie häufig Komplimente für ihr Aussehen bekam,
wirkte verquollen und totenblass. Ihre Augen waren

rot gerändert. Selbst ihr kastanienbraunes Haar, das ihr wellig auf die Schultern fiel, hing traurig und schlaff herab.

Seit Adjutant Lautner sie über Richards Tod informiert hatte, war Anabelle am Boden zerstört. Alles um sie herum schien sich aufzulösen. Sie war nicht mehr imstande, einen klaren Gedanken zu fassen, ohne sofort wieder einen Weinkrampf zu bekommen.

Wie hatte das nur passieren können? Warum hatte Richard sie verlassen? Wie konnte er ihr das antun?

Zwischendrin ertappte sie sich dabei, wie sie sich ganz andere Fragen stellte. Verstörende Fragen: War nun nicht genau das eingetreten, wonach sie sich schon länger gesehnt hatte? War es nicht das, was sie gewollt hatte – ihre Freiheit wiederzuerlangen? Hatte sie nicht sogar insgeheim darauf hingearbeitet, auf ihr großes Ziel, ein Leben ohne Richard?

Nun war dieser geheime, von ihr nie offen ausgesprochene Wunsch unerwartet und plötzlich erfüllt worden. Aber die Art und Weise, wie es geschehen war, erschütterte sie zutiefst. Nein, dachte sie, das hatte sie nicht gewollt. Und Richard hatte das nicht verdient, trotz allem, was zwischen ihnen vorgefallen war. Trotz der ständigen Streits um ihrer beider Zukunft und das leidige Thema Geld. Trotz seiner mitunter unbeherrschten Art. Und trotz seiner gelegentlichen Gewaltausbrüche, die sich erst nur gegen Gegenstände, zuletzt jedoch auch gegen sie gerichtet hatten.

Richards Tod war unabänderlich – und sie trug womöglich eine Mitschuld daran, weil sein privater Kummer ihn unachtsam gemacht haben könnte.

Wieder begann sie zu schluchzen. Erbärmlich und quälend.

Dann fasste sie auf einmal einen Entschluss: Anabelle drehte den Wasserhahn auf, bildete mit ihren Händen einen Trichter und hielt sie in den Strahl. Anschließend kippte sie sich das kalte Wasser ins Gesicht. Das wiederholte sie so lange, bis sie sich wach und erfrischt genug fühlte für das, was sie als Nächstes vorhatte.

Keine zehn Minuten später verließ Anabelle mit schnellen Schritten ihr Haus. Sie war in einen Trenchcoat gehüllt, dessen Kragen sie hochgeschlagen hatte, und hielt den Kopf gesenkt. Auf diese Weise wollte sie vermeiden, dass man sie erkannte und ansprach. Denn Beileidsbekundungen würden ihr in diesem Zustand mehr weh- als guttun. Außerdem wollte sie nicht, dass jemand sah, wohin sie unterwegs war. Und vor allem, zu *wem*.

Sie wollte seine Identität so lange wie möglich geheim halten und unbedingt vermeiden, dass irgendjemand eine Verbindung herstellen konnte zwischen ihr und ihm. Vor allem jetzt, da Richard tot war. So sah ihr Plan aus. Ein Plan, nach dem auch er sich richten musste. Daran würde sie ihm gegenüber keinerlei Zweifel aufkommen lassen, nahm sie sich vor und strebte ihrem Ziel noch eiliger entgegen.

Als sie bei ihm war und er sie mit einem Blick ansah, der sich nicht entscheiden konnte zwischen Mitgefühl und Genugtuung, sagte sie es geradeheraus: »Wir dürfen uns für eine Weile nicht sehen. Das ist in meinem Interesse – aber wohl mehr noch in deinem.«

Die überschaubare Feuerwache, deren Wagenhalle sich einige betagte Spritzenwagen der Marken Renault und Iveco mit dem einzigen Leiterwagen teilten, machte einen sorgsam gepflegten Eindruck. Jules bewunderte Feuerwehrkommandant Claude dafür, mit wie viel Leidenschaft und Akribie er Gebäude und Fahrzeugflotte in Schuss hielt und es gleichzeitig schaffte, seine kleine Truppe Freiwilliger bei der Stange zu halten. Denn wie Jules wusste, musste Claude mit einem sehr begrenzten Budget zurechtkommen, trug aber gleichzeitig Verantwortung dafür, eine Stadt zu schützen, die größtenteils aus leicht brennbarer Fachwerkarchitektur bestand.

Kaum hatten sie die Garage betreten, sahen sie den Kommandanten bereits, das heißt zunächst nur seine Beine. Claude lag auf einem Rollbrett, den Oberkörper unter den Motorraum eines gut und gern dreißig Jahre alten Rundhaubers geschoben. Als er die Schritte der Besucher hörte, kam er zum Vorschein, richtete sich auf und rieb sich die ölverschmierten Hände an seinem blauen Overall ab. Obwohl er sich eigentlich immer freute, wenn er Jules sah, war heute nichts zu sehen von dem sonnigen Lächeln, das normalerweise seinen Mund umspielte.

»*Salut*«, sagte Jules. »Dir hängt die Sache immer noch nach, was?«

»Natürlich«, antwortete Claude. »Es ist ja nicht einmal einen Tag her, dass ich einen guten Freund verloren habe.« Mit hängenden Schultern ging er auf eine Reihe von Spinden zu und ließ sich davor auf einen dreibeinigen Schemel sinken. »Ich kann es noch immer nicht fassen, dass das passiert ist.«

»Wir auch nicht«, meldete sich Adjutant Lautner zu

Wort. »Und deshalb sind wir da. Wir hoffen, du kannst uns dabei helfen, die Ungereimtheiten aufzuklären.«

»So wie es aussieht, hat Jardins Material versagt«, ergänzte Jules. »Die Karabiner waren nicht für diese Last ausgelegt.«

Claude sah ihn aus traurigen Augen an. »Ich habe ja geahnt, dass etwas nicht stimmte. Auf den ersten Blick sahen seine Karabiner ganz normal aus, aber an den Bruchkanten konnte man ablesen, dass minderwertiges Material verarbeitet wurde.«

»Hältst du es für möglich, dass Richard die Haken verwechselt hat?«, wollte Lautner wissen.

Claude winkte ab. »Ausgeschlossen. Richard war sehr gewissenhaft.«

»Warum ist es ihm dann nicht aufgefallen, dass er die falschen Teile dabeihatte?«, hakte Jules nach. »Schaut man nicht lieber zweimal hin, bevor man sein Leben ein paar dünnen Metallspangen anvertraut? Und selbst wenn Jardin das Versehen nicht aufgefallen sein sollte, hätte nicht einer von euch es merken müssen?«

Claude atmete tief ein und wieder aus. Der Vorwurf, der in Jules' Frage mitschwang, setzte ihm zu. »Nein, jeder ist für sein Equipment selbst zuständig. Und um es klar zu sagen: Mir ist nicht das Geringste aufgefallen. Wie ich gestern schon gesagt habe: Die farbliche Codierung passte, auf mehr habe ich nicht geachtet.«

»Farbliche Codierung?«, fragte Lautner nach.

»Die Karabiner sind je nach Verwendungszweck verschieden lackiert«, erklärte Claude dem Adjutanten. »Das beugt Verwechslungen vor – oder sollte es zumindest.«

»Wir wissen also, dass Jardin sich mit Billigimitaten in die Steilwand gehängt hat. Minderwertige Ware, die einer strapaziösen Kletterpartie wie dieser nicht gewachsen war«, stellte Jules noch einmal fest. »Wie ich gehört habe, stand Jardin unter einem gewissen finanziellen Druck. Könnte das eine Erklärung dafür sein, dass er auf Qualitätshaken verzichtet hat?«

»Auf keinen Fall!«, bestritt Claude vehement und blieb bei seiner Vermutung, dass jemand wissentlich seinem Freund Schaden zugefügt hatte. »Ich finde keine andere Erklärung, als dass ihm jemand dieses Billigzeug untergeschoben hat.«

Jules wechselte einen Blick mit Lautner, der wissend nickte. Ein Selbstverschulden konnte zwar auch nach dieser Aussage nicht vollends ausgeschlossen werden, doch es gab einfach zu viele Ungereimtheiten, um den einfachen Weg zu nehmen und die Sache als Unfall abzutun. Jules, der Gewissheit wollte, fasste noch einmal nach: »Du schließt also aus, dass es sich um eine tragische Verkettung unglücklicher Umstände handelt, Claude?«

Der hochgewachsene Feuerwehrchef fuhr sich mit der Hand durch das blonde Haar. »Nein, ich glaube nicht an einen Zufall oder ein Versehen. Aber letztlich birgt ein Hobby wie dieses stets Gefahren, das darf man nicht kleinreden. Es kommt immer mal wieder zu Abstürzen, durchaus mit tödlichem Ausgang. Auch die Blutgrotte hat schon ihre Opfer gefordert ...«

»Ja, Richard Jardin«, sagte Jules nachdenklich.

»Er war nicht der einzige Unglückliche.« Vor fünfzehn oder vielleicht auch zwanzig Jahren, wusste Claude zu berichten, da sei es schon einmal zu einem tödlichen Absturz gekommen. »Das war gar nicht weit von der Stelle entfernt, an der es Richard erwischt hat.«

Diesen Aspekt fand Jules interessant. Er erkundigte sich: »Weißt du, ob es damals auch Ermittlungen gegeben hat?«

»Nein, ich glaube nicht. Die Sache war ganz klar ein Unfall, wenn ich mich recht erinnere. Aber Genaueres weiß ich nicht. Es ist zu lange her, damals war ich noch ein Kind.«

Daraufhin gab Jules Lautner einen Wink und beauftragte ihn, nach ihrer Rückkehr in die Gendarmerie im Dachbodenarchiv die entsprechenden Unterlagen herauszusuchen. Lautner wirkte nicht gerade begeistert über diese Aufgabe. Das Wühlen in verstaubten Akten war dem Adjutanten ein Gräuel, das wusste Jules.

»Also gut«, leitete Jules das vorläufige Ende seiner Befragung ein. »Du kennst das Spiel ja schon, Claude: Falls dir noch etwas einfällt, was uns helfen könnte, melde dich bitte.« Dann fiel sein Blick auf die Spinde, und er fragte: »Richard Jardin war doch auch bei deiner Freiwilligentruppe. Besaß er einen eigenen Schrank?«

»Sicher. Jeder meiner Männer hat seinen persönlichen Spind.« Claude stand auf. »Willst du ihn sehen?«

»Gern«, stimmte Jules zu. »Ich hoffe, er ist nicht verschlossen, sonst müsste ich mir erst einmal eine richterliche Verfügung besorgen.«

»Bei uns ist noch nie etwas gestohlen worden, deshalb verzichten die meisten auf ein Vorhängeschloss. Wäre bei einem Einsatz, wenn die Jungs schnell an ihre Sachen müssen, auch viel zu umständlich, erst noch mit einem Schlüssel zu hantieren.« Er zog an einer der schmalen Blechtüren, die quietschend aufschwang.

Jules warf einen Blick hinein, sah Stiefel, Hose, Jacke und den silbern glänzenden Helm der *pompiers*. Ihm fiel die akkurate Ordnung auf, mit der Jardin seine Feuerwehrmontur in den Schrank geräumt hatte. Dann richtete sich seine Aufmerksamkeit auf ein Foto, das an der Innenseite der Tür klemmte. Es zeigte das Porträt einer ausgesprochen hübschen Frau mit einem fein gezeichneten Gesicht, intelligenten dunklen Augen und welligem, schulterlangem Haar. Trotz des gewinnenden Lächelns wirkte ihr Blick auf unbestimmte Art verhalten. So als würde sie etwas vor dem Fotografen zu verbergen suchen.

»Anabelle«, identifizierte Lautner die schöne Unbekannte. »Die Arme tut mir echt leid.«

Jules schloss den Spind wieder und bat Claude, den Inhalt vorerst unberührt zu lassen. Er sei für die Ermittlungen zwar kaum relevant, aber man könne ja nie wissen. »Noch etwas«, sagte Jules und tippte dem Feuerwehrchef mit dem Finger gegen die Brust. »Nachdem ein Fremdverschulden nicht mehr ausgeschlossen werden kann, werde ich nicht drum herumkommen, mir diese Höhle doch noch von innen anzusehen. Begleitest du mich?«

Claude verzog das Gesicht. »Du hast doch mit den Männern von der Bergwacht gesprochen: Überlass es ihnen, falls es weitere Beweismittel oder Ähnliches zu sichern gibt, aber tu dir das nicht selbst an.«

Jules blieb dabei. »Ich muss mir ein Bild machen, sonst laufen meine Ermittlungen ins Leere.«

»Das ist ziemlich unvernünftig, Jules. Man wird nicht von heute auf morgen zum Höhlenforscher. Dafür brauchst du jahrelange Übung.«

»Oder einen erfahrenen Begleiter wie dich«, sagte Jules und grinste gewinnend.

Claude lächelte nicht, ließ sich aber die Zusage abringen, Jules zum Ort des Geschehens oder wenigstens in seine Nähe zu führen. »Wie ich dich kenne, soll es möglichst noch heute sein, was?«

»Heute wird es zeitlich zu eng. Morgen würde mir reichen. Dann aber gleich am Vormittag. Einverstanden?«

»Mir bleibt ja wohl nichts anderes übrig.«

Jules und sein Adjutant wollten die Fahrzeughalle verlassen, als Jules aus den Augenwinkeln eine Bewegung wahrnahm. Die Spitzen zweier Stiefel tauchten kurz vor einem der Spritzenwagen auf und verschwanden sofort wieder hinter dem Fahrzeug.

Jules bedeutete Lautner und Claude, stehen zu bleiben, und signalisierte ihnen mit dem Zeigefinger auf den Lippen, dass sie still sein sollten. Er selbst schlich sich um den Wagen herum und trat dann plötzlich hervor. Mit dieser Aktion scheuchte er einen gedrungenen Kerl auf, der wie Claude einen Blaumann trug und vor Schreck beinahe über seine eigenen Füße gestolpert wäre.

»Haben Sie uns belauscht?«, stellte Jules die offensichtliche Frage.

»Nein, nein. Bestimmt nicht!«, versicherte der Mann und wedelte abwehrend mit den Armen.

Nun tauchte auch Claude auf und fragte verwundert: »Serge? Du bist noch da? Ich dachte, du wärst längst in die Pause gegangen.«

»Wollte ich auch«, beeilte sich der andere zu erklären. »Ich bin quasi schon weg!« Mit diesen Worten wollte er sich an ihnen vorbeischieben und das Weite suchen.

Doch das ließ Jules nicht zu: »Einen Augenblick. Zunächst möchte ich wissen, wer Sie sind und was Sie hier zu suchen haben.«

»Ich… ich…«, stammelte der Angesprochene und blickte unsicher zwischen den beiden Uniformierten hin und her, die ihn offensichtlich sehr einschüchterten.

Daraufhin übernahm Claude das Reden. So erfuhr Jules, dass es sich um einen Feuerwehrkameraden handelte, an dem ein Mechaniker verloren gegangen sei und der daher ab und zu bei der Wartung des Fuhrparks aushelfe. Serge Boisselier sei zweiunddreißig und von Jugend an bei der Freiwilligen Feuerwehr.

Jules ließ diese Erklärung durchgehen, registrierte aber, dass Boisselier hoch nervös war. Ungefragt beteuerte er: »Ich war nur durch Zufall in der Nähe und habe nicht gehört, über was geredet wurde.«

»Wir sind wegen des Todesfalls in der Blutgrotte gekommen«, teilte Jules mit und musterte Boisselier kritisch. »Wegen Ihres verstorbenen Kameraden Richard Jardin.«

Über Jardins Tod könne er rein gar nichts sagen, versicherte Boisselier. »Ich bin kein Kletterer und habe von so etwas keine Ahnung.«

»Das habe ich doch gar nicht von Ihnen wissen wollen«, stellte Jules verwundert fest.

»Ach… nein? Na ja, nun wissen Sie es trotzdem. Höhlen sind nicht meine Sache. Mit mir müssen Sie sich also nicht länger abgeben. Ich kann Ihnen wirklich nicht weiterhelfen.«

Jules glaubte dem zappeligen Mann kein Wort, er spürte nur zu deutlich, dass Boisselier etwas verheimlichte.

Ihr nächstes Ziel war die Rue du Ruisseau á truites, wo Claudes Kletterfreund Joey Dolder, der zweite Zeuge, sein Souvenirgeschäft betrieb. Alain Lautner ging voran und hielt seinem Vorgesetzten die Tür auf, die beim Öffnen ein helles Bimmeln ertönen ließ.

Jules sah sich in dem kleinen Laden um, der von säulenartigen Holzbalken unterteilt wurde. Dazwischen fand sich ein Sammelsurium aus Kitsch und Kunst, wobei der Schwerpunkt eindeutig bei Ersterem lag. Neben den obligatorischen Postkartenständern fiel Jules ein Regal mit elsässischen Kochbüchern und Reiseführern auf, er sah Weingläser mit diversen Gravuren sowie Anstecknadeln und Kühlschrankmagneten mit elsässischen Motiven. In einem Korb lagen Plüschstörche. Jules nahm eines der Tiere in die Hand und betrachtete es skeptisch. Er mochte die eigensinnigen Stelzenvögel nicht, selbst wenn sie so flauschig, klein und harmlos daherkamen.

»Kann ich Ihnen helfen?«, fragte eine Männerstimme aus dem Hintergrund.

Jules drehte sich um und sah, wie Joey Dolder aus einem Hinterzimmer in den Laden kam. Auch er erkannte Jules nun wieder, trat auf ihn zu und schüttelte ihm die Hand, ebenso die von Adjutant Lautner. Dolder hatte seine Kletterkluft gegen die biedere Kleidung eines Andenkenverkäufers getauscht: Cordhose und Karohemd. Erst jetzt fiel Jules der große Altersunterschied zwischen Dolder und Claude auf. Claude war vermutlich fast eine Generation jünger.

»Sie sind sicher nicht gekommen, um einen Storch zu kaufen«, meinte Dolder mit Blick auf das Plüschtier in Jules' Hand.

Der warf das ungeliebte Wesen zurück in den Korb und trug sein Anliegen vor.

Dolder reagierte ganz ähnlich wie zuvor Claude, er schwor Stein und Bein, dass Richard Jardin ein verantwortungsbewusster Kletterer mit einem ausgeprägten Sicherheitssinn gewesen sei. Als Jules seine Vermutung äußerte, jemand könnte Jardins Kletterausrüstung gegen nicht geeignetes Material ausgetauscht haben, wurde Dolder sehr nachdenklich.

»Möglich ist das schon«, sagte er langsam. »Aber ich wüsste nicht, wie. Und vor allem, warum?«

»Um das ›Warum‹ kümmern wir uns, Joey«, mischte sich Lautner ein. »Du könntest uns bei der Frage nach dem ›Wie‹ helfen. Denn es gibt kaum jemanden in der Gegend, der diesen Sport länger betreibt als du.«

Das zauberte Dolder ein geschmeicheltes Lächeln aufs Gesicht. »Ich werde mein Möglichstes tun, um zu helfen. Ich bin zwar kein Sachverständiger, aber wenn es ums Klettern geht, kann man mir kein X für ein U vormachen.«

»Bedeutet das, dass Sie eine Fälschung erkennen würden, wenn Sie sie in den Händen hielten?«, fragte Jules.

Dolder überlegte einige Momente. »Ich denke schon. Plagiate zeichnen sich unter anderem dadurch aus, dass sie weniger gut verarbeitet sind als die Originale. Das merkt man an Schweißnähten und den verwendeten Kleinteilen. Außerdem kann es passieren, dass die Scharniere klemmen.«

»Ihnen wäre also nicht das gleiche Schicksal widerfahren wie Richard Jardin?«, wollte Jules wissen. »Sie hätten rechtzeitig gemerkt, dass etwas nicht stimmt?«

Dolder schüttelte betrübt den Kopf. »Nein, das hätte ich wohl nicht. Nicht unter Tage, bei schlechten Sichtverhältnissen und unter Zeitdruck. Sie müssen wissen: Wir prüfen unsere Ausrüstung nicht erst während der Klettertour, sondern bereits, wenn wir sie zusammenstellen. Das kann Stunden früher sein, vielleicht sogar schon am Vortag. Man schnürt seinen Rucksack, stellt ihn in die Ecke und rührt ihn erst wieder an, wenn es losgeht. Ich fürchte, mir wäre es nicht anders ergangen als dem armen Richard.«

»Wie bewahren Kletterer wie Sie denn ihre Utensilien auf? Schließen Sie sie weg, damit kein Unbefugter herankommt?«

»Warum sollte man sie wegsperren?« Ganz offensichtlich hielt Dolder diese Vorstellung für abwegig. »Nein, jeder von uns bewahrt seine Sachen da auf, wo er am besten an sie herankommt. Manche im Keller, andere in der Garage. Das handhabt man so, wie es einem passt.«

»Dann ist es nicht besonders schwer, an einen gepackten Rucksack heranzukommen, ihn aufzuschnüren und den Inhalt zu vertauschen«, stellte Jules fest.

»Ganz so leicht geht das auch wieder nicht. Immerhin müsste man in ein fremdes Haus oder eine Wohnung eindringen. Das wäre ja Einbruch«, entgegnete Joey Dolder.

»Das gilt aber nicht, wenn der Saboteur zum näheren Bekanntenkreis zählt oder sogar in dem betreffenden Haus wohnt«, präzisierte Jules seine Überlegungen und wartete auf Dolders Reaktion.

Der ließ diesen Satz erst einmal auf sich wirken, bevor er meinte: »Bei Richard wohnt aber sonst niemand, außer Anabelle.«

Jules nickte betont langsam.

Dann sagte Lautner: »Andererseits leben die Jardins in den Zimmern über ihrem Restaurant, und es ist normal, dass in einem Gasthaus Fremde ein und aus gehen. Es steht also alles offen, nicht wahr?«

Dolder nickte. »Das stimmt. Im Grunde genommen hätte es jeder sein können …«

Das Türbimmeln kündigte die Ankunft von Kunden an. Jules sah sich um, es war eine ganze Familie. Eltern mit drei Kindern und einem Hund. Der Hund kläffte zur Begrüßung, während die Kinder sofort ausschwärmten und sich auf die Souvenirs stürzten.

Die Mutter rief ihnen mahnende Worte in einer Sprache hinterher, die Jules nicht verstand. Er tippte auf Deutsch.

Jules beobachtete noch, wie das kleinste der Kinder den Korb mit den Plüschstörchen stürmte, als er einen leichten Luftzug im Nacken spürte. Er drehte den Kopf und sah, wie der Vorhang zum Hinterzimmer beiseitegeschoben wurde. Zunächst bemerkte Jules nur eine feingliedrige Hand am Vorhangstoff, dann tauchte das Gesicht einer Frau auf. Eine verblühende Schönheit von Mitte vierzig. An ihrem aufgeschwemmten Gesicht und ihrem Verhalten las Jules ab, dass sie starke Alkoholikerin war. Außerdem schien sie einen Hang zu ausgefallenen Armreifen, Ringen und Halsketten zu haben. Die Frau hatte glasige Augen und lächelte entrückt. Mit taumelnden Schritten ging sie auf die Kunden zu.

Jules merkte, wie unruhig Joey Dolder neben ihm wurde. Er schien unsicher, ob er die Frau aufhalten und zurück hinter den Vorhang schicken sollte.

Die Entscheidung wurde ihm abgenommen, denn nur Augenblicke später kam eine weitere Frau aus dem Hinterzimmer, deutlich jünger, aber von ähnlicher Grazie und Anmut wie die andere. Sie eilte auf die Ältere zu, bekam sie am Ärmel ihrer Bluse zu fassen und dirigierte sie mit freundlichem Lächeln von der Kundschaft weg.

Als die beiden an Jules und den anderen vorbeikamen, fühlte sich Dolder zu einer Erklärung bemüßigt: »Darf ich vorstellen? Meine Frau Orianne und meine Tochter Lou-Anne.«

Während Orianne nicht auf seine Worte reagierte, nickte Lou-Anne ihnen zu und grüßte im Vorbeigehen: »*Bonjour, Messieurs.*« Gleich darauf war sie gemeinsam mit ihrer Mutter hinter dem Vorhang verschwunden.

Was für eine Augenweide, dachte Jules, und noch dazu so sympathisch. Joey Dolder konnte stolz auf seine Tochter sein.

Das war er wohl auch, denn ungefragt erklärte er: »Wir sind so glücklich, unsere Lou-Anne wieder bei uns zu haben.« Keine zwei Wochen sei es her, dass sie nach fünf Semestern Studium an der Universität im französischen Übersee-Département La Réunion in die Heimat zurückgekehrt sei, um sich im Geschäft ihrer Eltern etwas dazuzuverdienen.

Jules entging nicht, wie Dolders Augen leuchteten, während er über die Tochter sprach. Er vergötterte sein Mädchen, so viel stand fest.

Da sich die deutsche Familie inzwischen für diverse

Mitbringsel – darunter einen besonders großen Stoff-storch – entschieden hatte und bezahlen wollte, beendete Jules die Befragung und sagte zu Dolder: »Danke für Ihre Kooperation.«

»Gern. Wenn ich noch etwas tun kann, um die Sache aufzuklären, lassen Sie es mich wissen. Ich schaue jederzeit gern bei Ihnen auf der Wache vorbei.«

»Ich werde gegebenenfalls auf Ihr Angebot zurück-kommen«, sagte Jules und tippte sich zum Abschied an sein *képi de gendarme*.

Hektisch kassierte Joey Dolder die Kundschaft ab, wobei er einen Preisnachlass gewährte, um die leidige Kleingeldsuche abzukürzen. Anschließend drängte er seine Kunden aus dem kleinen Geschäft und blieb an der Ladentür stehen. Von hier aus konnte er die Straße überblicken und den davonspazierenden Polizisten nachsehen. Die beiden schienen in eine angeregte Unterhaltung vertieft zu sein und achteten kaum darauf, was um sie herum passierte. Als sie die Fahrbahn überqueren wollten, hätten sie beinahe ein Fahrrad übersehen. Worüber sie wohl redeten? Etwa über ihn? Ob sie annahmen, dass er mehr über Richards Tod wusste, als er ihnen gesagt hatte?

Er fuhr zusammen, als sich ihm eine Hand auf die Schulter legte.

»Du brauchst dich nicht zu erschrecken. Ich bin es nur«, sagte Lou-Anne mit sanfter Stimme. »Die Sache mit Richard hat dich ganz schön mitgenommen, was?«

»O ja«, sagte Joey, dankbar über die Einfühlsamkeit seiner Tochter. »Es ist so über alle Maßen tragisch. Ich frage mich die ganze Zeit, ob es wirklich so weit hat kommen müssen.«

»Quäl dich nicht mit solchen Gedanken, *papa*. Du hättest deinem Freund nicht helfen können. Das war Schicksal, dagegen ist man machtlos.«

»Schicksal, höre ich da Schicksal?« Die Stimme aus dem Raum hinter dem Laden klang krächzend wie die eines heiseren Papageis. Sie gehörte Orianne, die in den Laden taumelte und sich nach wenigen ungelenken Schritten an einem Regal festhalten musste. »Mein Schicksal ist es, dass wir nichts mehr zu trinken im Haus haben«, lallte sie. »Dabei brauchen wir ganz dringend eine Magnumflasche *Crémant* zum Anstoßen mit Töchterchen. Auf deine Heimkehr, Lou-Anne!«

»Wir haben jetzt oft genug auf mich angestoßen, *maman*«, wiegelte Lou-Anne ab. Sie war zwar noch immer freundlich, doch mit ernster Miene. »Nun dreht es sich nicht um mich, sondern um *papa*. Richards Tod geht ihm sehr nahe.«

Ihre Mutter stieß sich von dem Regal ab und torkelte auf sie zu. »Spar dir den Trost für deinen Vater«, sagte sie mit plötzlicher Bitterkeit, die tief aus ihrem Inneren zu kommen schien. »Er wird bald darüber hinweg sein. Weißt du, mein Kind, dein Vater ist nämlich ein Meister des Verdrängens. Unangenehme Dinge schweigt er einfach tot.«

»Bitte hör auf damit, *maman*«, sagte Lou-Anne und stellte sich schützend vor Joey Dolder. »Lass ihn in Frieden. Geh rauf in die Wohnung. Schlaf ein wenig, das wird dir guttun.«

»Schlafen am helllichten Tag?« Orianne lachte, wobei einmal mehr ihre Schönheit sichtbar wurde, die sie mit ihrem Lebenswandel allmählich zerstörte. »Ich bin nicht müde.«

»Leg dich hin. Es ist besser für dich«, beharrte Lou-Anne.

»Du meinst wohl für euch.« Wieder lachte sie. Diesmal wirkte es affektiert und aufgesetzt. »Sag doch, wie es ist: Du willst, dass ich meinen Rausch ausschlafe. Damit ich euch nicht mehr zur Last falle. Aber ich lasse mir nichts befehlen. Ich bestimme selbst, wann ich ins Bett gehe.« Trotzig verschränkte sie die Arme vor ihren diversen Ketten und Amuletten.

Joey Dolder schob seine Tochter behutsam beiseite. Dann ging er ins Hinterzimmer und kam kurz darauf mit einer Flasche und einem Glas zurück. Beides hielt er in die Höhe. »Für dich, Orianne«, sagte er beherrscht, obwohl es in ihm brodelte. »Geh zurück in deine Kammer. Dann darfst du den Cognac mitnehmen.«

Orianne nickte abschätzig. »Hörst du, mein Schatz«, sagte sie an Lou-Anne gerichtet. »Dein Vater weiß, wie man sich Unannehmlichkeiten vom Hals hält. Für ihn gibt es immer eine einfache Lösung. Für jedes seiner Probleme.«

Das war zu viel. Joey platzte der Kragen. »Verdammt, jetzt reicht es! So geht es einfach nicht weiter. Nicht ich bin es, der Probleme hat, sondern du!«

»Oho, da regt sich jemand auf«, meinte Orianne spöttisch. »Kommt ja nicht gerade oft vor.«

»Du bist krank, Orianne«, sprudelte es jetzt ungehemmt aus Joey heraus. »Du solltest endlich professionelle Hilfe annehmen. Ich habe dir schon zig Vorschläge gemacht, es gibt Kliniken, die darauf spezialisiert sind …«

Weiter kam er nicht, denn seine Frau schoss auf ihn zu und fauchte ihn an: »Das wirst du nicht erleben, dass ich freiwillig in eine von diesen Klapsmühlen gehe. Damit die mich mit irgendwelchen Medikamenten vollpumpen, ruhigstellen und für immer wegsperren. So läuft das doch, nicht wahr? Aber nicht mit mir, Joey Dolder. Nicht mit mir!« Sie riss ihrem Mann die Flasche aus der Hand, stieß ihn zur Seite und verschwand hinter dem Vorhang.

Hilflos blieb Joey stehen und wagte es kaum, seine Tochter anzusehen. Lou-Ann wirkte wie in Schockstarre. In ihren Augen sammelten sich dicke Tränen.

»Es hat sich nichts verändert«, sagte sie, um Fassung ringend. »Alles ist noch genauso wie früher. Ich glaube nicht, dass ich lange bei euch bleiben kann. Da bricht zu vieles wieder auf.«

Lou-Anne war inzwischen eine erwachsene Frau, aufrichtig und selbstbewusst. Aber jetzt, in diesem Moment, wurde sie wieder zu dem kleinen Mädchen, das nach der Schule nach Hause gekommen war und ihre Mutter im Vollrausch auf dem Küchenboden vorgefunden hatte. Das Mädchen, das von Klassenkameradinnen gehänselt worden war, weil ihre Mutter als Trinkerin stadtbekannt war. Joey wusste nur zu gut, warum Lou-Anne sich für ihr Studium einen Ort auf der anderen Seite des Globusses ausgesucht hatte. Nun, da er sie so verzweifelt vor sich sah, hatte er das dringende Bedürfnis, seine Tochter in die Arme zu schließen und fest an sich zu drücken.

Doch er brachte es nicht fertig, sondern verharrte wie angewurzelt an Ort und Stelle. »Ich kann sie nicht dazu zwingen, sich behandeln zu lassen«, sagte er leise. »Nicht gegen ihren Willen.«

»Warum denn nicht? Mein Gott, warum nicht?«, stieß Lou-Anne mit tränenerstickter Stimme aus.

»Weil ich ihren Willen respektiere. Und weil ich sie liebe.«

Es war Mittagszeit, als Jules beschloss, einen weiteren Anlauf zu nehmen, um mit Lilou zu sprechen.

»Ich hole mir schnell eine Kleinigkeit zu essen«, sagte Jules, kurz bevor sie die Gendarmerie erreicht hatten, und wollte sich davonstehlen.

»Gute Idee, ich komme mit.« Adjutant Lautner schien sich auf die willkommene Unterbrechung der Fahndungsarbeit zu freuen.

»Äh, eigentlich möchte ich mich nicht in eine *winstub* setzen, sondern mir nur etwas auf die Hand geben lassen. Etwas Schnelles für zwischendurch«, versuchte Jules es erneut. Doch Laurent verstand den Wink mit dem Zaunpfahl nicht.

»Prima! Ich habe auch keinen großen Hunger. Mir reicht ein Blätterteighörnchen mit *crème pâtissière* völlig aus.« Als er Jules' abweisenden Blick registrierte, fügte er bescheiden hinzu: »Zur Not tut es auch ein schlichtes Croissant.«

Nun gab Jules seinem Mitarbeiter offen zu verstehen, dass er gern eine Weile allein wäre, was dieser mit beleidigter Miene hinnahm.

Auf kürzestem Weg begab sich Jules zur *Auberge de la Cigogne*. Am Empfangstresen wurde er von Clotilde begrüßt, allerdings immer noch ziemlich unterkühlt.

»Wenn Sie ein wenig früher gekommen wären, hätten Sie Lilou noch sprechen können«, sagte sie, wobei in jedem ihrer Worte ein Vorwurf mitschwang.

»Ich konnte nicht eher«, rechtfertigte sich Jules. »Die Arbeit geht vor.«

»So? Tut sie das?« Clotilde schüttelte missbilligend den Kopf. »Jedenfalls haben Sie die werdende Mutter verpasst. Sie ist nicht da.«

So ein Pech, dachte Jules. Es durfte doch nicht möglich sein, dass er einfach nicht an Lilou herankam! »Wissen Sie, wo sie hinwollte?«, erkundigte er sich.

»Ja, das weiß ich. Aber ich bin mir nicht sicher, ob ich es Ihnen verraten soll.«

»Clotilde!«, sagte Jules streng und ließ die geballte Faust schwer auf den Tresen fallen.

»Schon gut. Ich beuge mich der Staatsgewalt. Sie wollte ins Bistro am Marktplatz.« Die Wirtin schüttelte den Kopf. »Gehen Sie hin und versuchen Sie Ihr Glück.«

Die kurze Strecke über die Rue de Strasbourg zum Place Turenne legte er in wenigen Minuten zurück. Schon von Weitem sah er die Tische und Stühle unter den sonnengelben Schirmen vor dem Bistro, die wie meistens alle belegt waren. Beim Näherkommen erkannte er auch Lilou in einem farbenfrohen Kleid, sie saß an einem Ecktisch, hatte die Beine übereinandergeschlagen und trug eine große Sonnenbrille im Haar. Jules beschleunigte seinen Gang, denn nun konnte sie ihm nicht mehr entwischen. Im Kopf legte er sich bereits die Worte zurecht, mit denen er sie zur Rede stellen und nach dem Grund für ihren seltsamen Auftritt in Rebenheim fragen würde.

Als er nur noch wenige Meter zu gehen hatte, blieb er abrupt stehen. Sein Herz schien für einen Moment auszusetzen, als er begriff, dass Lilou nicht allein war. Ihre Begleitung hatte Jules den Rücken zugewandt und war zur Hälfte von einer Blumenrabatte verdeckt, daher hatte er sie erst jetzt bemerkt. Aber nun, aus kurzer Distanz, war jeder Irrtum ausgeschlossen.

Lilou saß mit Joanna am Tisch! Beide waren in ein lebhaftes Gespräch verwickelt, sie diskutierten eifrig und nippten zwischendurch an ihren Getränken.

In Jules' Kopf überschlugen sich die Gedanken. Was hatte das zu bedeuten? Warum trafen sich die beiden Kontrahentinnen? Und weshalb wusste er nichts davon?

Statt hinzugehen und die Frauen anzusprechen, bekam Jules Angst vor der eigenen Courage. Er wandte sich ab und entfernte sich genauso eilig, wie er gekommen war. Wobei er hoffte, dass weder Lilou noch Joanna seine peinliche Flucht bemerkt hatten.

»Man kann mit dieser Frau einfach kein vernünftiges Gespräch führen! Diese Irma Richert ist meinen Fragen ausgewichen, war störrisch und wurde zum Schluss sogar beleidigend«, beschwerte sich Gendarm Kieffer bei Jules, kaum dass dieser zurück in die Wache kam. Kieffer war erst vor wenigen Minuten von der Befragung der Vorsteherin des Druidenbundes zurückgekehrt und hatte dort offenbar nichts erreicht. »Sie hat jede meiner Fragen als Affront aufgefasst. Eigentlich hat sie mich gar nicht richtig zu Wort kommen lassen und mich am Ende quasi vor die Tür gesetzt.«

»Und du hast dir das gefallen lassen?«, fragte Alain Lautner, der ebenfalls wieder da war. Zwar hatte er Jules gegenüber ja behauptet, nur wenig Appetit zu haben, nun aber stapelten sich auf seinem Schreibtisch diverse Köstlichkeiten wie Mini-Quiche mit Schinkenstücken auf Comté-Käse und Blätterteignester mit Ziegencrème.

Den Vorwurf konnte Kieffer nicht auf sich sitzen lassen. »Ich bin dann von selbst gegangen.« Er konnte sogar noch eine kleine Erfolgsmeldung verkünden: »Im Weggehen habe ich einige Satzfetzen aufgefangen, als Irma Richert mit einem anderen Sektenmitglied telefonierte. Sie dachte wohl, ich wäre schon fort, und hat einfach drauflosgeredet. Wenn ich richtig verstanden habe, soll es wieder ein Treffen des Druidenbundes geben, und zwar schon morgen. Es könnte sich lohnen, bei einem solchen Treffen Mäuschen zu spielen und mitzuhören, über was diese Leute reden. Möglicherweise könnte Richards Tod ein Thema sein.«

»Du würdest ein ziemlich großes Mäuschen abgeben«, neckte Lautner seinen gut genährten Kollegen. »Das wäre nicht gerade unauffällig.«

Bevor sich Kieffer mit einem frechen Spruch revanchieren konnte, fragte Jules: »Wo und wann genau soll dieses Treffen stattfinden?«

»Von einem Ort habe ich nichts mitbekommen, nur dass es morgen am späten Abend losgehen soll«, antwortete Kieffer und stellte sogleich klar: »Ich kann aber ohnehin nicht dabei sein, falls Sie eine Observierung planen. Ich bin zu einer Weinprobe bei Pierre eingeladen. Da habe ich fest zugesagt.«

»Schon gut, ich werde das selbst übernehmen«, entschied Jules. »Sofern ich herausfinden kann, wo der Treffpunkt der Druiden liegt.«

Ein Besucher wurde von Charlotte in die Wache geführt. Es war Jean-Paul Gardier, den Jules zuletzt beim Boulespiel gesehen hatte. Jules fand, dass der Ver-

66

sicherungsvertreter nach wie vor sehr mitgenommen wirkte. Er war bleich, und unter den Augen zeichneten sich dunkle Schatten ab. Vielleicht war er krank?

»Jean-Paul ist gekommen, um sich über den Ermittlungsstand im Fall Richard Jardin zu erkundigen«, erklärte Charlotte, nachdem der Neuankömmling nichts sagte.

»Weshalb interessiert dich das?«, rief Kieffer dem Versicherungsvertreter zu.

Auch Lautner blickte von seinen Leckereien auf. »Wenn's was Neues zu berichten gäbe, stände es in der Zeitung.«

Jules hingegen ahnte, dass Jean-Pauls Zustand möglicherweise berufliche Gründe hatte. Er trat auf den schmal gebauten Mann zu und erkundigte sich: »Gibt es da eine Police, die dir Kopfzerbrechen bereitet? Fragst du dich, ob sie fällig wird oder nicht?«

Jean-Paul nickte betrübt. »Vor gut einem halben Jahr haben die Jardins eine Lebensversicherung auf Gegenseitigkeit abgeschlossen. Bei einem Unfalltod müsste die Summe an die Hinterbliebene ausgezahlt werden und ebenso bei einem Mord, sofern die Begünstigte nicht selbst die Täterin war.«

»So wie du aus der Wäsche schaust, ist es ein ganzer Batzen Geld, den ihr da abdrücken müsst, oder?«, wollte Kieffer wissen.

Daraufhin senkte Jean-Paul den Kopf und sagte mit leiser Stimme: »Zwei Millionen Euro.«

Lautner stieß einen Pfiff aus. »Donnerwetter! Da habt ihr aber ein schlechtes Geschäft gemacht, wenn dafür erst seit einem halben Jahr Beiträge eingezahlt worden sind.«

Jean-Paul seufzte. »Ihr versteht sicher, dass es für mich sehr wichtig ist, auf dem Laufenden zu bleiben. Solange die Gründe für Richards Tod im Unklaren liegen, kann ich die Versicherungssumme zurückhalten. Aber wenn ihr ein Ergebnis habt, bin ich dran.«

Jules versprach ihm, ihn – soweit möglich – mit Informationen über den Ermittlungsstand zu versorgen. Gedanklich war er allerdings längst einen Schritt weiter: Jean-Paul hatte ihm soeben ein lupenreines Motiv für die tödliche Manipulation an Jardins Kletterausrüstung geliefert. Habgier – das klassische Mordmotiv schlechthin! Somit stieg Anabelle Jardin zur Tatverdächtigen Nummer eins auf. Er würde also sehr bald die Trauer der Witwe stören und sie vernehmen müssen.

Doch er durfte nichts überstürzen. Zunächst galt es, die anderen Spuren zu verfolgen, an erster Stelle jene, die in die örtliche Okkultistenszene führten.

Mit diesen Überlegungen im Kopf ging Jules auf das Fenster zu, das zum Place Turenne hinausging. Er öffnete die beiden Fensterflügel und lehnte sich auf den Sims. Während er die frische Luft einsog, grübelte er darüber nach, was nun als Nächstes anstand. Da zuckte er unvermittelt zusammen, denn unten auf dem Marktplatz hatte er zwei sehr vertraute Gestalten erspäht. Lilou und Joanna!

Seite an Seite schlenderten die beiden Frauen über den Platz und waren sichtlich guter Dinge. Sie lachten miteinander und verstanden sich allem Anschein nach prächtig. Es machte ganz den Eindruck, als wären sie allerbeste Freundinnen.

Jules trat zurück in den Schatten seines Büros. Nun verstand er gar nichts mehr.

Am Nachmittag fing Claude Serge Boisselier ab, als dieser gerade die Fahrzeughalle verlassen wollte, und zwar durch eine Seitentür, die er sonst nie benutzte.

»Was hattest du eigentlich heute Morgen, als die Gendarmen hier waren, hier zu tun?«, fragte Claude und blickte dabei auf den um fast zwei Köpfe kleineren Mann hinab. »Die Hochdruckpumpe, die du reparieren wolltest, läuft doch längst wieder.«

»Ich wollte noch ein paar andere Dinge richten«, antwortete Serge ausweichend, während seine Augen hin und her flitzten.

»Welche anderen Dinge? Um den Motor des Rundhaubers habe ich mich selbst gekümmert, und der Rest macht gerade keine Zicken.«

»Na ja, du weißt doch…«, druckste Serge herum. »Bei einer so alten Fahrzeugflotte, wie wir sie haben, hat man ständig etwas zu tun. Wo man auch hinfasst, gibt es Arbeit.« Das Lächeln, das er dabei aufsetzte, wirkte gezwungen.

Claude wusste sehr genau, dass sein Gegenüber ihm etwas vormachte, fragte sich allerdings, weshalb. Er kannte Serge seit vielen Jahren und schätzte ihn als eher stillen, aber sehr loyalen Helfer. »Hand aufs Herz, Serge. Du bist doch nicht so lange geblieben, um an deinen Maschinen herumschrauben zu können. Der Major hatte den richtigen Riecher, als er sagte, dass du uns belauscht hast.«

»Nie im Leben!«, protestierte der kleine Mechaniker. »Für wen hältst du mich?«

»Für einen netten Kerl, auf den man sich verlassen kann«, sagte Claude ehrlich. »Dass du ein echter Kumpel bist, hat ja auch Richard zu schätzen gewusst.«

»Richard Jardin?«, fragte Serge erschreckt.

»Natürlich, oder kennst du etwa noch einen anderen Richard?«

»Nein. Aber ich weiß nicht, weshalb du auf einmal mit ihm anfängst.« Bei diesen Worten schaute Serge zu Boden.

Claude seufzte. »Ich halte eben die Augen offen und sehe, was um mich herum vorgeht. Du und Richard, ihr hattet in letzter Zeit viel miteinander zu tun. Ich habe euch oft zusammen gesehen. Offenbar hattet ihr einiges zu bereden.«

»Ach was. Ich habe mit Richard nicht mehr geredet als jeder andere aus unserer Truppe. Es ist doch ganz normal, dass man mal miteinander quatscht, wenn man fast seine komplette Freizeit hier verbringt.«

»Nun ja, wie man es nimmt. Richard hatte neben der Feuerwehr auch noch ein anderes Hobby, die Höhlenkletterei…«

»Ein Hobby, das ihm zum Verhängnis wurde«, kommentierte Serge mit bitterem Unterton.

Claude spürte, dass er auf der richtigen Fährte war. Nun fragte er ganz direkt: »Ging es bei euren Gesprächen darum, um den Klettersport? Wollte Richard auch dich dafür begeistern? Oder was sonst habt ihr beiden miteinander ausgeheckt?«

Serge lief rot an und plusterte sich auf. »Ausgeheckt? Jetzt reicht es aber, Claude. Wie kommst du darauf? Was sollten wir denn ausgeheckt haben? Das klingt ja beinahe so, als wäre es verboten, sich mit einem anderen Kameraden gut zu verstehen.«

»Hoho, wer wird denn gleich in die Luft gehen? Ich will dir nichts unterstellen, Serge, sondern dir bloß einen Rat geben«, erklärte Claude. »Falls es irgendetwas in Zusammenhang mit Richards Tod gibt, was die Polizei wissen sollte, halte es nicht zurück.«

»Da gibt es nichts, rein gar nichts«, entgegnete Serge. »Außerdem will ich mit den *flics* so wenig wie möglich zu tun haben. Seit mir diese Typen als Jugendlichem den Moped-Führerschein abgenommen haben, kann ich die Kerle nicht ausstehen. Und wenn man sich bei denen freiwillig meldet, zählt man gleich selbst zu den Verdächtigen! Nein danke, ohne mich. Außerdem bin ich bei diesem Major Gabin ja sowieso schon durchgefallen.«

»Versprich mir, dass du zur Polizei gehst, falls du doch mehr über diese Sache wissen solltest.« Claude nahm Serge fest in den Blick. »Tust du das?«

Serge stieß mit seinem Schuh eine herumliegende Schraubenmutter beiseite. »Na gut. Für dich würde ich das machen. Falls mir doch noch etwas einfällt, gehe ich zu den Bullen. Versprochen, Kommandant!« Damit nickte er Claude zu und trollte sich.

Claude beobachtete ihn, wie er die Wagenhalle verließ, und war sich sicher, dass Serge etwas vor ihm und der Polizei verbarg. Serge wusste etwas – und das hatte sehr wahrscheinlich mit Richard zu tun. Bloß was könnte das sein? Und weshalb wollte er nicht damit herausrücken? Claude fand keine Erklärung dafür. Ihm blieb nichts anderes übrig, als auf den gesunden Menschenverstand seines Kameraden zu hoffen und darauf, dass sich Serge ihm oder der Polizei doch noch anvertraute.

Möglichst unauffällig versuchte Jules, sich aus der Wache zu stehlen. »Ich bin mal eben unterwegs«, teilte er Charlotte im Vorbeigehen mit, in der Hoffnung, sie würde das kommentarlos hinnehmen.

Doch das tat seine stets aufmerksame Assistentin nicht. »Wohin möchten Sie denn?«, fragte sie. »Wie kann ich Sie erreichen?«

»Bin ja gleich wieder da.« Jules ging einfach weiter. »Hole mir nur schnell etwas zu essen.«

»Jetzt noch?«, folgte die verwunderte Nachfrage.

Und Alain Lautner legte noch eins drauf: »Schon wieder?«

»Warum nicht?«, stellte Jules die Gegenfrage, ohne sich noch einmal umzudrehen. Im nächsten Moment stand er im Treppenhaus der Gendarmerie und rannte die Stufen hinunter. Als er vor das Corps de Garde trat, blickte er sich hektisch um und sah gerade noch, wie Joanna und Lilou den Place Turenne in Richtung Notre-Dame des Trois Epis verließen. Er spürte, wie sich sein Herzschlag beschleunigte. Und das lag nicht nur an den schnellen Schritten, mit denen er die Verfolgung der beiden Frauen aufnahm.

Was mochten die beiden bloß zu bereden haben, fragte er sich. Und warum zum Teufel verstanden sie sich so blendend? Müssten sich die zwei Rivalinnen nicht eigentlich spinnefeind sein? Oder hatten sie sich etwa gegen ihn verschworen?

Jules konnte sich keinen Reim auf das alles machen und wollte nun endlich Antworten auf seine vielen Fragen, deshalb zog er das Tempo noch einmal an. Als er bei der Kirche mit ihren zwei imposanten Glockentürmen angekommen war, trennten ihn nur noch wenige Meter von Joanna und Lilou. Voll innerer Unruhe musste er mit ansehen, wie die Frauen mit federnden Schritten über das Kopfsteinpflaster schritten und Joanna ihren Kopf lachend in den Nacken warf.

Diese gute Laune gefiel Jules ganz und gar nicht, denn für ihn konnte sie nur Schlechtes bedeuten. Also würde er jetzt den Spielverderber geben und die beiden zur Rede stellen. Gerade setzte er zum Sprint an, um die Frauen endgültig einzuholen, als er hinter sich schnelle, schwere Schritte hörte. Im nächsten Augenblick legte sich eine Hand auf seine Schulter.

Jules blieb stehen und fuhr herum. Vor ihm stand Lino. Mit ihm hatte Jules überhaupt nicht gerechnet. Wenn er die Frauen nicht aus den Augen verlieren wollte, musste er ihn so schnell wie möglich loswerden!

»*Bonjour*, Lino«, grüßte Jules den Ex-Gendarmen und fügte gleich hinzu: »Ich habe es gerade ziemlich eilig.«

»Oho, immer fleißig, immer im Dienst«, kommentierte Lino mit einem Augenzwinkern. Offenbar war ihm nicht entgangen, dass Jules keineswegs aus beruflichen Gründen so sehr in Eile war. »Du bist wohl gerade dabei, ein paar Verdächtige zu beschatten?«

Jules schaute ihn mit einem gequälten Lächeln an und sah, wie Lilou und Joanna um die nächste Ecke verschwanden.

»Verdächtige, die etwas mit Richards Tod zu tun haben könnten?«, fragte Lino weiter. »Oder geht es um etwas anderes?«

»Das braucht dich nicht zu interessieren«, sagte Jules recht schroff und wollte das Gespräch beenden, als Lino ihn am Ärmel seiner Uniform festhielt.

»Auf ein Wort, Major: Diese Spur mit den Okkultisten – verfolgt ihr die noch? Ich hätte da einen heißen Tipp für dich.«

»Wie kommst du darauf, dass wir auf deine Mithilfe angewiesen sind? Und wieso bist du immer so gut im Bilde?«, fragte Jules gereizt. Von den zwei Frauen war inzwischen nichts mehr zu sehen.

»Ach, nicht nur ich weiß davon, dass Richard Ärger mit den Druiden hatte«, antwortete Lino. »Vincent ist auch längst dran an der Sache.«

Vincent Le Claire. Bei diesem Namen schrillten bei Jules alle Alarmglocken. Sollte der Reporter der örtlichen Zeitung *Les Nouvelles du Haut-Rhin* im Umfeld des Druidenbundes recherchieren, wären die Akteure gewarnt. Mit seiner penetranten Art, unangenehme Fragen zu stellen, würde Le Claire mögliche Zeugen oder Tatverdächtige mit Sicherheit kopfscheu machen und am Ende bloß noch verbrannte Erde hinterlassen. Für Jules und seine Leute gäbe es dann nichts mehr zu holen. Dem musste Jules unbedingt zuvorkommen. Daher fragte er eindringlich: »Wie weit ist Le Claire bereits vorgeprescht? Hat er die Leute aus diesem Verein etwa schon in Zusammenhang mit Jardins Tod interviewt?«

»Wohl kaum«, antwortete Lino und blieb gelassen. »Vincents Nachforschungen sind eher allgemein. Er hat sich schon vor einer ganzen Weile an diese Spinner gehängt und in das Thema vertieft, weil er irgendwann mal eine große Enthüllungsgeschichte schreiben will.

In jedem Fall kennt er sich aus und könnte dir bei den Ermittlungen behilflich sein.«

Das wäre durchaus möglich. Andererseits kannte Jules den Reporter inzwischen gut genug, um zu wissen, dass dieser Informationen niemals ohne Gegenleistung preisgab. Er musste also gut abwägen, ob er auf Le Claires Hilfe zurückgreifen wollte oder es lieber sein ließ.

»Wenn du magst, können wir gleich bei ihm vorbeischauen«, schlug Lino vor. Wahrscheinlich war er neugierig und wollte selbst so viel wie möglich über den Fall erfahren.

Da ihm Joanna und Lilou ohnehin durch die Lappen gegangen waren, ließ Jules sich auf Linos Initiative ein. »Also gut. Lass uns hören, was Le Claire ausgegraben hat und ob seine Recherchen für die Ermittlungen von Nutzen sind.«

Das kleine Redaktionsbüro in einem der malerischen Seitengässchen hatten sie nach wenigen Minuten erreicht. Der hagere Reporter, der sich bevorzugt im Stil der Siebzigerjahre kleidete und sich auch im Styling der Haare seinen großen Idolen aus der Watergate-Affäre anzunähern versuchte, kauerte mit gekrümmtem Rücken über der Tastatur seines Rechners und bemerkte Jules und Lino erst, als sie an den Rahmen seiner Bürotür klopften.

Er schreckte auf und blickte den uniformierten Jules und seinen zivil gekleideten Vorvorgänger irritiert an. Dann jedoch schaltete er blitzschnell und hieß beide mit einem breiten Grinsen willkommen.

»Ich kann mir schon denken, weshalb Sie hier sind«, sagte Le Claire und befreite die Sitzflächen zweier

Stühle von Papierstapeln. »Nehmen Sie Platz. Darf ich Ihnen etwas zu trinken anbieten? Einen *petit noir*?«

Jules sah den abgestoßenen Kaffeebecher auf Le Claires Schreibtisch, in dem eine hellbraune Brühe schwappte, und lehnte dankend ab. »Wie ich gehört habe, arbeiten Sie an einem Artikel über die okkultistische Szene in der Region«, eröffnete er das Gespräch, wobei er es vermied, den Druidenbund beim Namen zu nennen.

»Das stimmt. Möchten Sie etwas darüber wissen?« Le Claire setzte sich seinen Besuchern gegenüber. »Da haben Sie sich ein weitgefächertes Thema ausgesucht, Major. Die Szene hat hier bei uns im Elsass viele Anhänger, und zwar schon seit Jahrhunderten. Wen wundert es bei all den mythischen Orten am Oberrhein.« Der Reporter zählte diverse Plätze und Rituale auf, die Hunderte von Interessierten anlockten. Er berichtete von der *Dame blanche*, die einmal im Jahr Pilgerscharen auf den Bollenberg, einen Jurakalkhügel bei Orschwihr, lockte. Auf einem Holzstoß werde eine Hexenpuppe dem Feuer übergeben, und zwar an jenem Ort, an dem die geheimnisumwitterte weiße Dame ein ums andere Mal erschienen sei. Außerdem gebe es die *Grotte aux fées*, eine Höhle unter einem überhängenden Sandsteinfelsen, der Sage nach ebenfalls eine Heimstätte von Hexen. In einer rätselhaften Vertiefung im Steinboden, Hexenloch genannt, sei im 12. Jahrhundert angeblich eine Frau namens Itha bei lebendigem Leibe vergraben worden, weil man ihre magischen Kräfte fürchtete. In unmittelbarer Nachbarschaft davon liege der Michelsberger Hexentanzplatz, ein steinernes Rund, das wohl schon in keltischen Zeiten als druidischer Kulturplatz genutzt worden sei. Und dann sei da noch der Kraftort Odilienberg, das größte kultische Heiligtum des Elsass…

»Ich interessiere mich vor allem für die Blutgrotte«, unterbrach Jules den Redefluss des Reporters. »Ebenfalls ein magischer Ort, über den Sie sicher einiges zu berichten haben.«

Le Claire schmunzelte wissend. »Eine gute Wahl, Major. Die Blutgrotte zählt zu den spannendsten Kultstätten der Gegend und birgt noch so manches Geheimnis.«

Jules neigte den Kopf. »Reden wir nicht länger um den heißen Brei herum. Sie kennen den Grund für mein Interesse, Monsieur Le Claire. Über den Tod von Richard Jardin haben Sie in Ihrer Zeitung ja bereits berichtet. Unsere Ermittlungen schließen alles und jeden ein, der mit dem Auffindeort des Leichnams etwas zu tun hatte – also auch die Druiden.«

»Auffindeort? Warum vermeiden Sie das Wort Tatort?«, hakte Le Claire nach. »Wir haben es doch mit einem Mord zu tun, oder etwa nicht?«

Jules biss die Zähne zusammen. Am liebsten wäre er dem Reporter über den Mund gefahren, denn diese herablassende Art störte ihn gewaltig. Doch es gelang ihm, einen kühlen Kopf zu bewahren. »Wie dem auch sei: Lino hat mir den Tipp gegeben, dass Sie sich intensiv mit der Okkultisten-Szene an der Blutgrotte beschäftigen. Wenn Sie mir etwas erzählen könnten, was für meinen Fall eventuell relevant ist, wäre ich Ihnen sehr verbunden.«

»Wie verbunden?«

»Sehr«, wiederholte Jules und ahnte, was kommen würde.

»Wenn Sie unter Verbundenheit verstehen, dass Sie mich im Gegenzug an Ihren Ermittlungsergebnissen beteiligen, bin ich gern bereit, zu helfen.«

»Sie erhalten eine Presseinformation über den Stand der Dinge, sobald dieser veröffentlicht werden kann«, bot Jules an.

»Eine Presseinformation, wie sie auch jeder andere Journalist bekommt? Das genügt mir nicht, Major.«

»Es muss Ihnen genügen. Im Übrigen sind Sie dazu verpflichtet, jeglichen sachdienlichen Hinweis an uns weiterzugeben.«

»Schon mal etwas von Pressefreiheit gehört?«, konterte Le Claire frech.

Jules schob seinen Stuhl vor und sah dem Reporter direkt in die Augen. »Keine Spielchen mehr, Le Claire. Wir wissen, dass sich die Druiden in Kürze treffen werden. Was wir nicht wissen, ist wann, wo und in welcher Zusammensetzung.«

»Das kann ich Ihnen sagen, Major. Ich habe da meine Quellen.«

»Also?«

Le Claire rutschte mit seinem Stuhl zurück und entzog sich so der unmittelbaren Nähe zu Jules. »Machen wir ein Tauschgeschäft: Ich sage Ihnen, was ich weiß. Dafür nehmen Sie mich mit, wenn Sie das Druiden-Treffen observieren. Das haben Sie doch vor, oder?«

Jules stand dicht davor, dem widerspenstigen Reporter die Leviten zu lesen, doch Lino versetzte ihm einen Stups und raunte ihm zu, er solle sich doch auf den Tauschhandel einlassen. »Natürlich kannst du ihn dazu verdonnern, dir Informationen zu überlassen. Aber dann rückt er bloß mit der Hälfte raus und behält das Wichtigste für sich«, flüsterte der alte *flic* Jules ins Ohr.

Eine realistische Einschätzung, fand Jules und willigte schließlich ein: »Na schön, Le Claire. Arbeiten wir zusammen.«

»Ich wusste, dass man mit Ihnen vernünftig reden kann.« Der Reporter grinste, dann beugte er sich wieder über seinen Computer und rief ein Verzeichnis auf. Er schob seine Lesebrille zurecht und sagte: »Meine Materialsammlung umfasst Mitschriften von Gesprächen, die ich mit Aussteigern aus der Gruppe führen konnte. Demnach handelt es sich bei diesem Druidenzirkel um eine höchst suspekte Vereinigung. Die aktiven Mitglieder nehmen ihren Glauben sehr ernst. Bei ihren Treffen kommt es angeblich zu Szenen, die an schwarze Messen denken lassen. Sie vollziehen eine Art Teufelsaustreibung, halten ihre Mitglieder zu rituellen Handlungen an und verpflichten sie zu Stillschweigen gegenüber Dritten. Loyalität und Diskretion sind oberstes Gebot.«

»Was kann ich mir unter diesen rituellen Handlungen vorstellen?«, wollte Jules wissen.

»Offenbar vollführen die Druidenjünger bei ihren Zusammenkünften rauschhafte Tänze, es soll aber auch zu orgiastischen Szenen kommen.«

Dabei waren möglicherweise die Drogen im Spiel, die der Dorfklatsch kolportierte, überlegte Jules, und bei den Orgien könnte es zu Fällen sexueller Nötigung gekommen sein. Straftatbestände, von denen Höhlenforscher Jardin vielleicht durch Zufall erfahren hatte und deshalb zum Schweigen gebracht worden war?

»Haben Sie – abgesehen von den Angaben der Aussteiger – Belege für diese Handlungen? Fotos, Augenzeugenberichte oder Ähnliches?«, erkundigte sich Jules.

»Noch nicht. Aber das wird sich morgen Nacht bestimmt ändern, da findet das nächste Treffen der Druiden ganz in der Nähe der Blutgrotte statt. Ich werde Sie hinführen, Major.«

»Wie uneigennützig von Ihnen. Geben Sie doch zu, dass Ihnen der Polizeischutz eigentlich sogar willkommen ist.« Diese Spitze konnte sich Jules nicht verkneifen.

Vincent Le Claire nahm es gelassen. »Wir werden beide davon profitieren, Major.«

Jules deutete auf den Computer des Reporters. »Was haben Sie sonst noch für mich? Namen von aktiven Mitgliedern?«

»Leider so gut wie keine. Wie gesagt: Die Druiden verpflichten sich zu absoluter Verschwiegenheit, es dringt so gut wie nichts nach außen. Aber es gibt da ein interessantes Detail: Bei ihren Zusammenkünften tragen die Mitglieder einen besonderen Ring, auf den sie Treue geschworen haben.« Le Claire drehte den Bildschirm seines Rechners, sodass die anderen ein Foto sehen konnten. »Diese Aufnahme stammt von einem der Aussteiger. Ein recht auffälliges Schmuckstück, nicht wahr?«

Jules betrachtete den goldenen, reichlich verschnörkelten Ring, der ihm vage bekannt vorkam. Hatte er ein solches Schmuckstück tatsächlich schon einmal gesehen oder täuschte er sich? »Könnten Sie das Bild bitte ausdrucken?«, bat er den Reporter.

Le Claire fuhr mit der Maus auf das Druckersymbol, woraufhin der Apparat auf dem Schreibtisch zu brummen begann. Jules bedankte sich und steckte die Aufnahme ein. »Sollte es morgen Nacht tatsächlich zu strafbaren Handlungen kommen, benötige ich auch alle weiteren Fotos, die Sie machen werden«, stellte er klar.

»Ist das Ihre Bedingung für unsere gemeinsame Aktion?«, fragte Le Claire.

»Eine meiner Bedingungen. Die zweite lautet, dass Ihr Bericht erst dann erscheinen darf, wenn ich Ihnen grünes Licht dafür gebe. Keinesfalls dürfen meine Ermittlungen durch eine zu frühe Veröffentlichung gefährdet werden. Haben wir uns verstanden?«

»Keine Sorge«, schaltete sich Lino ein, der ungewöhnlich lange schweigend im Hintergrund gesessen hatte. »Ich werde Vincent auf die Finger schauen. Nicht, dass er auf die Idee kommt, ein paar der Fotos live auf Facebook zu posten. An so was muss man heutzutage ja denken.«

Jules sah ihn verwundert an. »Du willst ihm auf die Finger schauen? Was soll das heißen?«

»Genau das, was ich gesagt habe!« Im Brustton der Überzeugung machte er klar: »Ich bin natürlich dabei, wenn ihr euch die Nacht um die Ohren schlagt. Sechs Augen sehen mehr als vier.«

Jules seufzte. Die Angelegenheit nahm mittlerweile ungeahnte Ausmaße an, und das gefiel ihm überhaupt nicht. Andererseits kannten sich sowohl Vincent Le Claire als auch Lino weitaus besser in den unwirtlichen Ausläufern der Vogesen aus als er. Ohne die beiden

Ortskundigen stünde Jules vermutlich auf verlorenem Posten.

»Dann machen wir es so«, willigte er ein. »Morgen Nacht schauen wir uns diesen ominösen Verein an. Und bis dahin herrscht Stillschweigen. Wir wollen ja niemanden verschrecken.«

LE TROISIÈME JOUR

DER DRITTE TAG

Wieder hatte Joanna Jules in der Nacht allein gelassen.

Nun gut, dachte er, das musste nichts bedeuten. Sie führten eine lockere Beziehung und ließen sich gegenseitig viel Freiraum. Es war eine bewusste, von beiden Seiten getragene Entscheidung, denn sie wollten ihre junge Liebe nicht durch zu viel Nähe ersticken. Aus diesem Grund hatte Joanna auch ihre eigene Wohnung in Colmar behalten und übernachtete nur sporadisch bei Jules.

Damit versuchte sich Jules zu beruhigen, doch das funktionierte nur vorübergehend. Ihm war sehr wohl bewusst, dass Joanna vermutlich einen bestimmten Grund hatte, wenn sie sich rarmachte. Dieser Grund hatte sehr wahrscheinlich einen Namen und hieß Lilou. Jules fragte sich zum wiederholten Mal, welchen Floh seine Ex-Freundin Joanna in den Kopf gesetzt haben mochte. Glaubte Joanna etwa tatsächlich, er wäre der Vater von Lilous ungeborenem Kind? Doch wenn, weshalb traf sie sich dann weiter mit Lilou und schien sich mit ihr auch noch bestens zu verstehen? Handelte es sich um eine Verschwörung der Frauen? Jules fasste sich an die schweißnasse Stirn, die Ungewissheit raubte ihm bald den Verstand. Er nahm sein Telefon zur Hand und wählte Joannas mobile Nummer. Die Mailbox sprang an. Jules verzichtete darauf, eine Nachricht aufzusprechen.

Sein Frühstück fiel bescheiden aus, lediglich ein Croissant auf die Hand für unterwegs. Nicht einmal einen Kaffee dazu gönnte er sich, denn er war spät dran und hatte es eilig, die Gendarmerie zu erreichen. Ehe er das Gebäude betrat, versuchte er es abermals bei Joanna und – o Wunder – diesmal erwischte er sie sogar. Seine Freude darüber, ihre Stimme zu hören, währte allerdings nur kurz. Sie ließ ihn gar nicht erst zu Wort kommen, sondern teilte ihm kurz und bündig mit, dass sie wegen diverser Verfahren heute den ganzen Tag am Gericht in Colmar gebunden sei und überhaupt keine Zeit für Privates habe.

»Aber die Ermittlungen im Fall Jardin…«, warf Jules ein, um zu verhindern, dass sie gleich wieder auflegte.

»Ich bin über alles im Bilde. Habe gerade mit Adjutant Lautner telefoniert.«

Weshalb mit Lautner und nicht mit mir?, fragte sich Jules mit aufwallendem Zorn. Er kam nicht mehr dazu, sich zu erkundigen, denn im nächsten Moment flötete Joanna ein nichtssagendes *Salut* in den Hörer und beendete das Gespräch.

Jules hielt den Blick auf das Smartphone in seiner Hand gerichtet und konnte sich nur noch wundern. Was hatte er Joanna getan, dass sie ihn so behandelte? Da konnte doch nur Lilou dahinterstecken, die sie gegen ihn aufgewiegelt hatte. Aber das würde er sich nicht gefallen lassen! Sobald er die Gelegenheit bekam, würde er zurückschlagen. Und dann musste sich seine Ex warm anziehen!

»Was ist Ihnen denn für eine Laus über die Leber gelaufen?«

Wie aus dem Nichts tauchte François Kieffer neben ihm auf. Auch der Gendarm hatte sich verspätet, was bei ihm keineswegs ungewöhnlich war. In den Händen trug er ein Fresspaket allererster Güte. Jules sah bei einem flüchtigen Blick auf die offene Tüte diverse Leckereien wie Blätterteigtörtchen, daumendicke Scheiben Gugelhupf und *brioche*. Daneben dampfte in einem Becher ein frisch aufgebrühter Café au Lait. Kieffer wusste, wie man es sich gut gehen ließ, dachte Jules mit einem Anflug von Neid.

Doch dann besann er sich auf seine eigentlichen Aufgaben und erteilte dem Gendarmen Anweisungen. Das fiel schroffer aus als beabsichtigt: »Beeilen Sie sich, dass Sie raufkommen. Geben Sie den Kollegen Bescheid, dass ich heute Vormittag unterwegs bin. Ich werde mich noch einmal am Tatort umsehen, um mir ein besseres Bild machen zu können.«

Kieffers Gute-Laune-Gesicht wich einer skeptischen Miene: »Kommen Sie nicht erst mit ins Büro, Major?«

»Nein, ich werde gleich loslegen«, sagte Jules kurz entschlossen.

»Sie möchten sich den Tatort ansehen?«, vergewisserte sich der Gendarm. »Also die Höhle?«

»Richtig, ja, die Blutgrotte«, bestätigte Jules. »Ich habe Claude gebeten, mich hineinzuführen. Wenn ich mir das nicht mit eigenen Augen ansehe, werde ich nie verstehen, was sich dort unten abgespielt hat.«

Kieffer kräuselte die Stirn. »Ich will Sie ja nicht kritisieren, Chef, aber haben Sie vergessen, was die Bergwacht gesagt hat? So weit unten in der Höhle sollten sich nur diejenigen aufhalten, die sich auskennen. Sonst kann das gefährlich werden.«

Wieder stieg Jules eine Wolke von Kaffeeduft verführerisch in die Nase und rief den Wunsch nach einem ordentlichen Frühstück in ihm wach. Doch er blieb standhaft: »Ich weiß Bescheid. Kollege Lautner hat auch schon auf mich eingeredet. Lassen Sie das meine Sorge sein, Gendarm. Informieren Sie Charlotte und sagen Sie ihr auch, dass ich wahrscheinlich für eine Weile nicht erreichbar sein werde. Denn ich gehe davon aus, dass man unter Tage kein Netz hat.«

»Richtig, Major. Sie müssen dort ohne Netz und ohne doppelten Boden auskommen. Geben Sie nur ja auf sich acht!«

Claude hatte bereits alles vorbereitet und für die Anfahrt zur Blutgrotte ein Fahrzeug aus dem Fuhrpark der Feuerwehr ausgewählt: Der allradgetriebene und voll geländefähige Unimog der Baureihe 406, der sich durch morastigen Boden wühlen und extreme Steigungswinkel meistern konnte, sei allemal geeigneter für die Tour als der Mégane der Gendarmerie, begründete er. Der alte Unimog aus dem Jahr 1984 sei zwar kein französisches Fabrikat, sondern stamme aus dem Mercedes-Benz-Werk in Gaggenau, aber in Sachen Bergtauglichkeit sei er unschlagbar.

Während die bereits herbstlich gefärbten Weinfelder an den Seitenfenstern vorbeizogen, erkundigte sich Claude: »Darfst du mir verraten, wie die Untersuchungsergebnisse von Richards Ausrüstung lauten, oder ist das geheim?«

»Es gibt keine neuen Erkenntnisse, seit wir uns das letzte Mal unterhalten haben«, antwortete Jules, kurbelte die Scheibe nach unten und legte seinen Arm auf den Türrahmen. Ein Schwall spätsommerlich warmer Luft wehte ihm entgegen. Er roch das satte Gras der Böschung und die Süße der reifen Trauben. »Im Wesentlichen hat sich deine Vermutung bestätigt: Jardin war mit einer minderwertigen und für diese Zwecke ungeeigneten Ausstattung unterwegs. Zumindest, was die Karabinerhaken anbelangt, hat er die falsche Wahl getroffen. Der Stand ist derselbe wie gestern: Wir müssen davon ausgehen, dass er die fehlerhafte Ware entweder versehentlich selbst eingesteckt hat oder dass sie ihm in einem unbemerkten Moment untergeschoben worden ist. In diesem Punkt sind wir leider immer noch nicht weiter.«

Claude lenkte sein kraftstrotzendes Gefährt über enge Serpentinen auf die Waldgrenze zu und schien sich ausschließlich auf die Strecke zu konzentrieren. Doch dann sagte er: »Es ist schon seltsam. Weißt du, Jules, wir Kletterer gehen gern auf Nummer sicher. Unsere Ausrüstung ist mehrfach redundant. Für den Fall des Falles gibt es Zweipunktauffanggurte, elastische Gurtbänder mit Falldämpfern und, und, und. Trotzdem ist man geliefert, wenn ausgerechnet so zentrale Hilfsmittel wie Haken und Karabiner versagen.«

»Tja, offenbar wusste der Saboteur – wenn es denn einen gab – sehr genau, wo er ansetzen musste«, vermutete Jules.

Nach holpriger Fahrt hatten sie ihr Ziel schneller als gedacht erreicht. Das Laub raschelte unter ihren Stiefeln, als sie die letzten Meter zu Fuß zurücklegten und sich der dichte Laubwald wie ein Vorhang öffnete. Er gab den Blick auf eine trutzige Gesteinsformation frei, die Jules diesmal nicht weniger beeindruckte wie bei seinem ersten Besuch. Als sie vor dem imposanten Felsentor standen, erfasste ihn ein ehrfurchtsvolles Frösteln.

Claude hatte Jules keine Illusionen gemacht und ihm deutlich erklärt, dass sie zwar einen Teil des Höhlensystems erkunden könnten, es aber niemals bis zum Ort des Geschehens schaffen würden. Das sei für einen Laien wie Jules ausgeschlossen. Selbst für die kurze Passage, bei der sich Jules ein Bild vom Inneren der Blutgrotte machen sollte, hatte Claude auf einer entsprechenden Ausrüstung beharrt: festes Schuhwerk, Handschuhe und Schutzhelm sowie eine leistungsstarke LED-Lampe für jeden von ihnen.

Gekleidet in die Kluft der Höhlenforscher folgte Jules Claude ins Höhleninnere, wo er schon nach wenigen Metern von tiefschwarzer Dunkelheit umgeben war. Gleichzeitig veränderte die Luft ihre Beschaffenheit: Gerade noch weich, warm und trocken, war sie nun kühl, feucht und muffig. Sie betraten einen felsigen Korridor, den Jules auf der Karte der Bergwacht als schmalen Flur interpretiert hatte. Tatsächlich war der Zugang zum tiefer gelegenen Inneren der Höhle dermaßen eng, dass man hintereinandergehen musste und noch dazu mit eingezogenem Kopf. Jules spürte einen Anflug von Klaustrophobie – und das, obwohl sie erst ganz am Anfang ihrer Exkursion standen.

Erschwerend kam hinzu, dass sich Jules in seiner Höhlenforscherausstattung nicht wohlfühlte. Der Overall, den er trug, war steif und unbeweglich, das Gurtzeug störte ihn beim Laufen und das zitternde Licht der Helmlampe gewährte ihm nur ein sehr eingeschränktes Blickfeld.

»Alles in Ordnung?«, fragte Claude mit einem kurzen Blick hinter sich.

»Ja, klar. Alles bestens.«

Endlich erreichten sie *La grand salle*. Wie Jules mittlerweile wusste, war die steinerne Halle sechzehn Meter lang und bis zu sechs Meter hoch. Jules drehte sich um die eigene Achse und folgte dem Strahl seiner Lampe mit staunendem Blick. Die Felswände, die ihn umgaben, glänzten feucht in den verschiedensten Schattierungen. Es gab schroffe Vorsprünge, dramatische Abbruchkanten und gleich daneben ebene Flächen, die aussahen, als wären sie von Menschenhand glatt geschliffen worden. Von der Decke hingen spitz zulaufende Stalaktiten, die auch Sinterkerzen genannt wurden, wie er von Claude erfuhr. Manche waren armlang, andere bildeten bloß winzige Kegel. Der Anblick war tief beeindruckend. Die Blutgrotte zählte zu den großartigsten Naturdenkmälern, die Jules je zu Gesicht bekommen hatte.

»Fantastisch!«, rief er aus. »Wie ist diese Höhle entstanden?«

Claude war um eine fachmännische Antwort nicht verlegen: »In zwei Phasen: erst durch Korrosion, also durch den Abtransport des durch säurehaltiges Karstwasser gelösten Kalks. In Phase zwei durch mechanischen Versturz: Von der Decke platzten so lange Gesteinspartikel ab, bis die heutige gebogene Form entstand. Und die Stalaktiten haben sich durch herabtropfendes Wasser gebildet.«

»Ich hoffe, diese zweite Phase ist inzwischen abgeschlossen«, scherzte Jules. »Nicht, dass uns noch ein weiterer Teil der Decke auf den Kopf fällt.«

»Wir sollten jedenfalls kein Feuer anzünden, denn durch die Hitzeeinwirkung könnte es zu Spannungen kommen, die möglicherweise weitere Felsbrocken absprengen würden.«

»Ein Feuer, so wie es der Druidenverein machen wollte?«

»Ja, so etwas wäre völlig verrückt. Das wusste Richard und hat sich deshalb ziemlich aufgeregt, als er davon erfuhr.« Claude ließ den Lichtkegel seiner Lampe über die Höhlenwände wandern. »Andererseits wären die Druiden nicht die Ersten, die hier Feuer schüren. Die Blutgrotte war schon immer beliebt. Vor ein paar Jahren haben Archäologen in der Großen Halle aufgeräumt und Tierknochen gefunden, etwa vom Rentier und sogar vom Mammut. Selbstverständlich sind die Tiere nicht allein durch den engen Zugang gekommen, sondern wurden außerhalb erlegt, geschlachtet und von Menschenhand hereingeschleppt. Dafür sprechen Scherben und Werkzeuge aus Hornstein. Die ältesten Funde stammen aus der Epoche kurz vor der letzten Kaltzeit, die vor etwas siebzigtausend Jahren begann. Man kann davon ausgehen, dass die Neandertaler und Cro-Magnon-Menschen, die hier hausten, ebenfalls fleißig gezündelt haben. Als Feuerwehrler kann ich da nur den Kopf schütteln. Ein Wunder, dass die gesamte Blutgrotte nicht schon vor Jahrtausenden kollabiert ist. Aber die Natur baut offensichtlich stabil.«

»Apropos Blut…« Jules leuchtete mit seiner Helmlampe einige tiefrote Spritzer an der steinernen Umfassung der Höhle an. »Ich habe mal gehört, dass es sich bei diesen Flecken um Rückstände illegaler Schlachtungen handeln soll, die vor vielen Jahren im Schutz der Höhle vollzogen worden sind.«

»Ach ja?«, entgegnete Claude lachend. »Wieder so ein Märchen, das die Runde macht.«

Jules sah sich einen der Flecken näher an. »Sieht jedenfalls aus wie Blut«, stellte er fest.

»Ist es aber nicht. Es gibt eine wissenschaftliche Erklärung dafür: Das für diesen Bergzug typische Kalk- und Sideritgestein ist hier in den Bereich von Sickerwasser gelangt. Der darin gelöste Sauerstoff ließ das Eisen des Siderits oxidieren, der dann zu Brauneisenerz verwitterte. Braun- und Rottöne sind hier unten, bei diesem Licht, kaum voneinander zu unterscheiden. Deshalb haben unbedarfte Höhlenbesucher diese auf natürliche Weise entstandenen Einfärbungen für Blutflecken gehalten und der Grotte ihren heutigen Namen gegeben.«

Jules konnte sich kaum von den täuschend echt aussehenden Spritzern losreißen. Der Reiz des Grusels. »Deine Begründung leuchtet mir ein. Aber diese roten Kleckse sind überall verteilt. Es sieht wirklich aus wie in einem Schlachthaus. Oder wie nach einer Blutorgie.«

»Siehst du, und genau das ist der Grund dafür, weshalb sich so viele Mythen um diesen Ort ranken.«

»Nun kann ich es besser nachvollziehen«, meinte Jules und forderte Claude auf: »Lass uns weitergehen. Ich will näher an den Tatort heran.«

»Wie nahe?«

»So nahe es eben geht.«

»Bist du sicher, dass du das möchtest? Es wird gleich verdammt eng und abschüssig. Wir müssten durch flache Schlufe kriechen und verwinkelte Kamine durchsteigen.«

Jules streckte die Brust heraus und behauptete: »Selbstverständlich bin ich sicher! Worauf warten wir noch?«

Serge Boisselier war hin- und hergerissen. Er wusste einfach nicht, was er tun sollte.

Claude hatte ihm ja ordentlich eingeheizt und an sein Gewissen appelliert. Das blieb bei Serge nicht ohne Wirkung, denn er hielt große Stücke auf den Mann, der nicht nur ein hervorragender Feuerwehrkommandant war, sondern auch ein Vorbild. Serge schaute zu ihm auf und hätte viel darum gegeben, wenigstens annähernd so gut aussehend, wenn schon nicht so durchsetzungsstark und beliebt zu sein wie sein Idol. Deswegen legte er sich ins Zeug, um in der Wagenhalle auszuhelfen, und verbrachte nahezu seine komplette Freizeit mit Arbeit in der Feuerwache. Auf diese Weise wollte er Claude beeindrucken und dessen Anerkennung erlangen.

Das hatte bislang recht gut geklappt, es war sogar so etwas wie eine Freundschaft zwischen ihm und Claude entstanden. So zumindest empfand es Serge. Doch er wusste auch, dass er gerade drauf und dran war, diese mühsam erworbene Gunst wieder zu verspielen. Denn Claude war nicht dumm, einen wie ihn konnte man nicht an der Nase herumführen. Natürlich musste er merken, was gespielt wurde. Auch wenn Serge es hundertmal verneinen würde, ließe sich Claude nicht von dem Verdacht abbringen, dass er, Serge, in irgendeiner Form mit Richards Tod zu tun hatte. Ebenso wie dieser Polizist, Major Gabin.

Ein schrecklicher Gedanke! Ausgerechnet Serge, der keiner Fliege etwas zuleide tat, im Dunstkreis eines ungeklärten Todesfalls, gar eines Mordes? Nein, dachte er und schüttelte heftig den Kopf. Solchen Verdächtigungen musste er ein Ende bereiten. Ihm würde nichts anderes übrig bleiben, als mit der Wahrheit herauszurücken. Dann würden Claude und der *flic* einsehen, dass sie falschlagen, wenn sie ihn zum Kreis der Verdächtigen zählten.

Wie kam er nur heraus aus dieser Klemme? Natürlich, Serge müsste bloß sagen, in was für eine Sache Richard hineingeraten war, und schon würde jeder Verdacht von ihm selbst abfallen. Dann wäre er allerhöchstens ein Zeuge, müsste eine Aussage machen und hätte fortan seine Ruhe – und das Vertrauen von Claude.

Die Angelegenheit hatte bloß einen Haken: das liebe Geld. Denn wenn Serge der Polizei gegenüber noch ein Weilchen stillhalten und sein Wissen an geeigneter Stelle geschickt platzieren würde, könnte ein hübsches Sümmchen für ihn abfallen. Eines, das er sich nicht durch die Lappen gehen lassen durfte. Denn er war finanziell nicht auf Rosen gebettet und über jeden zusätzlichen Euro froh.

Bei diesen Überlegungen plagte ihn prompt wieder das schlechte Gewissen. Claude würde es nie und nimmer gutheißen, wenn er erführe, dass Serge wichtige Hinweise bewusst unterschlug, um persönlichen Profit daraus zu ziehen.

Ratlos kratzte sich Serge am Kopf. Es müsste doch möglich sein, beides miteinander zu vereinen. Sprich: bei der Polizei eine ehrliche Aussage zu machen und trotzdem nicht ganz leer auszugehen.

Serges Augen leuchteten, als ihm die rettende Idee kam.

Jules saß da und rang nach Luft. Die Beine von sich gestreckt und mit dem Rücken an einem Fels lehnend, atmete er hastig ein und aus. Die rechte Hand hielt er sich zum Schutz gegen das gleißende Sonnenlicht über die Augen.

»Ganz ruhig«, redete Claude auf ihn ein. »Alles ist gut. Dir kann nichts mehr passieren.«

In Jules' Ohren klangen die gut gemeinten Worte wie Hohn. Er war fix und fertig, schweißnass und machte sich ernsthafte Sorgen über seinen anhaltend hohen Puls. Er fühlte sich, als wäre er gerade dem Tod von der Schippe gesprungen – und zwar mit knapper Not, im allerletzten Moment. Er hatte etwas erlebt oder vielmehr durchgestanden, was er bisher nicht kannte: eine Angstattacke. Ausgelöst durch das beklemmende Gefühl, in den Tiefen der Höhle lebendig begraben zu sein.

»Versuche, deine Atmung bewusst zu steuern und zu verlangsamen«, hörte Jules Claude sagen. »Du musst dich entspannen und wieder zur Ruhe kommen.«

Leichter gesagt als getan! Was Jules wenige Minuten zuvor widerfahren war, ließ ihm noch immer das Blut in den Adern stocken: Sie hatten sich in klaustrophobischer Enge bis auf wenige Meter der Stelle genähert, an der Richard Jardin in die Tiefe gestürzt war. Obwohl sich Jules in der lebensfeindlichen Umgebung des immer unwegsamer werdenden Gewölbes längst nicht mehr sicher gefühlt hatte, drängte er darauf, weiterzumachen. Er wollte wenigstens einen

Blick in die Schlucht werfen, in der Jardin den Tod gefunden hatte. Doch seine Neugierde wäre ihm um ein Haar zum Verhängnis geworden. Denn in dem Augenblick, als sie der Stelle ganz nah waren, gab der brüchige Boden unter seinen Füßen nach. Es war, als würden Jules die Beine wie von unsichtbarer Hand weggerissen. Wie ein nasser Sack fiel er um, schlitterte bis über die Abbruchkante und sah sich schon auf dem Weg nach unten. Gerade noch rechtzeitig hatte Claude ihn am Kragen seiner Jacke zu fassen bekommen.

»Ganz langsam ein- und wieder ausatmen.« Claudes Stimme klang wie aus einer fernen Welt. »Du schaffst das.«

Der Rückweg aus den Tiefen der Höhle ans Tageslicht war für Jules eine einzige Tortur gewesen. Taumelnd und nach frischer Luft lechzend, stieß er mit dem Helm wiederholt gegen Felsvorsprünge, stolperte über die eigenen Füße und schlug sich das Knie an. Endlich im Freien fühlte er sich wie knapp der Hölle entronnen und war gewiss, dass ihn keine zehn Pferde noch einmal in diese Höhle kriegen würden.

»Es ist nichts passiert, du hast nur ein paar Schrammen abbekommen«, sagte Claude mit ruhiger Stimme und fühlte Jules den Puls. »Kein Grund zur Aufregung.«

Jules brauchte noch einige Minuten, um Claudes Empfehlung umzusetzen und nicht mehr nach Luft zu schnappen wie ein frisch geschlüpftes Küken. Er merkte, wie sich sein Herzschlag verlangsamte und auch das Zittern seiner Beine nachließ. Erst dann war er wieder fähig, ein paar Worte von sich zu geben. »Danke, Claude«, röchelte er. »Ich habe mich hoffnungslos überschätzt. Diese Höhle – die Enge und Dunkelheit. Ohne dich wäre ich nach dem Sturz in Panik geraten und hätte nicht mehr herausgefunden.«

»Du *bist* in Panik geraten, Jules«, sagte Claude mit einem aufmunternden Augenzwinkern. »Aber tröste dich: Es wäre jedem anderen Ungeübten ebenso ergangen. Dort unten können Urängste wachgerufen werden, die man nicht so einfach bezähmen kann. Ich hatte dich ja gewarnt…«

»Ja, hast du«, bestätigte Jules, rappelte sich auf und strich sich Steinbrösel und Staub von der Kleidung. »Trotzdem war es wichtig, hineinzugehen. Ich habe jetzt ein eigenes Bild von der Atmosphäre in diesen Tiefen. Nun kann ich nachvollziehen, wie Richard Jardin sich gefühlt haben muss, als er auf sich allein gestellt miterlebte, wie seine Ausrüstung versagte. Der blanke Horror.«

»Ja«, nickte Claude. »So einen Tod wünscht man nicht mal seinem schlimmsten Feind.«

»Oder eben doch«, meinte Jules grüblerisch. »Wenn dem so ist, muss Jardin jemanden sehr gegen sich aufgebracht haben.«

Die Exkursion zur Blutgrotte hatte weit mehr Zeit in Anspruch genommen, als Jules erwartet hatte. Zurück in Rebenheim lohnte es sich nicht mehr, noch einmal in die Gendarmerie zu gehen. Die tief stehende Sonne warf ihr goldenes Licht durch die Blätter der Kastanienbäume und stimmte Jules auf einen milden Abend ein, den er mit einem Rosé auf der Terrasse der *Brasserie Georges* einzuläuten gedachte. Um jedoch nichts zu verpassen, wählte er die Nummer der Wache und erkundigte sich, ob während seiner Abwesenheit etwas Nennenswertes vorgefallen sei.

»Nein. Nichts. Alles ruhig«, sagte Gendarm Kieffer, der so klang, als sei er selbst auf dem Sprung in den Feierabend.

»Dann ist es ja gut. Ich wünsche Ihnen einen geruhsamen Abend«, sagte Jules.

»Ihnen auch, Major. Auf Wiederhören. – Ach, einen Augenblick noch.«

»Ja bitte?«

»Fast hätte ich es vergessen zu erwähnen: Serge Boisselier war vorhin hier.«

»Der Feuerwehrmann?«

»Ja, genau der. Er hat nach Ihnen gefragt.«

»Hat er gesagt, um was es ging? Wollte er etwas über Richard Jardin mitteilen?«

»Das weiß ich nicht. Er hat sich erkundigt, ob für Hinweise im Fall Jardin mit einer Belohnung zu rechnen ist. Als er von mir hörte, dass es da nichts zu holen gibt, ist er unverrichteter Dinge wieder gegangen.«

Verflixt, dachte Jules, dann hielt Boisselier also doch mit etwas hinter dem Busch. Jules hätte den linkischen Feuerwehrler sicher auch ohne die Aussicht auf eine Belohnung zum Reden gebracht, doch der träge Kieffer hatte ihn einfach ziehen lassen. Ärgerlich! Jules nahm sich vor, sich Boisselier bei nächster Gelegenheit noch einmal vorzuknöpfen. Mit knappen Worten beendete er das Gespräch.

Gerade wollte Jules sein Handy wegstecken, als ihm eine ungelesene Whatsapp-Nachricht auffiel. Sie war bereits über drei Stunden alt und musste ihn erreicht haben, während er mit Claude in der Höhle war. Er rief die Nachricht auf, und ihm wurde warm ums Herz: Joanna bat ihn, abends um neun in das Restaurant *Prison St. Michel* zu kommen, das für seine ausgezeichnete Küche und insbesondere die Desserts bekannt war. Jules dachte an die gaumenschmeichelnden Crêpes Suzettes und die schmackhafte Birewecke, einen mit Korinthen und getrockneten Früchten versetzten Hefekuchen. Jules freute sich sehr auf das gemeinsame *dîner*, vor allem aber darauf, endlich mit Joanna über ihre seltsame Verbindung mit Lilou sprechen zu können.

Er wollte gerade seine Zusage in das Smartphone tippen, als ihm siedend heiß die geplante nächtliche Observierung der Druiden einfiel. Die konnte er nicht sausen lassen, er wollte sie keinesfalls Adjutant Lautner als seinem Vertreter überantworten. Also musste er Joanna eine Absage erteilen und auf ihr Verständnis hoffen.

Kaum hatte er seine Botschaft versandt, kam Joannas Reaktion:

»Pech für dich. Dann musst du eben bis morgen warten.«

»Worauf denn?«, tippte Jules ein.

Er bekam keine Antwort mehr.

Seine Uniform hatte Jules gegen eine khakifarbene Hose und ein Camouflage-Hemd getauscht, ein Überbleibsel seiner militärisch geprägten Ausbildungszeit. Auch seine beiden Begleiter waren so angezogen, dass sie im Wald, zumal bei Dämmerung, nicht auffielen.

Der vermutete Treffpunkt des Druidenklubs, zu dem Vincent Le Claire sie über unebenes Terrain voll spitzer Steine und verschlungener Wurzeln führte, lag unweit des Eingangs zur Blutgrotte – einem Ort, von dem Jules an diesem Tag eigentlich schon genug gesehen hatte. Das Ziel war eine kreisrunde Lichtung, groß genug für zwei Dutzend Menschen und blickdicht geschützt von einer Dornenhecke. Noch war die Lichtung verwaist bis auf zwei Kaninchen, die so eilig übers Gras hoppelten, als wollten sie ihren Bau erreichen, ehe es stockdunkel wurde.

Jules wählte zur Beobachtung einen leicht erhöhten Platz aus. Von dort hatte er die Wiese gut im Auge, ohne Gefahr zu laufen, selbst bemerkt zu werden. Er legte seinen Rucksack ab, in dem er ein Fernglas, Proviant und eine Fleecejacke verstaut hatte, und ließ sich auf einem Baumstumpf nieder. Lino gesellte sich zu ihm, Le Claire wirkte unentschlossen.

»Machen Sie es sich doch auch bequem«, rief Jules ihm zu und klopfte auf die freie Fläche neben sich. »Es wird sicher noch ein Weilchen dauern, bis die Bande aufkreuzt.«

»Der Major hat recht, Vincent«, pflichtete Lino ihm bei. »Bevor es ernst wird, beginnen wir mit dem geselligen Teil.« Mit diesen Worten setzte der alte Gendarm seinen eigenen Rucksack ab, schnürte ihn auf und zog eine stumpfglasige Flasche ohne Etikett heraus.

»Wieder ein Selbstgebrannter deines Freundes?«, fragte Jules ahnungsvoll.

»Schlehe«, bestätigte Lino und führte Daumen und Zeigefinger zu seinen gespitzten Lippen. »Ein Gedicht. Der geht runter wie Öl.«

Ehe er den Schnaps entkorken konnte, legte Jules sein Veto ein: »Wir sollten besser einen klaren Kopf bewahren. Zumindest so lange, bis wir wissen, was hier heute Nacht abläuft.«

Enttäuscht verstaute Lino die Flasche wieder in seinem Rucksack und lehnte sich zurück.

Le Claire, der aussah, als stünde er unter Strom, hielt es genau eine halbe Stunde bei ihnen aus. Dann wurde er noch zappliger und sagte: »Am besten wird es sein, wenn wir uns aufteilen. Ich schaue mich nach einer besseren Position für meine Fotos um.«

Das war keine Frage, sondern eine Feststellung, dachte Jules. Kaum hatte der Reporter ausgesprochen, war er auch schon verschwunden. Es knackste noch kurz im Unterholz, dann schluckte das Dunkel des Waldes das dünne Flackern seiner Taschenlampe.

»Recht hat er«, meinte Lino und raffte sich auf. »Mal sehen, ob ich nicht etwas dichter rankomme.« Er schnappte sich seinen Rucksack und stapfte los.

»Moment!«, rief Jules ihm nach. »Wenn jeder macht, was ihm gefällt – wie können wir uns verständigen, falls etwas im Busche ist?«

Lino klopfte mit den Fingern auf die schmale Gürteltasche, in der sein klobiges Nokia-Handy steckte. »Ruf mich an«, sagte er leichthin.

Jules dachte an die Funklöcher, für die die Vogesen berüchtigt waren, doch nun war auch Lino nicht mehr zu sehen.

»Na super«, redete Jules vor sich hin und biss aus Frust in ein Baguettestück.

Der Abend wurde zur Geduldsprobe. Auch als das letzte helle Fleckchen am Horizont verschwunden war und sich die Sternbilder klar und deutlich am Firmament abzeichneten, tat sich auf der Lichtung noch rein gar nichts. Jules schaute immer wieder auf seine Armbanduhr und fragte sich allmählich, ob es in dieser Nacht wirklich zu einer Zusammenkunft der Druidenjünger kommen würde.

Die Minuten zogen sich wie Kaugummi. Er vertrieb sich die Zeit damit, mit dem Fuß kleine Steinchen beiseitezukicken, wenn er nicht gerade mit dem Erschlagen von Mücken beschäftigt war.

Um halb elf aß Jules den Rest seines Stangenbrots. Dazu ließ er sich eine feinwürzige Pastete schmecken, eine Farce aus Wild, in einer Teighülle gebacken.

Gegen elf leerte Jules seine Feldflasche bis zur Hälfte und überlegte, ob das übrige Wasser wohl für den Rest der Nacht ausreichen würde. Warum hatte er nicht daran gedacht, zusätzlich eine Thermoskanne mit Kaffee einzustecken? Der hätte ihn wenigstens munter gehalten.

Es ging auf halb zwölf zu, und Jules erwog gerade, seine beiden Begleiter anzurufen, um zu beratschlagen, ob man die Observation abbrechen sollte. Aber dann kam doch noch Bewegung in die Sache!

Zunächst sah er Lichter. Ganz klein, schwach und fern, fast wie das Glimmen von Glühwürmchen. Doch sie wurden schnell größer und heller, und aus ihrem unregelmäßigen Schein schloss Jules, dass es sich um Fackeln handeln musste. Und zwar um eine ganze Menge Fackeln! Kurz darauf hörte er auch das Knacken zertretener Zweige und Stimmen, ein homogenes, dumpfes Murmeln.

Jules löschte hastig das Windlicht, das er sich zum Essen angezündet hatte, und griff zum Telefon. Er betätigte die Kurzwahltaste von Linos Handy und wartete voller Ungeduld darauf, dass der alte *flic* sich meldete. Doch wie befürchtet, bekam Jules keine Verbindung. Das gleiche Resultat erzielte er beim Apparat von Le Claire.

»*Putain!*«, schimpfte er vor sich hin und durchwühlte seinen Rucksack nach dem Fernglas.

Mittlerweile hatte die Gruppe die Lichtung erreicht. Gemessenen Schrittes verteilten sich die dunklen Gestalten auf der Wiese und füllten sie nach und nach aus. Jules zählte zunächst acht, dann zwölf, schließlich sogar fünfzehn Personen. Alle trugen bodenlange, kuttenartige Gewänder mit Kapuzen, die ihre Gesichter zur Hälfte bedeckten. Die Druiden formierten sich zu einem Kreis, ohne das unheimliche Gemurmel zu unterbrechen.

Durch seinen Feldstecher bemühte sich Jules, Einzelheiten zu sehen. Er hoffte auf einen Glückstreffer bei dem Versuch, der Kostümierung zum Trotz jemanden zu erkennen. Doch wie er bald feststellen musste, reichte das Licht dafür nicht aus. Im Wald war es einfach zu dunkel, und die Fackeln blendeten eher, als die jeweiligen Gesichter anzustrahlen.

Jules war gespannt, wie es nun weiterging. Was verband diese Leute?, fragte er sich. Worin bestand für sie der Reiz an diesem nächtlichen Tamtam?

Die Antwort ließ nicht lange auf sich warten. Plötzlich ertönte Musik, sphärische Klänge, offenbar abgespielt aus einem akkubetriebenen Lautsprecher irgendwo im Unterholz. Sogleich setzten sich die Gestalten in Bewegung, hoben und senkten die Arme, ließen die Hüften kreisen und begannen langsam zu tanzen. Nun sah Jules auch, wie die Ersten von ihnen schmale Papiertüten ins

Feuer der Fackeln hielten, sie anzündeten und zwischen ihre Lippen steckten. Andere folgten ihrem Beispiel.

Jules sah aufmerksam zu. Er konnte sich denken, dass die Teilnehmer dieser seltsamen Party keine normalen Zigaretten rauchten. Es handelte sich mit Sicherheit um ein Rauschmittel, höchstwahrscheinlich Marihuana. Gras in diesen Mengen, in der Gruppe und öffentlich konsumiert – eigentlich hätte bereits dieser Tatbestand ausgereicht, um den Kreis zu sprengen. Doch Jules war nicht darauf aus, ein paar Spinnern ihren Drogentrip zu verleiden. Ihm ging es um die Aufklärung eines Mordfalls und die Frage, ob der Druidenzirkel in irgendeiner Weise darin verwickelt war.

Die Musik wurde lauter, während die nächsten Tütchen die Runde machten. Einige der Feiernden tanzten inzwischen ausgelassen und begannen, sich zu umarmen. Jules beobachtete, wie sich immer mehr Pärchen bildeten. Zwar verdeckten Kapuzen und Kutten nach wie vor Körper und Gesichter, doch Jules ahnte, dass sich einige Paare kaum mehr zügeln konnten.

Worauf lief das hier hinaus? Eine Haschparty, die zur Orgie ausartete? War an den Gerüchten, die ihm zu Ohren gekommen waren, tatsächlich etwas dran? Wieder setzte er den Feldstecher an und bemerkte, dass einer der Kuttenträger sich nicht an der allgemeinen Berauschung beteiligte. Er schien vielmehr eine Art Oberaufseher zu sein, denn unentwegt lief er herum, half bei der Verteilung der Joints und erteilte Anweisungen. Sollte das der Kopf der Sekte sein? Angeblich wurde der Zirkel von einer älteren Frau, einer gewissen Irma Richert, angeführt, an deren Vernehmung Gendarm Kieffer so grandios gescheitert war. Steckte unter dieser Kutte ebendiese Madame Richert, der es Freude bereitete, Pärchen in einen Rausch zu versetzen und am Ende gar zum Sex zu animieren?

Der Rhythmus der Musik zog weiter an, genau wie die Tanzbewegungen der Druiden. Die ersten Paare verließen den Kreis und die Lichtung und verschwanden in den umliegenden Büschen. Jules fragte sich, wie er weiter vorgehen sollte. Er wurde Zeuge einer orgiastischen Szene, konnte jedoch keinen Zusammenhang zum Mordopfer Richard Jardin herstellen – höchstens einen konstruieren: Könnte es sein, dass Jardin nicht nur in seiner Rolle als selbst ernannter Bewahrer der Blutgrotte zum Gegner der Druiden geworden war, sondern auch, weil sich ein ihm nahestehender Mensch an den schlüpfrigen Veranstaltungen beteiligte? Etwa seine Frau?

Darüber konnte Jules nur spekulieren, aber heute Nacht würde er wohl nichts mehr ausrichten. Darum entschied er, dass er vorerst genug gesehen hatte, und machte sich auf, um nach den anderen zu suchen. Er hielt seine Taschenlampe im steilen Winkel nach unten, damit keiner der Feiernden auf ihn aufmerksam wurde. Vorsichtig bahnte er sich seinen Weg durch das Gestrüpp und rief mit verhaltener Stimme nach seinen Begleitern. Keine Antwort.

Jules hatte den kleinen Hügel, der ihm als Spähposten gedient hatte, verlassen und strebte nun mehr oder weniger blindlings durchs Dickicht. Begleitet vom Wummern der Druidenmusik, dem Kichern der Berauschten und gelegentlichen Lustschreien aus dem Gebüsch suchte er nach seinen Gefährten. Wo mochten sie sich versteckt haben? Da sie, ebenso wie er selbst, eine gute Beobachtungsstelle gesucht hatten, mussten sie sich im engeren Umkreis der Lichtung aufhalten. So viele Möglichkeiten, sich verborgen zu halten, gab es hier nicht. Also musste er früher oder später auf einen von ihnen treffen.

Und tatsächlich krachte es kurz darauf dicht neben ihm im Gehölz, und gleich darauf hörte er Schritte von links und von rechts. Er hatte sie also gleich beide gefunden, Lino und Vincent Le Claire.

»Na endlich!«, begrüßte er die zwei und wollte zum Aufbruch blasen. Er hob seine Taschenlampe, um die anderen besser erkennen zu können – und fuhr zusammen.

Statt auf das Knittergesicht von Lino und die übergroßen Brillengläser von Le Claire fiel der Lichtkegel auf graubraune Kutten. Zwei breit gebaute Gestalten mit Kapuzen versperrten ihm den Weg. In den Händen schwangen sie Baseballschläger.

Es kam häufig vor, dass Gilbert seine Abende in der kleinen Werkstatt seines Ladens verbrachte, denn an Aufträgen mangelte es nicht. Die Geschäfte bei *Cycl'évasion* liefen gut, aber leider nicht so gut, dass Gilbert sich einen Angestellten leisten konnte. Das Fahrradgewerbe war eine typische Saisonbranche: Im Frühjahr und Sommer rannten ihm die Leute die Bude ein, im Winter hingegen kamen nur die treuesten Kunden und einige eifrige Ganzjahresfahrer vorbei. Daher musste er das Eisen schmieden, solange es heiß war, selbst wenn er bis nach Mitternacht beschäftigt war.

Nach den letzten Handgriffen an einem neuen Kettensatz für ein Rennrad wischte er sich den Schweiß von der Stirn, legte seinen ölverschmierten Kittel ab und ging zu der kleinen Waschnische hinüber. Erschöpft und müde stützte er sich mit den Händen auf dem angeschlagenen Waschbecken ab und betrachtete sein Spiegelbild. Was er sah, war ein Mann Ende fünfzig mit einem ausdrucksstarken, aber verlebt wirkenden Gesicht und einer Halbglatze. Sein Lächeln war offen und freundlich, so wie er es sich als guter Verkäufer antrainiert hatte. Die dunklen Augen drückten eine gewisse Zielstrebigkeit aus, zugleich aber auch Gelassenheit. Alles in allem ein netter Kerl, der die besten Jahre allerdings schon hinter sich hatte und dem man ansah, dass er zeitlebens viel geleistet hatte.

Er fragte sich: War er trotzdem noch begehrenswert?

Die nüchterne Antwort, die er seinem Spiegelbild gab, lautete: »Nein.« Oder doch?

Offenbar schon. Auch wenn er sich nicht so recht erklären konnte, weshalb.

Gilbert war alleinstehend, schon immer gewesen. Für eine feste Beziehung hatte er in seinem Leben nie genug Platz gefunden. Das lag in erster Linie natürlich an seinem Geschäft, das er sich mit eigenen Händen aufgebaut und für das er in den letzten Jahrzehnten sechzig, manchmal siebzig Stunden in der Woche geschuftet hatte. Aber das war nicht der einzige Grund, da machte sich Gilbert nichts vor: Er wusste seine Unabhängigkeit zu schätzen, und je älter er wurde, desto schwerer konnte er sich vorstellen, diese Freiheit zugunsten einer Ehe aufzugeben. Also begnügte er sich mit flüchtigen Affären, die sich in der Rückschau allerdings auf ganze drei beschränkten. Zwei davon hatten nur eine einzige Nacht gehalten. Lediglich die dritte war von längerer Dauer – genau genommen hielt sie immer noch an.

Schlurfend ging Gilbert durch seine Werkstatt und knipste die Lichter aus, dabei dachte er noch immer an seine Beziehung, die er so wenig verstand wie ein Analphabet einen Roman. Sie war ihm zugeflogen, einem Zufall entsprungen. Ein Techtelmechtel zunächst, aus dem nach und nach eine ausgewachsene Affäre geworden war.

War es tatsächlich Liebe, oder ging es nur ums Körperliche? Er wusste es nicht. Liebe konnte er nicht definieren. Zwar freute er sich jedes Mal, wenn er sie sah, und genoss die gemeinsamen Stunden mit ihr, die Intimitäten. Doch ihm war es auch recht, wenn sie wieder ging, um sich ihren häuslichen Pflichten als Ehefrau zu widmen. Deshalb hatte es für ihn nie ein Problem dargestellt, dass es noch einen anderen Mann in ihrem Leben gab: *ihren* Mann.

Jetzt aber war alles anders. Verstörend anders, dachte Gilbert, nachdem er den Laden verlassen und die Tür zugesperrt hatte. Kühl umgab ihn die Nacht, die Fachwerkhäuser ringsherum wirkten im fahlen Mondlicht gespenstisch entrückt. Gilbert machte sich auf den Weg nach Hause, in seine kleine Wohnung an der Rue du Riesling. Dort erwartete ihn ein weiches Bett – und die Einsamkeit.

Denn nach alldem, was inzwischen geschehen war, musste er um den Fortbestand seiner dritten und längsten Beziehung fürchten. Er zweifelte daran, dass er die Frau würde halten können. Nicht nach dem, was sie ihm bei ihrem letzten Besuch gesagt hatte:

»*Wir dürfen uns für eine Weile nicht sehen.*«

Dieser Satz hatte ihn tief getroffen, ja geradezu verletzt. Noch wusste er nicht, wie er damit umgehen sollte. Ihren Willen befolgen oder ihn ignorieren? Gilbert war unentschlossen. Vielleicht würde er tatsächlich ein paar Tage lang darauf verzichten, sich bei ihr zu rühren. Vielleicht aber auch nicht. Denn selbst wenn sie ihn von sich stieß, so wusste er doch, dass sie ihn brauchte. Gerade jetzt!

»Ho, ho, ho!«, rief Jules und hob langsam beide Hände. »Ganz ruhig, tun Sie jetzt nichts Unüberlegtes.«

Zwar konnte er nicht erkennen, um wen es sich bei den beiden kostümierten Gestalten handelte, doch klar war, dass sie größer und kräftiger waren als er. Und bewaffnet! Ihre Absichten? Keine guten, so viel stand für ihn fest.

Blitzschnell ging Jules seine Optionen durch. Er konnte versuchen zu flüchten: ein gewagter Sprung ins Unterholz und dann ab durch die Mitte. Im Schutze der Dunkelheit würde ihm das vielleicht sogar gelingen – oder auch nicht. Was gab es für Alternativen? Sich den beiden zum Kampf stellen? Er würde verlieren, trotz der Nahkampfausbildung, die er bei der Polizeischule in Rochefort absolviert hatte. Also setzte Jules auf Möglichkeit Nummer drei: Worte statt Taten!

»Erkennen Sie mich nicht?«, fragte er seine Kontrahenten, die ihre Baseballschläger angriffslustig hin- und herpendeln ließen. »Ich bin Major Gabin, Leiter der Gendarmerie Rebenheim. Ich kann Sie nur warnen, sich an einem Polizisten zu vergreifen.«

Tatsächlich schienen die beiden Männer einen Moment lang zu zögern, sie hielten ihre Schlagstöcke nun

still. Misstrauische Augen musterten ihn durch die Seh-
schlitze der Kapuzen. Doch da sie weder eine Uniform
noch einen Dienstausweis zu sehen bekamen, hielt die
Wirkung nicht lange an. Einer der Männer packte Jules
grob am Arm.

»Halt!«, protestierte Jules und versuchte sich los-
zumachen. »Hören Sie auf damit! Ich bin ein *flic!*«

Auch der Zweite griff jetzt nach ihm. Ehe Jules sichs
versah, hatten die Männer ihn in ihrer Gewalt und
schleiften ihn hinter sich her.

»Was soll das werden?«, rief Jules voller Wut und
versuchte, die beiden mit Tritten zu treffen. »Das ist
Freiheitsberaubung! Sie landen im Knast! Alle beide!«

Die Männer ließen sich nicht beirren und zerrten
Jules durchs Gebüsch. Er stolperte hinter ihnen her,
ein struppiger Baum schlug ihm seine Äste ins Gesicht,
Dornen bohrten sich durch den Stoff seiner Hose.

Jules' Entführung endete drei Minuten und etliche
Flüche später mitten auf der Lichtung. Die sphäri-
schen Klänge waren verstummt, das ekstatische Tanzen
beendet. Schweigend standen die Druidenjünger um
ihn herum und beobachteten ihn aus den dunklen Aus-
sparungen ihrer Mützen. Eine beängstigende Situation,
fand Jules. So musste sich ein Afroamerikaner fühlen, der von Mitgliedern des Ku-Klux-Klans umzingelt
war.

Was würde nun geschehen? Was hatten die Druiden
vor? Zwangsläufig kam Jules das Schicksal von Richard
Jardin in den Sinn. Hatte etwa auch er den Druiden
aufgelauert? Hatte er zu viel gesehen und musste deshalb sterben?

Plötzlich hörte Jules eine Stimme, noch dazu eine

wohlvertraute. Er sah sich um und erkannte zwischen den Kapuzenträgern Lino, den man an einer anderen Stelle der Lichtung untergebracht hatte. Rücken an Rücken saß er dort mit Vincent Le Claire. Also waren auch sie aufgeflogen und festgesetzt worden. Sollte Jules das beruhigen oder in noch größere Sorgen stürzen?

Er kam nicht dazu, sich weitere Gedanken zu machen, denn die maskierte Person, unter deren Kutte er die Anführerin des Klans, Irma Richert, vermutete, trat vor ihn. Kurz machte es den Anschein, als wollte sie den Stoff, der ihr Gesicht bedeckte, anheben, mit beiden Händen fasste sie nach den Zipfeln der Kapuze. Dabei blitzte ihr großer goldener Ring im Licht der Fackeln auf. Das Erkennungszeichen der Druiden, durchfuhr es Jules. Doch dann ließ sie ihre Finger wieder sinken und fing an zu sprechen. Ihre Stimme war leise und durch das Tuch vor ihrem Mund gedämpft, doch Jules entging nicht, dass sie höchst erbost war.

»Was haben Sie sich eigentlich dabei gedacht? Sich im Gebüsch zu verstecken, um uns zu beobachten und Fotos zu machen – ist das Ihre Art, sich zu vergnügen? Voyeurismus in Reinform! Einfach widerwärtig.«

Jules glaubte, nicht richtig zu hören. Hielten die Druiden ihn und seine Freunde etwa für Spanner? Dachten sie, Jules hätte aus purer Freude dabei zugesehen, wie sich diese Leute amüsierten?

»Sie liegen falsch!«, stellte er klar. »Ich bin Major der Gendarmerie und dienstlich hier.« Jules hörte, wie einige der Vermummten leise lachten. Offenbar nahm man ihm die Rolle des Polizisten nicht ab, und ohne Uniform erkannte ihn niemand, denn er war noch zu neu in Rebenheim. Weil ihm nichts Besseres einfiel, zeigte er auf die beiden anderen: »Das ist Monsieur Le Claire von der Zeitung und Lino Pignieres, ehemaliger Gendarmerie-Vorsteher. Die müssten Sie doch kennen!«

»Uns ist es gleichgültig, wer Sie sind«, fuhr ihn die oberste Druidin an. »Was wir tun, geht niemanden etwas an. Hier draußen im Wald verstoßen wir gegen kein Gesetz, wenn wir für unser Ritual zusammenkommen. Wir tun niemandem etwas zuleide. Aber wir wollen nicht, dass uns jemand dabei stört.«

Jules dachte an die Rauschmittel, die herumgereicht worden waren, und an seine unsanfte Beförderung auf die Lichtung. Damit hatten die Druiden mindestens gegen zwei Gesetze verstoßen. Doch er sah ein, dass er nicht in der Position war, zu widersprechen. Daher sagte er nur: »Sie haben Ihren Standpunkt klargemacht. Wir haben verstanden.« Sachte löste er sich aus dem Klammergriff seiner beiden Aufpasser, die immer noch dicht an seiner Seite standen. »Dürfen wir jetzt gehen?«

Die Druidin, auf die hin sich nun alle anderen Kapuzenträger ausgerichtet hatten, verharrte einige lange Sekunden unbewegt vor Jules. Dann senkte sie unendlich langsam den Kopf. »Nun gut. So soll es sein.« Sie hob die Hand, und wieder blinkte ihr Ring im Fackelschein. Die Wachmänner traten zur Seite. Jules war frei.

»Danke«, sagte er und fühlte, wie trocken sein Hals war. Er winkte Le Claire und Lino zu. Auch sie durften sich erheben und sich unbehelligt zu ihm gesellen.

»Lassen Sie sich das eine Lehre sein«, sagte die Sektenführerin, als Jules und seine Begleiter auf den Rand der Lichtung zugingen, erst tastend und auf der Hut, dann immer mutiger und schneller.

Zurück zum Wagen liefen sie und verschwendeten keinen Gedanken an ihre Rucksäcke, die sie irgendwo weit hinter sich zurückgelassen hatten.

LE QUATRIÈME JOUR

DER VIERTE TAG

Als Jules nach ein paar unruhigen Stunden Schlaf erwachte, fasste er einen Entschluss: Die Ereignisse der letzten Nacht sollten keinen Eingang in die Ermittlungsakten finden. Vielmehr würde er diese peinliche und wenig professionelle Episode als reine Privatsache abbuchen und so tun, als wäre nichts geschehen. Er brauchte nicht zu befürchten, dass die Kollegen von anderer Seite mehr über diese Nacht erfahren würden, denn Lino war das Ganze ebenfalls sehr unangenehm gewesen. Und Vincent Le Claire, der sich genauso lächerlich gemacht hatte wie Jules und Lino, würde auf einen Zeitungsartikel wohlweislich verzichten. Nicht zuletzt deshalb, weil er über keinerlei Bildmaterial verfügte, denn die Druidenjünger hatten den Speicherchip aus seiner Kamera entnommen, nachdem sie ihn geschnappt hatten.

Alles in allem ein Reinfall, den die Beteiligten so schnell wie möglich vergessen wollten. Jules nahm sich fest vor, ab sofort wieder mit größerer Vernunft und streng nach Vorschrift vorzugehen: Gleich heute würde er Irma Richert ganz offiziell in Begleitung eines weiteren Polizisten aufsuchen und vernehmen. Dann stand er auf der Seite des Gesetzes und hatte jede Handhabe, die Frau zum Reden zu bringen, ohne dass ihm irgendwelche bedrohlichen Kapuzenmänner in die Quere kamen.

Mit diesem Vorsatz im Kopf schlug Jules die Bettdecke zurück und setzte die Füße auf den Boden, als er auf ein feines, helles »Ping!« seines Smartphones aufmerksam wurde. Der Ton signalisierte den Eingang einer Nachricht. Jules nahm das Handy vom Nachttisch und las die Botschaft, die ihm das Aufstehen erleichterte: Joanna schrieb, sie würde ihn gern zum Frühstücken im Bistro am Markt treffen. In aller Eile machte sich Jules frisch, zog sich an und verließ die Wohnung.

Endlich würde er Joanna wiedersehen, dachte er freudig, während er zum Place Turenne eilte. Zwischendurch hielt er kurz vor einem Laden inne, um in der Fensterscheibe zu überprüfen, ob sein schwarzes Wuschelhaar nicht allzu zottelig und der Schatten seines Dreitagebarts noch akzeptabel war. Anschließend ein schneller Blick auf den Sitz seiner Uniform: nichts zu beanstanden.

Die letzten Meter bis zum Platz mit seiner prachtvollen Bebauung, dem hüfthohen Brunnen als Blickfang und den schattenspendenden Platanen rannte er mehr, als zu gehen. Als die farbenfrohen Markisen und Schirme des Bistros vor ihm auftauchten, spürte er eine kribbelnde Nervosität in sich aufsteigen. Würde er gleich erfahren, was es mit den Heimlichkeiten zwischen Joanna und Lilou auf sich hatte? Er brannte darauf, die Wahrheit zu erfahren – selbst dann, wenn sie ihm nicht gefallen sollte.

Joanna saß an einem Tischchen gleich neben einem Blumenkübel voller Geranien. Sie trug ein elegantes cremegelbes Kostüm, darunter eine weiße Bluse und hatte sich die Sonnenbrille ins Haar geschoben. Ihre

Beine hatte sie übereinandergeschlagen und wippte mit einem ihrer Pumps, während sie ihm entgegensah.

Jules lächelte und winkte, wobei er sich mit jedem Schritt, den er sich näherte, ungelenker vorkam. Froh, die Terrasse des Bistros erreicht zu haben, umrundete er Joannas Tisch, um sie zu begrüßen.

Sie stand auf, umarmte ihn mit Wangenküsschen links und rechts, setzte sich wieder und sah ihn an, als wäre nichts geschehen.

Auch Jules nahm Platz, musterte das Gesicht seiner Freundin und versuchte, das feine Schmunzeln zu deuten, das ihre Mundwinkel umspielte. »Und?«, fragte er dann, unfähig, eine vollständige Frage zu formulieren.

»Und?«, fragte auch Joanna, führte ihre Tasse zum Mund und nippte an ihrem Kaffee. Sie stellte die Tasse wieder ab und betupfte sich die Lippen mit einer Serviette. »Möchtest du auch bestellen oder musst du gleich weiter in die Gendarmerie?«

Jules stand dicht davor, vor Neugierde zu platzen. Es lag auf der Hand, dass Joanna seine offenkundige Ahnungslosigkeit in vollem Umfang auskostete. Doch warum? Weshalb ließ sie ihn zappeln? Höflichkeit und Galanterie hin oder her – er mochte dieses Spielchen nicht länger mitmachen. Er beugte sich vor, sah Joanna scharf an und sagte: »Spann mich nicht auf die Folter. Ich will es wissen: Was hat Lilou über mich erzählt? Weshalb geht ihr beiden mir seit Tagen aus dem Weg?«

Joanna hob die Brauen und tat überrascht. »Niemand geht dir aus dem Weg. Das bildest du dir ein. Und was sollte Lilou mir über dich erzählt haben? Gibt es denn etwas, das ich deiner Meinung nach über dich wissen müsste?«

Es fehlte nicht viel, und Jules hätte mit der flachen Hand auf den Tisch geschlagen, dass den beiden alten Damen am Nachbartisch das *Eclair* mit Sahne von der Gabel gefallen wäre. »Wenn es um diese Schwangerschaft geht«, platzte es nun aus ihm heraus. »Dieses Baby ... «

»Warum betonst du das Wort ›Baby‹ so seltsam? Magst du etwa keine Kinder?«

»Darum geht es doch gar nicht. Natürlich mag ich Kinder.«

»Dann ist ja alles gut«, meinte Joanna milde lächelnd.

»Gar nichts ist gut!« Nun fuhr seine Faust doch noch auf die Tischplatte nieder. Die Seniorinnen blickten erschrocken auf. »Ich lasse mir so etwas nicht einfach unterschieben. Ich weiß ja, dass Lilou mit allen Wassern gewaschen ist, aber nun hat sie den Bogen überspannt. Es ist ganz einfach zu beweisen: Ein Vaterschaftstest wird zeigen, dass ... «

Weiter kam er nicht, denn Joanna hatte ihren Arm nach ihm ausgestreckt und legte ihm sachte den Zeigefinger auf den Mund. »Psst«, sagte sie und lächelte noch immer. »Rede dich nicht um Kopf und Kragen. Alles ist gut.«

»Wie? Was? Ich verstehe nicht«, entgegnete er, nachdem sie den Finger zurückgezogen hatte.

»Du bist nicht der Erzeuger dieses Kindes. Natürlich nicht.« Joanna sagte dies ohne jede Aufregung.

»Also nicht? Sondern?«, fragte Jules, der nicht begriff, worauf das alles hinauslaufen sollte.

»Lilou ist nach Rebenheim gekommen, um dir zu zeigen, dass sie über dich hinweg ist«, lüftete Joanna endlich das Geheimnis. »Dass sie einen anderen Mann kennengelernt und bei ihm ihr Glück gefunden hat. Die beiden freuen sich auf ihr Baby und werden bald heiraten. Sie hat die weite Reise auf sich genommen, damit du mit eigenen Augen siehst, wie gut es ihr geht und was für eine stolze werdende Mutter sie ist. Aber du hattest ja keine Zeit, sie anzuhören, weil du zu sehr mit deinem Fall beschäftigt warst.« Joanna sagte das alles so leicht dahin, als hätte diese Erklärung von Anfang an auf der Hand gelegen.

Doch Jules tat sich schwer mit dieser Begründung. »Sie ist nach Rebenheim gefahren, um mir von ihrem neuen Mann zu erzählen?«

»Ja, es bedeutet ihr viel, dass du darüber Bescheid weißt.«

»Dafür nimmt sie die achthundert Kilometer von der Atlantikküste bis ins Elsass auf sich?«

»Richtig. Denn es war ihr auch wichtig, sich ein Bild von deiner neuen Heimat zu machen.« Joanna schlug die Augen nieder, als sie ergänzte: »Und von der neuen Frau in deinem Leben. Sie wollte mich kennenlernen, um zu wissen, was ich für eine bin.«

»Dann ist Lilous Reise so eine Art…«

»…eine Art Abschiedstournee. Sie will damit einen finalen Schlussstrich unter eure Beziehung ziehen. Das hatte ihr bislang wohl gefehlt.«

Jules mochte das immer noch nicht recht glauben. »Aber das kann doch nicht der ganze Grund für so eine weite Reise sein?«

»Nun ja«, meinte Joanna mit einem Augenzwinkern, »schon möglich, dass sie es ein kleines bisschen genossen hat, dich einige Zeit im Unklaren zu lassen. Nenn es eine Art Retourkutsche dafür, dass du sie sitzen gelassen hast. Was ich übrigens gar nicht verstehen kann, Lilou ist eine bildhübsche, energiegeladene Frau mit starkem Charakter. Wie konntest du ihr bloß den Laufpass geben?«

»Der Grund dafür sitzt mir gegenüber«, antwortete Jules zerknirscht. »Gibst du zu, dass es dir auch Spaß gemacht hat, mich so lange im Ungewissen zu lassen?«

»Spaß? Nein. Aber etwas Schadenfreude war dabei«, räumte Joanna unumwunden ein. »Du hattest es nicht besser verdient, denn auch du hast uns beide für dumm verkauft. Lilou und ich sind uns darin einig, dass es zumindest für eine Übergangszeit zwei Frauen in deinem Leben gegeben haben muss. Genau genommen hast du eine Zeit lang sowohl Lilou wie auch mich betrogen.«

»So kannst du das nicht sehen«, protestierte Jules matt. »Ich musste mir erst über meine Gefühle im Klaren sein, bevor ich mich zwischen euch…«

Joanna griff nach seiner Hand. »Sei jetzt besser still. Den kleinen Schrecken, den wir dir eingejagt haben, wirst du verschmerzen, Jules. Nun weißt du ja Bescheid und brauchst dich nicht länger mit einem schlechten Gewissen zu quälen.«

»Ich hatte kein schlechtes Gewissen«, behauptete Jules.

»Wirklich nicht?«, fragte Joanna und blickte ihm tief in die Augen. »Dann ist es ja gut.« Sie ließ seine Hand wieder los, lehnte sich zurück und sagte mit einem gönnerhaften Grinsen: »Wenn du sie noch einmal sehen willst, musst du dich übrigens beeilen. Lilou reist morgen ab.«

Jules dachte kurz nach. »Du hättest nichts dagegen?«

»Jetzt nicht mehr. Triff dich mit ihr, Jules. Sag ihr

Lebewohl.« Dann veränderten sich ihre Gesichtszüge. Als sie weitersprach, wirkte sie sachlich und voller Energie. »Aber erst müssen wir uns ums Geschäft kümmern: Wie ich von deinen Leuten weiß, verfolgst du im Fall Jardin eine Spur, die zum Druidenring führt, ist das richtig?«

O ja, dachte Jules, das war richtig. Spätestens seit seinem unrühmlichen Erlebnis in der vergangenen Nacht fühlte er sich in seinem Misstrauen diesen Leuten gegenüber bestätigt. Die Vehemenz, mit der Irma Richerts Männer gegen ihn und seine Begleiter vorgegangen waren, zeugte von einem gehörigen Maß krimineller Energie. Es brannte ihm unter den Nägeln, Joanna darüber zu berichten. Doch sie würde seine nicht abgestimmte Extratour sicher nicht gutheißen und sich vielleicht sogar darüber lustig machen. Also behielt er die Details für sich und nickte bloß.

Joanna bestärkte ihn darin, den Druiden auf den Zahn zu fühlen. Die Ergebnisse der Spurensicherung lägen zwar noch nicht zur Gänze vor, aber falls verwertbare Abdrücke, Gewebespuren oder Fasern an der Kletterausrüstung festgestellt werden sollten, wäre dies eine solide Grundlage für einen späteren Abgleich. »Könnte ja sein, dass wir einen der Druiden durch einen Treffer bei den Fingerabdrücken überführen können.«

»Das dürfte schwierig werden«, meinte Jules, »denn niemand weiß genau, wer bei diesem Verein mitmacht. Die werten Herrschaften sind vermummt unterwegs, also anonym.«

»Umso wichtiger ist es, dass ihr dranbleibt. Knöpft euch Irma Richert vor.«

»Haben wir schon. Kieffer hat sich an ihr bereits die Zähne ausgebissen. Aber ich werde es selbst noch einmal versuchen.«

»Gut so. Doch dabei dürft ihr es nicht bewenden lassen. Die andere Spur in diesem Fall ist meines Erachtens noch stärker.«

»Du sprichst vom Anfangsverdacht gegen die Witwe?«

»Genau. Behaltet Anabelle Jardin unbedingt im Auge. Die hohe Lebensversicherung, die ihr in Aussicht steht, ist ein hammerstarkes Motiv. Außerdem war es für sie am leichtesten, an die Kletterutensilien ihres Mannes heranzukommen und die Karabiner auszutauschen.«

»Das ist nur bedingt richtig. Jardins Sportsfreunde hätten das ebenso leicht gekonnt, Claude zum Beispiel. Auch Gäste des Restaurants hätten theoretisch Zugriff auf die Ausrüstung gehabt.«

»Ja, das stimmt. Aber bei Claude und diesem anderen …«

»Joey Dolder.«

»Genau. Bei Claude und Dolder erkenne ich kein Motiv. Abgesehen davon, dass ich Claude für einen grundanständigen Kerl halte und auch Dolders Leumund einwandfrei ist. Bleibt bloß noch die Witwe.«

»Anabelle Jardins Trauer wirkt laut Adjutant Lautner sehr überzeugend«, wandte Jules ein. »Sie ist am Boden zerstört und geht kaum mehr aus dem Haus. Das Lokal hat sie geschlossen, weil sie niemanden sehen möchte.«

»Lass dich von solchen vordergründigen Eindrücken nicht täuschen. Frauen sind clever. Sie können aus Kalkül Mitleid erregen, und ihr Männer fallt darauf herein.«

Jules schürzte die Lippen. »Ich bin nicht erst seit einer Woche bei der Polizei. Ich kann sehr wohl unterscheiden, ob jemand echte Emotionen zeigt oder Theater spielt.«

»Aber kann Lautner es auch? Wie man hört, ist diese Anabelle verflucht hübsch. Mich würde es nicht wundern, wenn Lautner, der ewige Junggeselle, bei einer solchen Frau schwach würde.«

»Alain Lautner ist ein guter *flic*. Aber wenn du Wert darauf legst, dann spreche ich selbst mit Madame Jardin. Das hatte ich ohnehin vor. Erst einmal möchte ich mir jedoch noch einen weiteren Kandidaten zur Brust nehmen: Serge Boisselier, einer von Claudes *pompiers*, war mit Jardin befreundet und verhält sich verdächtig. Offenbar weiß er mehr, als er preisgeben will.«

»Hast du ihn schon vernommen?«

»Ja, kurz. Doch er ist mir ausgewichen. Später hat er bei der Gendarmerie angerufen und sich nach einer Belohnung für Hinweise erkundigt.«

»Dann ist es sicher: Der Mann weiß etwas!«

»Das denke ich auch. Ich werde ihn mir vornehmen, und diesmal lasse ich ihn nicht davonkommen.«

»Viel Glück dabei.«

In der Gendarmerie duftete es nach diversen deftigen Leckerbissen. Als Quelle des Wohlgeruchs identifizierte Jules einen Weidenkorb auf dem Schreibtisch des Adjutanten. Madame Lautner hatte ihren Sohn mit einem Fresskorb ausgestattet wie so oft. Auf einem Teller neben der Computertastatur stapelten sich Käsecracker, kleine Quiches und andere gehaltvolle Appetithappen. Ein Wunder, dass Alain Lautner nach wie vor so mager war, dachte Jules. Wahrscheinlich war es Veranlagung. Es könnte aber auch daran liegen, dass sich Gendarm Kieffer das meiste unter den Nagel riss und seinem Kollegen nur die Brosamen überließ.

Jules nahm Kieffer zur Seite, als dieser sich gerade gierig auf eine der Quiches stürzen wollte. »Holen Sie mir diesen Boisselier ans Telefon. Ich muss ihn sprechen. Dringend.«

»Wo soll ich ihn denn erreichen?«, fragte Kieffer und legte die Leckerei enttäuscht zurück.

»Im Zweifelsfall bei der Feuerwehr. Dort verbringt er offenbar den Großteil seiner Zeit.«

»D'accord«, willigte Kieffer ein. »Aber bevor ich das Gespräch an Sie durchstelle: In Ihrem Büro wartet jemand auf Sie.«

»Ach ja?«, fragte Jules überrascht, denn normalerweise stand für Besucher eine Bank im Flur. »Wer ist es denn?«

»Joey Dolder«, antwortete Kieffer. »Charlotte hat ihn durchgelassen. Ihm ist wohl noch etwas zum Ablauf des Tathergangs eingefallen.«

»In Ordnung«, sagte Jules und legte die Hand auf die Klinke seiner Bürotür. »Dann will ich mal hören, was er zu sagen hat. Warten Sie so lange mit dem Anruf bei Boisselier.«

Sein Gast saß mit gefalteten Händen auf dem Stuhl vor Jules' Schreibtisch und nickte ihm freundlich zu, als er ihn eintreten sah. Dolder trug eine sandfarbene Cordhose, ein gemustertes Hemd und darüber eine Weste. Alles in allem etwas zu rustikal für Jules' Geschmack, doch so passte Dolder gut in seinen Souvenirladen.

»Was führt Sie zu mir, Monsieur Dolder?«, erkundigte sich Jules.

Dolder erhob sich und schüttelte ihm die Hand. »Ich bin wegen Richard gekommen. Sein Tod lässt mir keine Ruhe. Wir waren gut befreundet und haben viele Stunden beim Klettern miteinander verbracht, wie Sie ja wissen.«

»Ja, Monsieur Dolder. Ist Ihnen noch etwas eingefallen? Womöglich zur Ausstattung von Richard Jardin?«

»Ja, das ist es. Und es hat mir keine Ruhe gelassen, deshalb bin ich hier. Schließlich ist es meine Pflicht, dazu beizutragen, dass die Ursachen für den Tod meines Freundes aufgeklärt werden.«

»Diese Einstellung ehrt Sie«, sagte Jules und bat seinen Besucher, wieder Platz zu nehmen.

»Wie gesagt, es geht um das Equipment, das bei uns Höhlenforschern sehr umfangreich ist. Angefangen beim Overall aus wasserdichtem PVC, Schuhen mit rutschfestem Profil und Knie- und Ellenbogenschonern, die es einem erleichtern, auf allen vieren durch niedrige Stollen zu kriechen.«

So etwas hätte ich auch gebraucht, dachte Jules in schmerzlicher Erinnerung an seine eigene kurze Klettertour unter Tage. »Ja, das ist mir bewusst. Außerdem noch der Helm, Leuchtmittel und das eigentliche Klettergerät mit all seinen Gurten, Seilen und Metallteilen.«

»Genau das ist der Punkt«, sagte Dolder und strich sich das dünne Haar zurück. »Bei all der Komplexität geht schnell einmal die Übersicht verloren. Ich meine: Jeder von uns hat sein System, mit dem wir vorbeugen, um nichts zu vergessen. Eine Art Checkliste. Doch was nutzt es, wenn man sich zu Hause alles zurechtlegt und seine Liste abarbeitet, wenn man dabei vor lauter Einzelteilen dann doch den Blick für das Wesentliche verliert?«

»Worauf wollen Sie hinaus?«

»Sehen Sie: Als Höhlenkletterer haben Sie Ihren Sitzgurt, die Bruststeigklemme, dynamische und fixe Seile in verschiedenen Stärken und Farben dabei. Außerdem Abseilgeräte wie Achter, Steigklemmen und eben auch die Karabiner.«

»Ja, das ist mir alles hinreichend bekannt. Wo ist die Neuigkeit?«

»Bei einem flüchtigen Check können Sie natürlich abzählen, ob Sie wirklich alles eingepackt und nichts vergessen haben. Doch gelingt es Ihnen dabei auch, Originale von Fälschungen zu unterscheiden? Zumal, wenn Sie nicht damit rechnen, dass es sich um Imitate handelt.«

Erneut dachte Jules zurück an den Tag, als er mit Claude in die Höhle gestiegen war. Die vielen Gerätschaften, in deren Funktionsweisen Claude ihn eingewiesen hatte, waren oft kaum voneinander zu unterscheiden gewesen. »Ich denke nicht. Zumindest dann nicht, wenn es sich um die eigenen Bestände handelt, von denen man annimmt, dass sie nur aus Qualitätsware bestehen.«

»Eben! Richard konnte nicht ahnen, dass jemand Teile seiner Ausrüstung ausgewechselt hatte. Deshalb hatte er bei der letzten Kontrolle zwar darauf geachtet, dass alles vorhanden war, doch keine Funktionsprüfung vorgenommen.«

»So weit ist das nachvollziehbar. Aber ich frage Sie noch einmal: Was können Sie mir Neues mitteilen? An welcher Stelle schöpfen Sie Verdacht?«

»An keiner bestimmten. Mir ist nach längerem Nachdenken nur bewusst geworden, dass es quasi jedermann getan haben könnte. Jeder, der Richards Tagesablauf studierte und seine Gewohnheiten beobachtete, wäre in der Lage gewesen, sich an der Ausrüstung zu schaffen zu machen. Denn Richard hat nie etwas weggeschlossen. Warum auch? Er vertraute den Menschen.«

»Auch das ist uns längst bekannt«, sagte Jules und merkte, wie er die Geduld mit seinem Besucher verlor. »Prinzipiell jedes Mitglied Ihres Kletterklubs kommt in Betracht und auch die Hinterbliebene.«

»Das sind noch nicht alle, Major. Für die Gäste von Richards Restaurant wäre es ein Leichtes gewesen, sich an seinen Sachen zu schaffen zu machen: Der Raum, in dem er sein Zeug aufbewahrte, liegt direkt neben den Kundentoiletten. Und ich weiß nicht, ob es Ihnen bereits bekannt ist: Angeblich gehörten auch Mitglieder des Druidenzirkels zur Stammkundschaft der Jardins.«

Jules blickte sein Gegenüber aufmerksam an, denn endlich war Dolder mit einem neuen Aspekt herausgerückt. »Die Mitgliedschaft in dieser Vereinigung ist anonym. Woher wollen Sie wissen, dass Druiden in *La Taverne* eingekehrt sind?«

»Rebenheim ist wie ein Dorf. Da bleiben Geheimnisse nicht lange geheim.«

»Können Sie mir Namen nennen?«

»Leider nein, dafür sind die Gerüchte zu ungenau. Aber vielleicht könnten Sie hier ansetzen und Ihre Ermittlungen in diese Richtung lenken.«

»Wir werden sehen.«

»Tut mir leid, wenn ich Ihnen damit die Arbeit erschwere. Doch ich finde, dass Sie das wissen mussten.«

Jules wollte sich für diesen durchaus interessanten Hinweis bedanken, da wurde er vom Läuten des Telefons unterbrochen. Er griff zum Hörer, Gendarm Kieffer meldete sich: »*Pardon*, Major. Ich hätte jetzt das Gespräch für Sie in der Leitung.«

»Gespräch?« Jules sah Dolder entschuldigend an. »Meinen Sie Boisselier?«

»Jawohl, Major.«

»Aber ich bin gerade beschäftigt. Hatte ich Ihnen nicht gesagt, Sie sollen ihn erst etwas später anrufen?«

»Erst soll ich ihn anrufen, dann wieder nicht. Nun habe ich ihn an der Strippe«, entgegnete Kieffer und klang eingeschnappt. »Wenn Sie wollen, sage ich ihm, dass es sich erledigt hat.«

»Es hat sich keineswegs erledigt, Gendarm«, sagte Jules verärgert. »Stellen Sie ihn zu mir durch.«

Er hielt seine Hand vor die Sprechmuschel und bat Dolder um etwas Geduld: »Würde es Ihnen etwas ausmachen, für einen Moment draußen zu warten?« Dolder nickte verständnisvoll, erhob sich und verließ das Zimmer.

Jules widmete sich dem Telefonat und fragte Serge Boisselier, weshalb er neulich bei der Gendarmerie angerufen habe und ob es nicht an der Zeit sei, alles zu erzählen, was er in Zusammenhang mit dem Tod seines Feuerwehrkameraden Jardin wisse. Daraufhin druckste Boisselier herum und fing wieder an, etwas von einer Belohnung zu faseln.

»Damit das ein für alle Mal klar ist«, fuhr Jules ihn an, »in diesem Fall ist keine Belohnung für Hinweise ausgeschrieben. Im Übrigen ist es Ihre verdammte Bürgerpflicht, mit der Polizei zu kooperieren und nichts vor ihr zu verheimlichen.«

»Werden Sie doch nicht gleich laut«, kam es eingeschüchtert durch den Hörer. »Ich kenne meine Bürgerpflichten. Aber man wird ja wohl fragen dürfen, ob nicht wenigstens mit einer kleinen Anerkennung zu rechnen ist.«

»Ist es nicht. Trotzdem erwarte ich von Ihnen, dass Sie auspacken.«

»Mache ich ja, Major, mache ich.«

»Na schön. Dann verraten Sie mir bitte, was Sie und Jardin verbunden hat, abgesehen von Ihrer gemeinsamen Aufgabe bei der Feuerwehr.«

»Es hatte nichts mit der Feuerwehr zu tun. Es ging um Richards Kletterei.«

»Also doch!« Jules nickte zufrieden. »Aber Sie selbst sind kein Höhlenforscher, richtig?«

»Nein, so etwas interessiert mich nicht. Ich glaube, ich wäre dafür nicht geeignet. Zu aufregend. Auch bei der Feuerwehr kümmere ich mich lieber darum, dass die Geräte funktionieren. Die heißen Einsätze überlasse ich den anderen.«

Jules bemerkte, dass die Bürotür nur angelehnt war, dachte an den draußen stehenden Dolder und beschloss, das Telefonat abzukürzen. Er wollte seinen Besucher nicht unnötig lange aufhalten und außerdem vermeiden, dass er etwas von dem Gespräch mitbekam. Mit gesenkter Stimme fragte er: »Es drehte sich demnach um Jardins Hobby. Etwa um Jardins Ausrüstung? Ahnte er, dass damit etwas nicht stimmte?«

»Nein, nein, er hatte keine Ahnung. Das, was ich meine, hängt mit einer seiner früheren Touren zusammen. Richard ist dabei auf etwas gestoßen.«

Jules horchte auf. »Was genau meinen Sie? Hat er eine besondere Entdeckung gemacht? Hat er dort unten etwas Historisches gefunden – oder gar Gold?«, riet Jules ins Blaue hinein.

»Nichts dergleichen: keine archäologische Sensation, kein Schatz. Aber es wird Sie trotzdem interessieren, um was es sich handelt.«

»In Ordnung, berichten Sie mir alles, was Sie darüber wissen«, sagte Jules und schielte abermals in Richtung der angelehnten Tür. »Aber nicht jetzt. Ist es Ihnen recht, wenn ich bei Ihnen vorbeikomme? Auf der Feuerwache, sagen wir, in einer halben Stunde?«

»In einer halben Stunde? Warum nicht? Sie wissen ja, wo Sie mich finden: in der Wagenhalle. Ich schraube an einem unserer Oldtimer herum. Bei den alten Rostlauben gibt es immer etwas zu tun, wenn man sie am Laufen halten will.«

Jules beendete das Gespräch, rief Dolder wieder herein und bedankte sich bei ihm für dessen Geduld.

»Kein Problem«, sagte dieser. »So allmählich ist es aber auch für mich an der Zeit. Ich muss zurück in mein Geschäft.«

Jules schüttelte ihm zum Abschied die Hand. »Natürlich, ich will Sie nicht länger aufhalten. Ihr Hinweis hat mir weitergeholfen.«

Das entsprach der Wahrheit, dachte Jules, nachdem

sein Gast gegangen war. Doch wirklich glücklich war er darüber nicht. Denn die Tatsache, dass quasi jedermann die Gelegenheit hatte, an Jardins Kletterausrüstung zu gelangen, war für einen baldigen Abschluss der Ermittlungen nicht gerade förderlich.

Nachdenklich schritt Jules zum Garderobenständer mit seiner Uniformjacke, um sich auf den Weg zur Feuerwache zu machen. Dabei wäre er um ein Haar mit Adjutant Lautner zusammengestoßen, der einen Stapel Akten auf den Armen hielt. So hoch, dass er ihm die Augen verdeckte.

»Was haben Sie denn vor?«, erkundigte sich Jules. »Inventur?«

Lautner setzte den Aktenstapel auf Jules' Schreibtischplatte ab und nieste demonstrativ laut, als sich eine Staubwolke um den Papierhaufen ausbreitete. »Ihre Unterlagen, Major«, sagte er und sah Jules an, als erwartete er ein Lob.

»Unterlagen?« Jules brauchte einen Moment, um zu begreifen. »Oh, Sie waren im Archiv auf dem Dachboden?«

»Wie Sie es befohlen haben.«

Befohlen war ein recht harscher Begriff für seine freundliche Bitte, fand Jules. Außerdem hatte sich der Adjutant für die Ausführung eines Befehls ziemlich viel Zeit gelassen. Doch für Jules zählte das Ergebnis. »Das haben Sie gut gemacht. Sind Sie schon dazu gekommen, sich in den alten Fall einzulesen? Lässt sich das damalige Höhlenunglück anhand der Aufzeichnungen nachvollziehen?«

Lautner sah ihn ungläubig an. »Das ist ein halber Meter Akten, Major. Sachverständigengutachten, Zeugenaussagen, die Berichte der Staatsanwaltschaft und der Rechtsmedizin und, und, und ...«

»Mit anderen Worten: Sie hatten noch keine Gelegenheit, einen Blick hineinzuwerfen?«

Lautner schwieg, doch seine Mimik sprach für sich. Also entließ Jules den Adjutanten und breitete die vergilbten Mappen auf seinem Schreibtisch aus. Zielgerichtet suchte er nach dem zusammenfassenden Abschlussprotokoll der damaligen Untersuchungen. Er fand das zweiundzwanzigjährige Dokument, sorgsam abgelegt in einem dunkelgrünen Schnellhefter. Es war die verkürzte Version der polizeilichen Ermittlungen um den tödlichen Absturz eines gewissen Romain Binoche. Anhand einer Skizze des Unglücksorts konnte Jules nachvollziehen, dass Binoche unweit der Stelle ums Leben gekommen sein musste, an der auch Richard Jardin in den Tod gestürzt war.

Jules las weiter, stieß jedoch auf keinen Hinweis, der Zweifel am amtlich festgestellten Unfalltod aufkommen ließ. Also überflog er die nächsten Seiten des Berichts nur noch und blätterte dann zügig weiter bis zu den angehängten Fotos vom Unfallort. Es handelte sich um Schwarz-Weiß-Abzüge, deren Qualität im Laufe der Jahre nachgelassen hatte. Sie waren stark verblasst und wiesen gelbliche Flecken auf. Außerdem waren sie schlecht ausgeleuchtet und teilweise unscharf. Fehler des Fotografen, die wohl den Gegebenheiten unter Tage geschuldet waren. Offenbar hatte der damalige Polizeiknipser selbst erkannt, dass seine Höhlenbilder nichts taugten. Deshalb waren zusätzliche Bilder angefügt, die die Kletterausrüstung des Verstorbenen unter Laborbedingungen darstellten:

fein säuberlich aufgereiht auf einem weißen Tuch und dank Blitzlicht oder Scheinwerfer deutlich besser ausgeleuchtet.

Jules ließ den Blick über die Fotos gleiten und erkannte unter den geborgenen Kletterutensilien etliches wieder, mit dem er mittlerweile vertraut war, darunter ein durch den Sturz in Mitleidenschaft gezogenes, ausgefranstes Seil, den zerbeulten Schutzhelm und eine wahrscheinlich beim Aufprall zerbrochene Helmlampe. Andere Dinge aber fehlten. So konnte Jules trotz mehrmaligem Hin- und Herblättern keine Verbindungselemente wie Klemmen und Ösen finden. Auch die Karabiner glänzten durch Abwesenheit. Hatte der Fotograf hier geschlampt? Oder wollte er Filmmaterial sparen und hatte deshalb nur die sichtbar beschädigten Teile abgelichtet? Jules fand keine schlüssige Erklärung.

»Lautner!«, rief er in den Nebenraum.

»Ja, Major?«, fragte dieser, als er kurz darauf an Jules' Seite stand.

»Ich habe hier die Fotodokumentation vom Fall Binoche. Sie ist nicht ganz vollständig, und ich verstehe nicht, weshalb. Gehen Sie bitte den Rest der Akten durch und schauen Sie nach, ob Sie weitere Bilder finden, die die Aufstellung komplettieren.«

Lautner stöhnte deutlich vernehmbar über diesen weiteren Arbeitsauftrag, der ihn zu stumpfer Schreibtischtätigkeit verdonnerte.

»Und noch etwas«, sagte Jules. »Kannten Sie den Verunglückten, diesen Romain Binoche? Gibt es Hinterbliebene, mit denen man sprechen könnte?«

Lautner winkte ab. »Das ist alles viel zu lange her

und war vor meiner aktiven Zeit. Da müssen Sie sich bei Lino Pignieres erkundigen, der damals die Gendarmerie leitete. Lino hat ein Gedächtnis wie ein Elefant. Falls es etwas Wichtiges über Binoches Unfall zu sagen gibt, erfahren Sie es von ihm.«

»*Merci*«, sagte Jules. »Ich werde mit Lino reden. Arbeiten Sie aber trotzdem die Unterlagen durch. Vielleicht stoßen Sie auf etwas, das uns im aktuellen Fall weiterhelfen kann.«

Mit diesen Worten ließ Jules seinen Adjutanten allein. Er musste sich beeilen, wenn er seine Verabredung einigermaßen pünktlich einhalten wollte. Nicht, dass es sich Serge Boisselier doch noch einmal anders überlegte und kniff.

Gilbert schmiss sich in Schale, zumindest das, was er dafür hielt. Kaum hatte er das kleine Schild an der Tür seines Fahrradladens umgedreht, sodass die Kundschaft den Hinweis »*fermé*« lesen konnte, tauschte er seinen blauen Arbeitskittel gegen ein frisches Hemd und schlüpfte in seine besten Jeans. Er benetzte sich die Schläfen mit *eau de toilette* und kämmte sich durchs Haar. Anschließend verließ er das Geschäft durch den rückwärtigen Ausgang.

Das Tempo, das Gilbert an den Tag legte, zeigte jedem an, wie eilig er es hatte. Damit sank die Wahrscheinlichkeit, dass man ihn ansprach und in ein Gespräch verwickelte. Außerdem wählte er einen Zickzackkurs durch die Stadt, um es jedem, den es vielleicht interessieren könnte, zu erschweren, sein Ziel zu erahnen. Denn Gilbert wusste, dass er auf Diskretion achten musste. In diesen Tagen mehr denn je.

Als er *La Taverne* erreichte, wurde er langsamer. Er schlenderte an dem blassblau getünchten Fachwerkhaus vorbei und blieb vor der Menükarte stehen, die neben der Eingangstür aushing. Er tat, als würde er die Karte lesen, dann wandte er sich ab und setzte seinen Weg fort. Für jemanden, der ihn dabei beobachtete, musste es so aussehen, als hätte sich Gilbert für ein anderes Lokal entschieden oder festgestellt, dass *La Taverne* derzeit geschlossen war.

Gemessenen Schrittes ging Gilbert weiter. Doch kaum war er um die nächste Ecke gebogen, zog er das Tempo wieder an: Er flitzte durch eine Seitengasse und stand kurz darauf vorm Lieferanteneingang des Restaurants. Im Schutz eines Abfallcontainers blieb er stehen und sah sich um: Die schmale Straße war menschenleer, die Fenster der umliegenden Häuser geschlossen. In der Gewissheit, von niemandem bemerkt worden zu sein, stellte sich Gilbert dicht neben die Tür und drückte den Klingelknopf.

Eine volle Minute verstrich, in der sich Gilbert immer wieder umblickte. Seine Nervosität wuchs. Endlich hörte er, wie von innen ein Schlüssel gedreht wurde, dann schwang die Tür auf.

Ihm gegenüber stand eine Frau, die seiner tiefsten Überzeugung nach viel zu schön, attraktiv und begehrenswert war, um sich mit einem wie ihm abzugeben. Die reizende, bezaubernde Anabelle und Gilbert, der plumpe, ungelenke Handwerker, das passte eigentlich nicht zusammen. Er hatte es nie verstanden, was zwischen ihnen lief, aber irgendwann aufgehört, darüber nachzudenken. Inzwischen hatte er gelernt, Anabelles Gunst als ein Geschenk des Himmels zu betrachten und die Zeit an ihrer Seite zu genießen.

Selbst jetzt, da der Schock über den Tod ihres Mannes ihre Haut blass wie Papier wirken ließ und ihr schönes braunes Haar traurig stumpf aussah, entsprach Anabelle nach wie vor seinem Idealbild einer Frau. Ihr Anblick ließ ihn das tägliche Einerlei seines Daseins in einer stickigen, engen Fahrradwerkstatt vergessen. Er strahlte sie an.

Anabelle erwiderte sein Lächeln nicht, ihre Blicke trafen Gilbert wie Pfeile. Ebenso wütend und scharf fiel ihre Begrüßung aus. »Was hast du hier verloren? Idiot!«, zischte sie, fasste ihn am Saum seines Hemdes und zog ihn ins Haus.

Dort, im Halbdunkel eines Flurs voller leerer Gemüsekisten und verbeulter Bierfässer, drückte sie ihn an die Wand. Und zwar mit einer solchen Heftigkeit, dass Gilbert für einen Moment die Luft wegblieb.

Anabelle war etwas größer als er. Wenn sie hohe Schuhe trug, überragte sie ihn sogar um Haupteslänge. Außerdem war sie schlanker, sportlicher, agiler, wenn auch kräftemäßig unterlegen. Sogar jetzt, da sie vor Wut zu kochen schien, konnte Gilbert sich nach dem ersten Schrecken ohne große Mühe aus ihrem Griff befreien. Mit sanftem Druck schob er sie zurück und hielt sie auf Abstand.

»Was denkst du dir eigentlich?«, fauchte sie aufgebracht. »Hatte ich dir nicht klar und deutlich zu verstehen gegeben, dass wir uns in nächster Zeit nicht mehr treffen können? Es wirft ein schlechtes Licht auf mich, wenn die Leute dich hier sehen!«

Gilbert, der selbst wusste, dass sein Besuch bei ihr

keine gute Idee war, versuchte zu erklären: »Ich möchte, dass du eines weißt: Du bist nicht allein.« Schon während er diese beiden simplen Sätze aussprach, merkte er, wie holprig und ungelenk sie sich anhörten.

»Ach nein? Bin ich das nicht?« Anabelle hatte ihre Augen weit aufgerissen. Ihre sonst so weichen und milden Gesichtszüge verzogen sich voller Gram. »Natürlich bin ich allein.« Anklagend hob sie beide Arme. »Richard hat mich mit alldem hier sitzen gelassen.«

»Ja, es ist schlimm, was geschehen ist«, sagte Gilbert in dem Bemühen, sie zu trösten. Er streckte eine Hand nach Anabelle aus, doch sie wich ihm aus. »Ein solcher Verlust tut weh. Aber so schmerzlich es sich für dich auch anfühlen muss, nun hast du die Chance, ein neues Leben anzufangen. War es nicht das, nach dem du dich gesehnt hast?«

Anabelles Mund öffnete sich tonlos, ungläubig sah sie Gilbert an. »Wie kannst du nur?«, sagte sie dann mit gebrochener Stimme. »Wie kannst du so etwas sagen? Gerade jetzt, so kurz nach Richards Tod.«

»Das zwischen dir und Richard … eure Ehe stand doch bloß noch auf dem Papier. Warum sonst hättest du dich mit mir …«

»*Arrête!*«, fuhr Anabelle ihm ins Wort. »Hör sofort auf damit!« Tränen sammelten sich in ihren Augen. »Ich weiß sehr wohl, was ich getan habe. Ich habe mich auf dich eingelassen, weil du aufmerksam und amüsant bist. Genau das, was ich in den letzten Monaten brauchte. Aber nun hat sich alles verändert. Wie soll ich das bloß überstehen?«

Gilbert neigte seinen Kopf und musterte die Frau, für die er – wie ihm jetzt bewusst wurde – sein letztes Hemd geben würde. »Ich kann deine Trauer und deine Verwirrung nachvollziehen. Aber du hast mir gesagt, dass du die Trennung von Richard herbeigesehnt hast. War das alles nur eine Lüge?«

»Ja!«, sagte Anabelle, um sich augenblicklich zu korrigieren: »Nein! Das heißt: Manchmal habe ich mir gewünscht, dass wir geschiedene Leute sind. In anderen Momenten dachte ich das Gegenteil.« Sie hielt sich die Hände vors Gesicht und schüttelte den Kopf. »Ich bin so durcheinander. Ich weiß nicht mehr, was richtig und was falsch ist.«

»Eine Trennung von Richard wäre in jedem Fall richtig gewesen«, sagte Gilbert. Dann fügte er leise hinzu: »Aber er hätte dich nicht ziehen lassen. Niemals. Das weißt du so gut wie ich.«

Langsam tauchte Anabelle aus ihrer Verwirrung wieder auf und sah Gilbert an. Ihre Augen waren jetzt starr und eiskalt. »Was willst du damit andeuten?«

»Du kanntest deinen Mann besser als ich. Du weißt, wie jähzornig er werden konnte. Glaubst du wirklich, er hätte dich freiwillig aufgegeben?«

»Es ist besser, wenn du jetzt gehst«, sagte Anabelle mit einer Unerbittlichkeit, die Gilbert einen Schauder über den Rücken jagte.

Die Zielstrebigkeit, mit der Jules auf dem Weg zur Feuerwache war, um Serge Boisselier aufzusuchen, erfuhr einen herben Dämpfer durch die Duftwolken der *boulangerie* an der Rue du Ruisseau à truites. Es war Mittagszeit, und seit seinem kärglichen

Frühstück hatte er nichts mehr in den Magen bekommen. An Madame Lautners Leckereien in der Gendarmerie hätte er sich zwar stärken können, doch das vermied er tunlichst, weil er seinen Mitarbeitern gegenüber als gutes Beispiel gelten wollte. Schön blöd!

Nun merkte er, dass seine Beine streikten, sie zwangen ihn, vor dem Fenster der Bäckerstube stehen zu bleiben. Wie ein Kind vorm Bonbonladen starrte er versonnen auf die prall gefüllte Auslage der Theke und merkte, wie ihm das Wasser im Mund zusammenlief. Er ließ seine Blicke über *croissants aux amandes*, die luftigen Rosinenbrötchen *pain aux raisins*, *brioche aux pépins de chocolat* und *feuilleté aux pomme*, Gebäckstückchen mit Apfelfüllung, gleiten. Dann entdeckte er die köstlichen Mini-Baguette *6 céréales* und mehrere Laib *campaillette*, eine aus besonders feinem Mehl hergestellte Brotsorte, die in Jules' Gunst mit dem kross gebackenen *rustique* aus Sauerteig durchaus konkurrieren konnte.

Jules konnte nicht widerstehen, er betrat den Verkaufsraum seiner Rebenheimer Lieblingsbäckerei und stellte sich der Qual der Wahl. Sollte er als Wegzehrung etwas Süßes nehmen oder doch lieber zu einer herzhaften Variante greifen? Sein Hungergefühl verlangte nach einer ordentlichen Stärkung, und so fiel die Entscheidung auf Letztgenanntes. Jules betrachtete die reiche Auswahl der deftigen Appetitstiller und entdeckte dabei sogar noch etwas Neues.

»Was ist denn das?«, erkundigte er sich bei Babette, der jungen Fachverkäuferin, die sympathischerweise immer kicherte, wenn sich Stammkunde Jules mal wieder nicht entscheiden konnte. »Sieht ja aus wie die Miniaturausgabe eines Flammkuchens.«

»*Oui*, Monsieur«, bestätigte Babette. »Der Wettbewerb um die beste *tarte flambée* geht auch an uns nicht vorbei. Dies ist eine Eigenkreation unserer Chefin mit einer Auflage aus blauen Trauben, Spitzkohl, Speck und Majoran.«

»Klingt ungewöhnlich, sieht aber verlockend aus. Ich probiere ein Stück davon. Oder, nein, geben Sie mir bitte gleich zwei Stückchen, Babette. Und eine *Orangina rouge*.«

Jules stellte sich mit seinen Einkäufen an einen Bistrotisch und ließ sich die ziemlich ausgefallene Schöpfung der Bäckermeisterin munden. Dabei stellte er wieder einmal fest, dass die Flammkuchen, die es in den Tiefkühlregalen der Supermärkte mittlerweile als Massenware analog zur Pizza gab, niemals mit einem frisch zubereiteten Fladen mithalten konnten. Der knusprige Boden krachte, als Jules hineinbiss. Dann schmeckte er die Würze des Specks, die prima mit dem Kohl harmonierte. Darunter mischten sich Nuancen vom Majoran. Den besonderen Kick machten die halbierten Trauben aus, die eine frische und saftige Note beisteuerten.

Zufrieden mit seiner Wahl wischte sich Jules die Krümel aus den Mundwinkeln und wollte sein Päuschen beenden, da gesellte sich jemand zu ihm.

»Jean-Paul!«, begrüßte Jules seinen Boule-Freund, den Versicherungsmakler, und fügte mit besorgtem Blick hinzu: »Bist du krank? Du siehst nicht gut aus.«

Der schmächtige Jean-Paul Gardier stellte ein Wasserglas auf dem Tisch ab und warf eine Tablette hinein, die sich zischend auflöste. »Nicht im eigentlichen Sinn. Es ist mein Magengeschwür, das mir wieder mal zu schaffen macht«, erklärte er mit Leidensmiene.

»Liegt's am Stress?«, erkundigte sich Jules, woraufhin Jean-Paul nickte. »Plagt dich die Lebensversicherung der Jardins?«

»Ja, es dreht sich immer noch um diese leidige Geschichte. Die Zentrale setzt mich enorm unter Druck. Die Auszahlung der Versicherungssumme wird zwangsläufig fällig, wenn ich nicht wenigstens eines der Ausschlusskriterien geltend machen kann.«

»Wie lauten diese denn?«

Jean-Paul hob die Hand und zählte an seinen Fingern ab, während er antwortete: »Erstens Selbstmord. Da gibt es die klare Regel, dass bei einem Suizid früher als drei Jahre nach Vertragsabschluss kein Geld fließt. Zweitens falsche Angaben. Wenn dem Versicherer bei Vertragsunterzeichnung absichtlich wichtige Informationen verheimlicht wurden, beispielsweise eine schwere Erkrankung. Drittens Mord. Zumindest solange die Ermittlungen laufen, muss nicht gezahlt werden. Und sollte der oder die Begünstigte selbst des Mordes überführt werden, erhält dieser keine Leistung. Aber es sieht doch so aus, Jules, als ob ihr bei euren Ermittlungen auf der Stelle tretet. Am Ende läuft es auf einen Unfall hinaus, und dann müssen wir die Millionen überweisen.«

Jules klopfte dem in sich zusammengesunkenen Jean-Paul aufmunternd auf die Schulter. »Gräm dich nicht. Noch ermitteln wir ja. Und wie du selbst sagst:

Solange wir dran sind, müsst ihr keinen Cent auf Anabelle Jardins Konto überweisen. Du hast also noch ein paar Tage Schonfrist.«

Jean-Paul stieß einen tiefen Seufzer aus. »Was nutzen mir ein paar Tage, wenn es mich letztlich meine Erfolgsbeteiligung kostet. Ich sehe meine Tantiemen für dieses Geschäftsjahr den Rhein runtergehen, denn eine Auszahlung in solch einer Größenordnung verhagelt mir die Bilanz.«

Jules fand, dass es sein Freund mit dem Selbstmitleid nicht übertreiben sollte, und gab ihm zu verstehen, dass sich sein Mitgefühl in Grenzen halte. Denn schließlich würden die Versicherungen an solchen Verträgen ja auch ordentlich verdienen, daher sei es mehr als gerecht, dass ab und zu mal einer der Versicherungsnehmer profitiere.

»Gönn dir eine *tarte flambée* mit Trauben, dann geht es dir gleich wieder besser«, empfahl er Jean-Paul.

Dieser verzog das Gesicht: »Flammkuchen sind Gift für meinen Magen.«

»Dann musst du wohl mit Haferbrei vorliebnehmen.« Mit diesen Worten ließ Jules seinen Freund stehen und ging aus der Bäckerei.

Ein Blick auf die Armbanduhr verriet ihm, dass er weitaus später dran war als geplant. Höchste Eisenbahn, wenn er Serge Boisselier noch antreffen wollte! In leichtem Trab eilte er zur Feuerwache und vermied es tunlichst, anzuhalten, wenn er Bekannte auf der Straße sah. Jetzt nur keine weitere Zeit verplempern, ermahnte er sich.

Er brauchte nur sieben Minuten für den Rest der Strecke. Dennoch war ihm unterwegs so warm geworden, dass er seine Uniformjacke ausgezogen und über den Arm gelegt hatte.

Die Tore der Feuerwache waren zugezogen. Doch Jules wusste, wie er trotzdem hineinkommen konnte: Eine der großen Flügeltüren verfügte über eine integrierte Pforte, die nicht verschlossen war, solange sich jemand in der Fahrzeughalle aufhielt. Also versuchte er sein Glück und legte seine Hand auf die Klinke. Sie gab zu Jules' Erleichterung nach. Mit einem deutlich vernehmbaren Quietschen ließ sich die schmale Tür öffnen.

»Hallo?«, rief Jules, nachdem er die Großgarage betreten hatte. »Monsieur Boisselier, sind Sie hier?« Seine Worte hallten von den hohen Wänden wider.

Jules schritt die Front der feuerroten Einsatzwagen ab, die trotz ihres Alters ausgezeichnet gepflegt wirkten. Sie waren auf Hochglanz poliert, als stünde die Ausstellung in einem Autosalon oder eine Oldtimerparade bevor. Jules bewunderte die Hingabe, mit der Claude und seine Truppe ihre kleine Feuerwache und die Ausrüstung in Schuss hielten. Viele, viele Stunden ehrenamtlicher Arbeit flossen in diese Aufgabe – und belohnt wurden die Männer dafür mit ständigen Budgetkürzungen durch das Rathaus.

»Serge?«, rief Jules erneut. »Ich bin es, Major Gabin. Wir haben eine Verabredung.«

Jules umrundete den letzten Wagen in der Reihe, wobei er seine Finger über den gewölbten Kotflügel gleiten ließ. Während es im vorderen Teil der Halle, die durch die Oberlichter in den Toren beleuchtet wurde, hell und übersichtlich war, kam Jules nun in den weniger einladenden hinteren Bereich. Dort lagerten Reifen und Ersatzteile in schrankhohen Regalen, Kanister und Fässer verströmten den Geruch von Öl und Schmiermitteln. Jules gelangte zu einer Stahltür, hinter der er die Schlosserei vermutete. Er hielt inne, als er meinte, Geräusche zu hören. Und tatsächlich schien in der Werkstatt ein Radio zu spielen.

Jules klopfte an die Tür. Kräftig genug, um das Radiogedudel zu übertönen.

Nichts tat sich.

Jules klopfte noch einmal an, dann betätigte er die Klinke. Zunächst ließ sich die Tür nicht öffnen, und Jules dachte schon, sie wäre verschlossen. Doch dann bemerkte er, dass sie lediglich klemmte, und versetzte ihr mit der Schulter einen Stoß.

Mit einem Ruck schwang die Tür auf, und Jules sah einen nahezu quadratischen Raum vor sich, der von einer breiten Werkbank dominiert wurde. Überall stand technisches Gerät herum, darunter Metallfräsen, eine Schleifmaschine, zwei Tischsägen. Auch hier stank es nach Treibstoff und Schmiere. Über allem dröhnte scheppernd die Radiomusik.

Doch das alles nahm Jules nur am Rande wahr, denn seine Aufmerksamkeit wurde von Serge Boisselier in Anspruch genommen. Jules hatte ihn endlich gefunden. Allerdings würde er nicht mehr mit ihm sprechen können.

Jules bückte sich zu dem bäuchlings am Boden liegenden Feuerwehrmann hinab und versuchte, an seinem Hals einen Puls zu ertasten. Dann nahm er das Handy zur Hand und rief in der Gendarmerie an.

»Lautner? Ich brauche unser ganzes Aufgebot in der Fahrzeughalle der Feuerwehr. Fordern Sie auch die

Spurensicherung an. Wir haben einen zweiten Toten. Serge Boisselier. In seinem Kreuz steckt die Spitze einer Feueraxt.«

LE CINQUIÈME JOUR

DER FÜNFTE TAG

Jules war wieder in der Höhle, diesmal allein. Es hatte ihm einfach keine Ruhe gelassen. Der gewaltsame Tod von Serge Boisselier hatte ihm vor Augen geführt, dass es um mehr gehen musste als um Sabotage an einer Kletterausrüstung. Und er ahnte, dass die Lösung dieses Falls nur in den natürlichen Katakomben der Vogesenhöhle verborgen sein konnte. Wie hatte es Boisselier kurz vor seinem Tod am Telefon ausgedrückt? Jardin sei bei einer seiner Höhlentouren auf etwas gestoßen, offenbar auf etwas höchst Gefährliches. Und dieses Etwas sollte unter allen Umständen geheim gehalten werden. Denn nur so war zu erklären, dass beide Männer, die davon wussten, auf so brutale Art und Weise zum Schweigen gebracht worden waren.

Immer und immer wieder hatte sich Jules die Frage gestellt, ob er bei seiner letzten Erkundung der Blutgrotte das Wesentliche, den entscheidenden Hinweis übersehen hatte. War er ebenso wie die Männer der Bergwacht, die Jardins Leichnam und dessen Klettermaterial aus den Tiefen des Stollensystems geborgen hatten, einfach blind dafür gewesen? Erwägungen, die Jules keine Ruhe ließen. Deshalb war ihm gar nichts anderes übrig geblieben, als sich noch einmal am Ort des Geschehens umzusehen.

Er passierte den schmalen Korridor, der ihn in die

Große Halle führte. Mit dem viel zu schwachen Strahl einer einfachen Taschenlampe suchte er nach Orientierung. Er ließ den milchigen Lichtkegel zunächst über die Decke gleiten, deren Wölbungen und Vorsprünge bizarre Schatten warfen. Dann richtete er die Lampe auf die Felswand. Unwillkürlich blieben seine Blicke auf den roten Sprengseln haften, dem Eisenoxid, dem die Grotte ihren Namen zu verdanken hatte. Jules konnte gut nachvollziehen, warum die mineralischen Ausschwemmungen von frühen Höhlenbesuchern für Blut gehalten worden waren: Im Schein der Taschenlampe trat die kirschrote Verfärbung deutlich zutage. Stärker noch als bei seinem letzten Aufenthalt in der Blutgrotte.

Vom feuchten Schimmern der Tropfen magisch angezogen, ging Jules näher heran. Er streckte die rechte Hand aus und berührte einen der Flecken mit den Fingerkuppen. Als er sie zurückzog, waren seine Hände mit roter Flüssigkeit benetzt. Die zähe Lösung fühlte sich erstaunlich warm an – wie echtes Blut.

Konnte das sein? Erschrocken trat Jules einen Schritt zurück und versuchte, das Rote von seinen Fingern zu wischen. Doch so heftig er die Hand auch an seiner Hose rieb, blieb sie blutbefleckt. Jules wusste nicht, wie ihm geschah, mit Entsetzen bemerkte er, dass sich immer neue Stellen auf der Wand bildeten und rasch größer wurden. Tiefrot wie klaffende Wunden!

Jules taumelte nach hinten, dabei hörte er ein knirschendes Geräusch unter seinen Füßen. Mit wachsender Furcht sah er an sich hinab und bemerkte, dass der Untergrund mit elfenbeinfarbenen Splittern überzogen war. Was war das? Reste eines zerborstenen Stalaktiten? Abgeplatzter Kalk von der Decke? Jules bückte sich danach. Die nackte Panik erfasste ihn, als er feststellte, worum es sich wirklich handelte: Er stand auf einem Feld aus zertrümmerten Knochen. Menschlichen Knochen, wie er an Fragmenten eines Schädels erkannte.

Jules wurde schwindlig. Alles begann sich um ihn zu drehen. Er musste etwas tun. Er musste flüchten. Nichts wie raus hier!

Jules riss den Kopf nach oben. Plötzlich umfing ihn gleißendes Licht.

Schützend hielt er sich die Hand vor die Augen, blinzelte und hörte eine Stimme, die so gar nicht in dieses Horrorszenario passen wollte: »Schlecht geträumt, *mon chéri?*«

»Joanna?« Jules saß senkrecht im Bett, sein Herz wummerte. »Meine Güte, gut, dass du mich geweckt hast. So einen heftigen Albtraum hatte ich lange nicht. Stell dir vor: Ich bin wieder in der Grotte gewesen. Alles war voller Blut und Knochen...«

Joanna, die nichts als ihr dünnes Seidennachthemd trug, wuschelte ihm durchs Haar. »Dieser Fall geht dir offensichtlich unter die Haut.«

»Das kann ich nicht leugnen«, sagte Jules, der die nächtlichen Bilder als völlig realistisch empfunden hatte. »Es ist an der Zeit, dass wir zu einem Abschluss kommen und ich mich nicht mehr mit düsteren Erdlöchern beschäftigen muss. Speläologie ist eindeutig nicht mein Ding.«

»So wie ich das sehe, seid ihr von einem Abschluss aber meilenweit entfernt. Jetzt haben wir sogar noch einen zweiten Toten. Das läuft langsam aus dem Ruder.«

Jules versetzte Joanna einen zärtlichen Klaps. »Warte nur ab, mir läuft so schnell nichts aus dem Ruder.« Er stand auf und schlurfte ins Bad. »Ich knöpfe mir alle Beteiligten selbst noch einmal vor«, rief er über seine Schulter hinweg und schraubte die Zahnpastatube auf. »Bei Witwe Anabelle fange ich an. Sie scheint mir das überzeugendste Motiv zu haben. Zwei Millionen Euro Versicherungsgeld – das nenne ich ein solides Argument.«

»Ich drücke die Daumen, dass du sie zum Reden bringst. Bis heute Mittag müssten wir auch ein Zwischenergebnis der Spurensicherer vorliegen haben. Wenn unser Mörder in der Wagenhalle Haare gelassen hat, könnten wir ihn oder sie überführen. Ein paar Fingerabdrücke auf der Axt wären auch nicht schlecht«, spekulierte Joanna, die wieder unter die Bettdecke gekrochen war.

»Ganz so leicht wird es uns der Täter nicht gemacht haben, fürchte ich. Doch wer weiß: Vielleicht hat er diesmal Fehler begangen. Eine Axt im Rücken spricht nicht für eine von langer Hand geplante Tat.«

Sie brauchte dringend eine Ablenkung, sonst wurde sie verrückt!

Die vierte Nacht in Folge hatte Anabelle Jardin kaum geschlafen. Immer wieder war sie aufgeschreckt, hatte den Namen ihres Mannes gerufen und die freie Fläche neben sich im Bett abgetastet. Doch Richard war nicht da und würde nie mehr zurückkehren.

Sosehr sich Anabelle genau diesen Zustand gewünscht hatte, so sehr bereute sie nun, was sie in letzter Zeit über Richard gedacht und wie sie gehandelt hatte. Die Endgültigkeit seines Todes ließ sie ihr eigenes Empfinden infrage stellen.

Unbestritten blieb, dass ihre Ehe am Ende gewesen war. Was als romantische Liebe begonnen hatte, von Leidenschaft getragen und von der anfänglichen Harmonie ihrer beider Charaktere zusammengehalten, zerbrach schließlich unter der Last der ständigen Arbeit. Der Druck, der durch den Betrieb ihres Gasthauses auf ihnen lastete, hatte sich mehr und mehr auf ihre Beziehung ausgewirkt, ihre Gespräche waren verstummt und ihr Liebesleben verkümmert. Als dann noch ungedeckte Kredite und offene Rechnungen hinzukamen, wurde ihre Ehe zur Hölle. Beide ließen den Stress und ihren Frust aneinander aus und brachten sich mit ewigen Vorhaltungen gegenseitig zur Weißglut. Anabelle flüchtete sich in eine unbedachte Affäre mit Gilbert und schmiedete mit ihm sogar Pläne für ein Leben ohne Richard.

Doch jetzt, nachdem Richard nicht mehr da war, entpuppte sich ihre außereheliche Affäre als Irrweg. Am liebsten hätte sie alles ungeschehen gemacht und Gilbert aus ihren Erinnerungen getilgt. Sie hoffte, dass er sie fortan in Ruhe ließ. Was sie jetzt brauchte, war Zeit für sich selbst. In ihrem neuen Leben war für Gilbert kein Platz mehr. Doch sie wusste selbst, dass es eine trügerische Hoffnung war: Gilbert schien nicht zu begreifen, wie ernst es ihr war. Ständig trieb er sich in der Nähe ihres Restaurants herum und lauerte ihr auf, wenn sie das Haus verließ. Das raubte ihr den letzten Nerv.

Auf der Suche nach Zerstreuung ging Anabelle in die Küche. Groß und verlassen lag sie vor ihr. Wo sonst

Richard mit seinen zwei Hilfskräften gewirbelt und Speisen für dreißig, manchmal vierzig Gäste zubereitet hatte, herrschte eine unheilvolle Stille. Die Lücke, die Richard hinterlassen hatte, war riesig. Da zählte es nicht mehr viel, dass die beiden Aushilfen sich mangels Bezahlung schon seit Wochen nicht mehr blicken ließen, nachdem sie sich nicht einmal nach Bekanntwerden von Richards Tod bei ihr gemeldet hatten.

Nun wanderte Anabelle langsam durch den verwaisten Raum, vorbei an silbern glänzenden Kochtopfgalerien, Besteckfächern und Pfannentürmen. Sie verweilte vor der Arbeitsplatte, an der Richard und sie zuletzt an einem neuen Flammkuchenrezept für den Wettbewerb getüftelt hatten, bevor sie sich wieder einmal hoffnungslos zerstritten.

Der Gedanke an *tartes flambée* gab ihr ein wenig von ihrem Lebensmut zurück. Plötzlich spürte sie Lust zum Kochen und Backen in sich aufkommen, und spontan entschloss sie sich, an ihrem letzten Experiment weiterzuarbeiten: einem Flammkuchen mit mildem, in Weißwein geschwenktem Sauerkrautbelag und einigen besonderen Extras.

Sie flocht sich das Haar zum Zopf, band sich eine Schürze um und ging zu den Vorratsschränken. Dort stellte sie sich zusammen, was sie für die Umsetzung ihrer Rezeptidee benötigte. Zunächst der Teig: Anabelle zerbröckelte Hefe, vermengte sie mit Zucker und verrührte sie mit lauwarmer Milch. Sie gab Mehl in eine Schüssel und formte eine Mulde. Dort hinein füllte sie die Hefemischung und verrührte sie vom Rand her mit etwas Mehl in langsamen Bewegungen zu einem halbflüssigen Teig. Sie breitete ein Handtuch über der Schüssel aus und stellte sie beiseite. Der Vorteig brauchte Zeit zum Gehen. Nach etwa zehn Minuten würde sie etwas Wasser, Öl und eine Prise Salz dazutun und alles mit dem Rest des Mehls zu einem geschmeidigen Hefeteig kneten. Doch zunächst wollte sie das Sauerkraut vorbereiten. Im Kühlraum befand sich noch welches, das sie wusch und trocken tupfte, um ihm die überschüssige Säure zu nehmen. Dann würfelte sie eine kleine Zwiebel und ließ in einem Topf Schweineschmalz heiß werden, um sie goldgelb anzurösten. Nun musste sie noch den Wein auswählen, der dem Kraut das gewisse Extra verleihen sollte. Doch das Läuten der Klingel hinderte sie daran, das Weinregal zu durchsuchen.

Ihre mühsam wiedergewonnene Lebenslust verpuffte, als sie die Tür öffnete und Major Gabin und Gendarm Kieffer gegenüberstand.

»Seid ihr sicher?«, fragte Alain Lautner ins Telefon und war überaus enttäuscht. Der Adjutant saß an seinem Schreibtisch in der Gendarmerie. Das Fenster zu seiner Linken war gekippt, sodass er die weiche Herbstluft schnuppern und dem ausgelassenen Treiben auf dem Marktplatz lauschen konnte.

Heute war ein so schöner Freitag, knapp vor dem Wochenende und eigentlich zu sonnig zum Arbeiten. Dass er bei so herrlichem Wetter in der Wachstube sitzen musste statt mit einem kühlen Riesling oder Sylvaner auf der Terrasse der *Brasserie Georges*, ärgerte ihn fast so sehr wie die offensichtliche Unfähigkeit der Kollegen von der Spurensicherung, mit denen er gerade telefonierte.

»Es kann doch nicht angehen, dass ihr nicht eine einzige verwertbare Spur finden konntet«, schimpfte er. »Immerhin hat der Täter die Werkstatt durchquert, die Tatwaffe vom Haken an der Wand genommen und damit einen kräftigen Hieb auf das Opfer ausgeführt. So etwas schafft man nicht, ohne Abdrücke, Fasern oder Hautpartikel zu hinterlassen.«

Lautners Gesprächspartner wies ihn darauf hin, dass der Schaft der Axt vom Täter abgewischt worden sei und an anderen relevanten Stellen wie Türklinken und Lichtschaltern so viele Fingerabdrücke übereinander-lägen, dass sich kein bestimmtes Muster feststellen ließe. Ebenso bei den Fußabdrücken, von denen es auf dem ölverschmierten Boden nur so gewimmelt habe. Insgesamt betrachtet habe man nicht zu wenige, son-dern viel zu viele Spuren entdeckt. Ein Durcheinander, aus dem sich die Hinterlassenschaften des Täters nur mühsam herausdifferenzieren ließen. Diese unglaub-lichen Mengen an Spuren auszuwerten und zuzuord-nen, sei eine Heidenarbeit, die viele Tage, wenn nicht Wochen in Anspruch nehmen würde.

»Dort hat sich wohl schon lange keine Putzkolonne mehr blicken lassen«, vermutete der Spurensicherer am anderen Ende der Leitung.

»So was wie eine Putzkraft können die sich bei der Feuerwehr doch gar nicht leisten«, meinte Lautner. »Trotzdem ärgerlich, dass ihr nichts für mich habt. Den Major wird das gar nicht freuen.«

»Vielleicht gibt es doch etwas, was euch weiterhel-fen kann.«

»Was denn? Lass hören.«

»Wir haben alles sichergestellt, was im Umkreis des Toten auf dem Boden herumgelegen ist, darunter ein paar Scheiben und Nieten, beides nicht unüblich in einer Werkstatt. Aber da war noch etwas anderes, was man an einem solchen Ort eher nicht vermutet.«

»Mach's nicht so spannend.«

»Wir haben einen Ring entdeckt. Er war bis an die Sockelleiste einer Werkbank gerollt und lag dort im Staub.«

»Könnte er dem Toten gehört haben?«, erkundigte sich Lautner.

»Eher nicht. Vom Durchmesser her wirkte er zu schmal, also eher der einer Frau oder eines Kindes. Es ist übrigens ein recht ungewöhnlicher Ring. Sehr verschnörkelt und verspielt.«

»Wisst ihr, ob er schon länger dort im Dreck gelegen hat?«

»Nein, das lässt sich nicht mit Bestimmtheit sagen. Aber besonders lang kann es nicht gewesen sein. Er glänzt, als wäre er erst vor Kurzem poliert worden.«

»Demnach könnte er – rein theoretisch – dem Mörder oder der Mörderin vom Finger gerutscht und in die Ecke gerollt sein, als er oder sie mit der Axt ausholte.«

»Wie du schon sagtest: rein theoretisch.«

»Lass mich raten: Auch auf dem Ring habt ihr keine verwertbaren Abdrücke gefunden.«

»So ist es. Aber falls ihr ihn dennoch benötigt: Er ist zusammen mit den anderen Fundsachen auf dem Weg zu euch.«

Diese Frau hatte etwas Besonderes an sich, dachte Jules, als er Anabelle gemeinsam mit Gendarm Kieffer durch das Gasthaus begleitete und sie dabei musterte. Anabelle besaß ein schmales, hübsches Gesicht mit großen Augen und vollen, etwas aufgeworfenen Lippen. Sie war schlank, mittelgroß und bewegte sich mit Anmut. Bei jedem ihrer federnden Schritte hüpfte ihr zum Zopf zusammengebundenes Haar auf ihren Schultern. Ein Anblick, der ihr trotz der offensichtlichen Traurigkeit eine gewisse Leichtigkeit verlieh. Ohne Frage eine attraktive Erscheinung und noch jung, dachte sich Jules und überlegte, wie lange es wohl dauern würde, bis die ersten Bewerber vorstellig wurden, um die Stelle ihres verstorbenen Ehemannes einzunehmen.

»Kommen Sie bitte mit in die Küche«, sagte Anabelle mit einer melodischen, angenehm weichen Stimme. »Ich habe Zwiebeln in der Pfanne. Die sollen nicht schwarz werden.«

Als das Trio die Restaurantküche betrat, stieg Jules der Duft nach zerlassenem Schweinefett mit Zwiebelaroma in die Nase. Dann sah er auch das Sauerkraut und erkundigte sich: »Sie bereiten gerade Ihr Essen vor? Entschuldigen Sie, wenn wir ungelegen kommen.«

»Nein, nein, ich habe keinen Hunger«, entgegnete Anabelle und nahm die Pfanne von der Platte. Mit geübter Bewegung schwenkte sie die goldbraunen Zwiebelwürfel. »Das ist ein Experiment. Ein neuer Flammkuchenbelag. Das Kraut ist nur der Anfang. Die Idee dazu ist Richard und mir gekommen, kurz bevor er ...« Sie verstummte mitten im Satz.

Jules deutete auf das Kraut und fragte: »Passt das wirklich zusammen? Ich kenne Sauerkraut in Ihren Elsässer Eintöpfen, aber doch nicht auf einer *tarte flambée.*«

Anabelle stutzte. Dann hellte sich ihr Gesicht ein wenig auf, als sie Jules fragte: »Sie sind ein Zugereister?«

»Das kann ich unschwer leugnen.«

»Und Sie meinen, Sie kennen unser Sauerkraut schon und wissen, wofür es sich eignet und wofür nicht? Nur weil Sie ein- oder zweimal unser *baeckeoffe*-Gericht gekostet haben? Dann sollten Sie mal Sauerkrautsaft probieren. Die Wirkung ist fantastisch. Oder essen Sie das Kraut als Salat: Im rohen Zustand, mit Essig und Öl angerichtet – ein Gedicht! Warum also nicht auch als Belag auf einem Flammkuchen?«

»Das Elsass überrascht mich mit seiner kulinarischen Vielfalt immer wieder«, räumte Jules ein und freute sich, zu sehen, wie seine Gesprächspartnerin mehr und mehr auftaute.

»Das ist wahr. Das Elsass ist ja wie ein einziges riesiges Anbaugebiet: Wir haben die Weinberge für unseren Sylvaner, Hopfenfelder für das Bier, und aus dem Wald beziehen wir unseren Tannenhonig. Und erst die Schnapsbrennereien: Jeder Elsässer, der einen Obstbaum hat, destilliert seinen eigenen Brand. Ich kenne jemanden, der hat sogar seinen Sellerie destilliert.«

»Behaupten Sie jetzt bitte nicht, dass man das auch mit Sauerkraut machen kann«, sagte Jules und verzog den Mund.

»Soviel ich weiß, nicht. Das wäre auch schade drum. Man sollte das Kraut lieber essen«, meinte Anabelle schmunzelnd. »Am besten mit deftiger Wurst.«

»Würste aller Art gibt es hier ja auch zur Genüge.«

»Kein Wunder, wir sind Teil des sogenannten Wurstgürtels. Der beginnt mit der Straßburger Leberwurst, reicht über die Zürcher Bratwurst bis zur Weißwurst nach München«, behauptete Anabelle und schien ganz in ihrem Element als Wirtin zu sein. Doch dann dämmerte ihr wohl, dass ihre beiden uniformierten Besucher nicht gekommen waren, um mit ihr über die Vorzüge der Elsässer Küche zu plaudern. »Sie sind wegen Richard hier, ja?«, fragte sie zaghaft, wobei jede Fröhlichkeit aus ihrem Gesicht verschwand.

Jules nickte und sagte, er müsse ihr noch einige Fragen stellen. Anabelle wies ihn auf das Gespräch hin, das sie bereits mit Adjutant Lautner geführt hatte. »Mehr kann ich Ihnen leider nicht sagen, Major.«

»Ich glaube, doch«, entgegnete Jules in einem freundlichen, aber auch bestimmten Ton. Er nahm seinen Block und einen Stift aus seiner Jackentasche. »Es sind nach wie vor einige Ungereimtheiten in Bezug auf die Kletterausrüstung Ihres Mannes zu klären. Wie Ihnen inzwischen bekannt sein dürfte, hat letztendlich Materialermüdung zum Absturz Ihres Gatten geführt. Wir müssen klären, wie Ihr Mann an dieses fehlerhafte, weil minderwertige Material gekommen ist. Stimmt es, dass sein Hobbykeller von der Gaststube aus quasi für jedermann zugänglich ist?«

»Nicht für jeden. Er liegt ganz am Ende des Korridors«, schränkte Anabelle nach kurzer Überlegung ein.

»Die Tür zu diesem Raum soll die meiste Zeit unverschlossen gewesen sein, stimmt das?«

»Stimmt. Es steckt zwar immer ein Schlüssel, aber Richard hielt es nicht für nötig, abzusperren. Wer sollte denn einen Grund haben, dort hineinzugehen?«

»Beispielsweise derjenige, der die Qualitätskarabiner Ihres Mannes gegen optisch nahezu identische Plagiate ausgetauscht hat«, hielt Jules ihr vor.

»Die Klos für die Kundschaft liegen am selben Flur wie Richards Hobbyraum«, brachte sich Kieffer ein.

»Ich bin selbst oft genug dort unten gewesen. Es wäre ein Klacks, statt in die Waschräume in den Raum mit dem Kletterzeug zu gehen und sich dort zu bedienen.«

»Aber das hat nie jemand getan«, betonte Anabelle und sah abwechselnd Jules und Gendarm Kieffer an. »Außerdem wäre es doch aufgefallen, wenn ein Gast mit einer schweren Tasche oder Tüte zu den Waschräumen gegangen wäre. Irgendwie hätte er die Kletterhaken ja transportieren müssen.«

Jules nickte betont langsam. »Ein guter Hinweis, Madame Jardin. Daher halte ich es für möglich, dass eine andere, weniger auffällige Person in den Hobbykeller gegangen ist und den Austausch vorgenommen hat. Keiner von den Gästen, sondern jemand aus dem Haus.«

»Einer unserer Angestellten?« Anabelle war ein großes Fragezeichen ins Gesicht geschrieben. »Unsere Küchengehilfen sind seit über zwei Wochen nicht mehr gekommen, und Carla, die Kellnerin, arbeitet zurzeit auch nicht bei uns.« Sie schlug die Augen nieder, als sie hinzufügte: »Wir haben Probleme mit der Auszahlung des Lohns.«

»Dieses Problem dürfte sich ja bald erledigt haben«, sagte Jules, woraufhin Anabelle ihn fragend ansah. »Die Lebensversicherung Ihres Mannes reicht sicher aus, um die laufenden Kosten zu decken und Ihnen einen gehobenen Lebensstandard zu bieten.«

»Bitte ... was? Wie meinen Sie das?« Anabelle hielt die schwarzen Pupillen auf seine Augen gerichtet.

»Wenn man den Personenkreis durchgeht, der Zugang zur Ausrüstung Ihres Mannes hatte, stehen Sie an vorderster Stelle, Madame. Für Sie wäre es ein Leichtes gewesen, die Dinge so zu richten, wie sie Ihnen passten.«

»Worauf wollen Sie hinaus?«, fragte Anabelle und schnappte nach Luft. »Habe ich das richtig verstanden: Sie verdächtigen mich?« Sie biss sich auf die Lippen und trat von einem Fuß auf den anderen. »Brauche ich jetzt etwa einen Anwalt?«

Auch Kieffer wurde nun unruhig. Ihm war Jules' Vorgehen wohl zu forsch. »Du brauchst keinen Anwalt, Anabelle. Sag uns einfach die Wahrheit, und wir sind in fünf Minuten wieder weg.«

»Die Wahrheit?« Anabelle war einer Panik nahe. »Richard ist tot – das ist die ganze Wahrheit!«

»Ruhig, ganz ruhig. Niemand will dir etwas Böses«, sagte Kieffer beschwichtigend.

»Kollege Kieffer hat recht«, lenkte Jules ein. »Dies hier ist eine Befragung, kein Verhör. Insofern können Sie auf einen Rechtsbeistand verzichten. Vorerst.«

»Vorerst?« Anabelle wurde immer kurzatmiger. Sie musste sich mit der Hand an einer Anrichte abstützen. »Was kommt denn noch?«

Jules entfaltete ein Blatt Papier, das ein amtliches Siegel im Briefkopf und darunter Joannas Unterschrift trug. »Ich muss Sie bitten, uns die im Haus befindlichen Unterlagen und Computer zu überlassen. Dieses Ermächtigungsschreiben, ausgestellt von Untersuchungsrichterin Laffargue, berechtigt uns dazu, diese Dinge an uns zu nehmen.«

»Unsere Computer? Mein Notebook, Richards Laptop …« Anabelles Stimme versagte. Dann verdrehte sie die Augen und sank in die Knie.

Gendarm Kieffer konnte sie im letzten Moment auffangen, sonst wäre sie mit der Stirn an die Tischkante geschlagen. Kieffer ließ Anabelle sachte zu Boden gleiten, legte ihren Kopf vorsichtig ab und hob ihre Beine an. »Musste das sein?«, fragte er Jules mit vorwurfsvollem Blick, während er versuchte, Anabelle aus ihrer Ohnmacht zu wecken. »So mit der Tür ins Haus zu fallen. Das ist doch sonst nicht Ihre Art.«

»Mit Freundlichkeit allein kommen wir in diesem Fall nicht weiter«, gab Jules trotzig zurück. »Es ist an der Zeit, Klartext zu reden.«

»Und was haben wir davon? Eine besinnungslose Witwe.«

»Ihre heftige Reaktion ist verdächtig.«

»Nein, sondern ganz natürlich. Anabelle hat vor nicht einmal einer Woche ihren Mann verloren. Sie ist am Ende ihrer Kräfte. Und dann kommen zu allem Überfluss auch noch wir und verdächtigen sie des Mordes.«

»So direkt hat das niemand gesagt«, rechtfertigte sich Jules, den beim Anblick der am Boden liegenden Frau nun doch das schlechte Gewissen plagte. »Ja, auch mir fällt es nicht leicht. Trotzdem halten wir an unserem Plan fest und nehmen die Papiere und Geräte mit. Gut möglich, dass wir durch die Auswertung von Jardins Daten brauchbare Hinweise finden. Denken Sie daran, Gendarm: Serge Boisselier hat kurz vor seiner Ermordung von einem besonderen Fund gesprochen. Es ist nicht auszuschließen, dass Jardin Dokumente darüber auf seinem PC abgelegt oder etwas Entsprechendes notiert hat.«

Kieffer nickte grimmig. »Schon gut, schon gut. Ich mache alles wie befohlen.«

»Dann ist es ja gut«, sagte Jules im Bemühen, standhaft zu wirken. Dennoch war er froh, als sich Anabelle endlich wieder regte und kurz darauf die Augen aufschlug.

In der Gendarmerie erwartete Adjutant Lautner sie mit Neuigkeiten: Kaum dass Jules die Wache betreten hatte, berichtete Lautner ihm von den Zwischenergebnissen der Spurensicherung. Gendarm Kieffer nutzte die Gelegenheit, um sich an seinen Arbeitsplatz zurückzuziehen und sich endlich seiner Brotzeit zu widmen.

Zwar sei die Spurenlage in der Feuerwehrgarage ähnlich schlecht wie in der Höhle, berichtete Lautner, denn die sichergestellten Fasern- und Gewebespuren stammten von vielen verschiedenen Personen. Auch gebe es beim Abgleich dieser Spuren mit der Verbrecherkartei bisher keinen Treffer. Dennoch sei man womöglich auf eine heiße Spur gestoßen. Nicht ohne Stolz präsentierte er Jules den Ring, der auf dem Boden der Werkstatt gelegen hatte. Inzwischen war das Schmuckstück in einem Klarsichtbeutel verstaut worden, den Lautner seinem Vorgesetzten nun vor die Nase hielt. Jules reichte ein kurzer Blick, um zu wissen, dass er diesen oder einen ähnlichen Ring schon einmal gesehen hatte.

»Kommt er Ihnen bekannt vor, Major?«, fragte Lautner mit wissendem Lächeln. »Ich habe auch ein Weilchen gebraucht, bis ich begriffen habe, auf was die Kollegen von der Spusi da gestoßen sind. Doch inzwischen bin ich ziemlich sicher, dass es ein Volltreffer ist.«

Jules hielt die kleine Plastiktüte zwischen Daumen

und Zeigefinger und drehte sie mehrmals hin und her. Dabei musterte er den Inhalt und die Details des goldenen Rings: seine fein herausgearbeiteten Verzierungen, die aufwendige Gravur und den etwas protzigen Gesamteindruck. Dann fielen auch bei ihm die Groschen. »Donnerwetter!«, stieß er aus. »Das Erkennungszeichen der Druiden!«

»Ja. Genau solche Ringe tragen die Sektenmitglieder bei ihren Zusammenkünften. Der Vergleich mit einem Foto, das uns Vincent Le Claire zur Verfügung gestellt hat, lässt keinen Zweifel offen: Der Ring auf Le Claires Bild entspricht exakt unserem Fundstück.«

Ja, dachte Jules, solche Ringe hatten auch die beiden Schlägertypen an ihren Fingern getragen, mit denen er es bei seiner nächtlichen Observierung zu tun bekommen hatte. Genau wie die Druidenfürstin Irma Richert. Somit hatten sie ein wichtiges Indiz in den Händen – wenn nicht sogar einen handfesten Beweis. Doch Jules' kurz aufkeimende Euphorie verflog sogleich, als ihm bewusst wurde, dass ihnen der Ring allein nichts nutzte, solange sie nicht dessen Besitzer kannten. »Fingerabdrücke sind Fehlanzeige?«, vergewisserte er sich.

Lautner bestätigte dies. »Aber das macht nichts. Ein solcher Ring ist ein Unikat, also hat er eine bestimmte Passgröße.«

»Das mag ja sein, bringt uns aber erst einmal nicht weiter«, meinte Jules. »Oder wollen Sie den Ring von jedem einzelnen Mitglied der Sekte anprobieren lassen? Das dürfte schwierig werden, zumal wir ja nicht einmal wissen, wer alles zu diesem Verein gehört. Verfügen Sie etwa über ein Mitgliederverzeichnis?«

»Immerhin ist uns der Name derjenigen bekannt, die ein solches Verzeichnis haben könnte«, blieb Lautner optimistisch.

Doch sein Kollege bremste seinen Elan. »Vergiss es, Alain!«, rief Kieffer schmatzend. »Irma Richert würde sich eher einsperren und foltern lassen, als uns auch nur einen einzigen Namen ihrer Anhänger preiszugeben.«

»Foltern ist nicht unser Ding, und eine Festnahme ohne richterlichen Beschluss kommt auch nicht infrage«, stellte Jules klar. »Aber das heißt nicht, dass wir diese Dame mit Glacéhandschuhen anfassen müssen.« Er steckte den Klarsichtbeutel mit dem Ring in seine Uniformjacke und ging zur Tür.

»Wohin gehen Sie, Major?«, fragte Lautner verwundert über den plötzlichen Aufbruch.

»Ich hole mir die Namensliste.«

»Soll ich mitkommen?«

»Nein, Alain. Eigentlich hatte ich zwar vor, dass wir diese Dame zu zweit in die Mangel nehmen. Doch inzwischen bin ich der Überzeugung, dass ich allein mehr Chancen auf Erfolg habe. Denn sie wird in Gegenwart eines Zeugen keinen Ton sagen, nehme ich an. Falls ich scheitern sollte, hole ich Sie als Verstärkung nach«, sagte Jules und zwinkerte dem Adjutanten zu.

Auf viele der Rebenheimer Fachwerkhäuser, die sich windschief und mit gekrümmten Balken aneinanderschmiegten, träfe der Begriff »Hexenhäuschen« zu, wäre da nicht die typisch elsässische Farbenpracht: rot, gelb, blau oder violett und mintgrün – es gab nichts, was es im Raum Colmar nicht gab. Irma Richerts

Domizil bildete die Ausnahme von dieser Regel: Der Fachwerkbau, in dem sie wohnte, ließ die übliche Farbenfreudigkeit vermissen und wirkte durch seine gedrungene Architektur und die kleinen Fenster tatsächlich etwas bedrohlich. Doch Jules ließ sich vom äußeren Eindruck nicht schrecken, sondern betätigte entschlossen die Klingel.

Irma Richert war recht klein, sie trug ihr rindenbraun gefärbtes Haar zu Locken gedreht und bemühte sich, ihre altersbedingten Falten mit viel Schminke zu kaschieren. Dunkler Lidschatten betonte ihre stechenden Augen, Lippenstift und Nagellack hatten die Farbe getrockneten Blutes, um ihren Hals baumelte ein Medaillon in der Form eines stilisierten Schlüssels.

Die Anführerin des Druidenklubs empfing Jules in einem kammerartigen Raum, aus dem jegliches Tageslicht verbannt war. Eine Stehlampe spendete diffuses Licht, das von den Tapeten, Teppichen und Decken begierig geschluckt wurde. Irma Richert saß vor einem kleinen, kreisrunden Tisch, auf dem ein Häkeldeckchen lag. Der perfekte Platz für eine Kristallkugel, dachte sich Jules und setzte sich Irma Richert gegenüber.

Als sie ihren Besucher einer kurzen Musterung unterzog, meinte Jules, ein Flackern des Wiedererkennens in ihren Augen zu sehen. Doch den Schrecken, der sie möglicherweise erfasste, verstand sie gut zu kaschieren.

»Sie wissen ja, weshalb ich gekommen bin«, leitete Jules das Gespräch ein.

»Ja, Ihr Lakai François Kieffer hat angedeutet, dass ich es mit Ihnen zu tun bekommen werde, weil ich nicht kooperiere.« Sie verzog den Mund. »François ist ein Dummkopf. Schon immer gewesen. Ich denke gar nicht daran, mich auf so etwas einzulassen.«

Das ging ja gut los, dachte Jules und legte sich eine Taktik zurecht: Er würde im Gegensatz zum manchmal aufbrausenden Gendarm Kieffer ruhig und gelassen bleiben und der seltsamen Dame keinen Vorwand liefern, die Unterhaltung frühzeitig abzubrechen. Da es sich nicht um ein offizielles Verhör handelte, sondern vorerst nur um eine Befragung, konnte sie das nämlich jederzeit tun. Deshalb vermied es Jules wohlweislich auch, über die Ereignisse der vorletzten Nacht zu sprechen. Vorerst jedenfalls.

»Ich bin noch nicht lange in Rebenheim und muss vieles erst kennenlernen«, sagte er mit aufgeräumter Stimme. »Über den Druidenorden weiß ich zum Beispiel so gut wie nichts. Wie übrigens auch sonst nur sehr wenig über esoterische Themen.«

Hatte er gehofft, damit einen guten Einstieg gefunden zu haben, sah er sich getäuscht.

»Esoterisch – so wie Sie es aussprechen, hört man sofort, was Sie davon halten: nämlich gar nichts«, erwiderte Irma Richert überaus schroff. »Menschen mit Ihrem Weltbild denken doch, wir wären alle bloß Scharlatane. Das Weihwasser in der katholischen Kirche geht in Ordnung, alles andere aber nicht. Viele Menschen behaupten: Esoterik – so ein Mist! Und dann greifen sie, wenn sie beim Friseur eine Zeitung in die Hand nehmen, selbst als Erstes zum Horoskop.«

Jules glaubte inzwischen zu wissen, wie er seine störrische Gesprächspartnerin auf seine Seite ziehen konnte: Am besten, indem er gar nichts unternahm, weder eine Meinung äußerte noch sie anderweitig unterbrach. Er würde einfach nur zuhören.

Tatsächlich redete Irma Richert munter weiter, zunächst noch in Rage und voller Angriffslust, dann zunehmend versöhnlich und selbstreflektiert. Es kam wohl nicht allzu oft vor, dass sie einen so geduldigen Zuhörer hatte, denn schließlich vertraute sie Jules sogar an, dass sie sich erst durch den Tod ihres Mannes von der Kirche abgewendet hatte und auf alternative Sinnsuche gegangen war.

»Ich habe meinen Luc schon in jungen Jahren verloren. Das war eine schlimme Zeit, in der ich vor Trauer selbst Sehnsucht nach dem Tod hatte. Es war aber auch die Zeit, in der ich anfing, Stimmen zu hören.«

Jules konnte nicht anders, als nun doch nachzufragen: »Stimmen?«

»Ja, die Stimmen aus dem geistigen Raum. Seit Lucs Tod bin ich empfänglich für sie.«

Jules gab sich alle Mühe, keine Miene zu verziehen. Jetzt nur nicht noch mal dazwischenfunken, bläute er sich ein.

»Seitdem kann ich Dinge wahrnehmen, die andere nicht sehen. Ich spüre die Seelen von Menschen und kann hören, was sie sagen«, fuhr Irma Richert fort. »Das ist ein Geschenk. Eine Gabe, die ich mit anderen teilen möchte. Daher habe ich den Druidenorden gegründet.«

Jetzt wusste Jules, woran er war. Diese Frau hatte sich aus einer Notlage und wohl auch tiefen Depression heraus ihr eigenes Weltbild erschaffen. Indem sie sich zur Berufenen machte, meinte sie, über den

Dingen zu stehen. Ein Selbstbetrug, durch den es ihr gelungen war, die Trauer um ihren Mann zu verarbeiten. Nur dass dieses Projekt längst nicht mehr der Eigentherapie diente, sondern sich zu einer Bewegung mit zahlreichen Jüngern ausgewachsen hatte.

Jules meinte, genug gehört zu haben, und wagte sich aus der Deckung. »Es gibt bekanntlich nicht nur die guten, sondern auch böse Geister. Wie können Sie bei Ihren Zwiegesprächen im geistigen Raum den Kontakt mit der Welt des Bösen ausschließen?«

»Böse Geister? Wer sagt so etwas?«

»Nahezu alle Religionen. Also noch einmal: Wie vermeiden Sie den innerlichen Kontakt mit dem Bösen?«

Irma Richerts Mimik verlor jedes Anzeichen von Vertraulichkeit. »Darum geht es Ihnen also. Sie sind nicht besser als François und wollen mich und meinen Orden in Misskredit bringen, indem Sie uns mit dem Todesfall in der Blutgrotte in Verbindung bringen. Aber ich sage Ihnen: Wir Druiden richten uns nur am Guten aus. Wir bleiben auf der hellen Seite und verirren uns nicht ins Dunkle. Der geistige Raum schützt uns.«

»Ich fürchte, Madame Richert, vor Gericht müssten Sie mit weltlicheren Argumenten aufwarten, wenn Sie Ihren Orden retten wollen«, sagte Jules und veränderte dabei seinen Tonfall. Er fand es an der Zeit, die Zügel anzuziehen.

Die Reaktion seiner Gesprächspartnerin fiel dementsprechend aus. Ihre Augen wurden schmal, als sie fragte: »Was soll das heißen?«

»Dass ich vorgestern Nacht einen völlig anderen Eindruck von Ihrem angeblich so friedfertigen Bet-

Zirkel gewonnen habe. Ich sage nur: Baseballschläger.«

Die Augen seines Gegenübers waren jetzt bloß noch zwei enge Schlitze. »Ich weiß nicht, wovon Sie sprechen.«

»Natürlich nicht.«

Irma Richert bekam die Zähne kaum noch auseinander, als sie zischte: »Gegen harmlose Tänze mitten in der Nacht an einem abgeschiedenen Ort ist nichts einzuwenden.«

»Sie geben es also zu?«

»Gar nichts gebe ich zu, Major. Und nun wäre es besser, wenn Sie gehen. In unser beider Interesse.«

»Nein, denn in unser beider Interesse wäre es, wenn ich bleibe und Ihnen noch ein paar Fragen stelle.«

»Sie haben kein Recht dazu, mich …« Weiter kam sie nicht, denn inzwischen hatte Jules den kleinen Beutel mit dem Ring aus der Jacke geholt und auf das Tischchen zwischen ihnen gelegt. Einen Moment lang hatte es den Anschein, als würden Irma Richert die Augen aus den Höhlen springen.

»Kommt Ihnen der Ring bekannt vor?« Jules lauerte auf eine weitere, verräterische Reaktion. Als diese ausblieb, fragte er: »Hat es Ihnen die Sprache verschlagen?«

»Woher haben Sie ihn?« Irma Richert starrte gebannt auf das Schmuckstück.

»Gegenfrage: Trifft es zu, dass alle Mitglieder Ihrer Vereinigung einen solchen Ring tragen? Sagen wir, als eine Art Symbol, um die gegenseitige Verbundenheit zum Ausdruck zu bringen?« Als Irma Richert noch immer nicht antwortete, schob Jules seine Hand vor und tippte auf den Ringfinger der Druidenführerin. »Sie tragen selbst ein solches Schmuckstück. Daher wäre es sinnlos zu leugnen, dass Sie den Ring kennen.«

»Es sind Einzelstücke«, räumte Irma Richert mit sichtlichem Widerwillen ein. »Individuell handgefertigt.«

»Für jeden Ihrer Jünger?«, fasste Jules nach und hob den Beutel an. »Auch dieser hier? Erkennen Sie ihn? Können Sie sagen, wem er gehört?«

»Nein. Es gibt keine eingravierten Initialen oder so etwas. Das widerspricht den Statuten.«

»Stimmt, Sie wollen ja unerkannt bleiben«, sagte Jules mit einer Schärfe im Ton, die Irma Richert zusammenzucken ließ. »Warum eigentlich? Wegen der Drogen, die Ihre Leute konsumieren?«

»Ich kann Ihnen zu diesem Ring nichts weiter sagen«, wich Irma Richert ihm aus.

»Können oder wollen?«

»Ich kann es nicht!«, stieß sie aus und versenkte ihren Drillbohrerblick in seinen Augen.

»Heißt das, Sie können ihn mit keiner speziellen Person in Verbindung bringen?«

»So ist es.«

»Tja, dann tut es mir leid, wenn ich Sie nun um die Herausgabe Ihrer kompletten Mitgliederliste bitten muss.«

Ein Zittern lief durch Irma Richerts schmalen Körper. »So etwas können Sie nicht von mir verlangen! Das verstößt gegen das Persönlichkeitsrecht unserer Mitglieder, gegen den Datenschutz und ...«

»Datenschutz?« Jules lachte auf. »Wenn Sie darauf bestehen, halten wir uns strikt an die Buchstaben des

Gesetzes. Dann besorge ich mir im Handumdrehen einen Hausdurchsuchungsbefehl und durchkämme mit meinen Männern Ihre Räume. So gründlich, dass kein Stein auf dem anderen bleibt, und zwar so lange, bis wir die Liste gefunden haben. Diese stellen wir dann der Richterin zur Verfügung, und, nun ja, womöglich wird sie bis zur Presse durchgestochen – so etwas lässt sich ja heutzutage kaum mehr vermeiden.«

»Das ist Erpressung!«, sagte Irma Richert mit bebenden Lippen.

Jules lehnte sich zurück und schlug die Beine übereinander. »Ich bin allein zu Ihnen gekommen, Madame, deshalb kann ich ganz offen mit Ihnen sprechen. Wir können das Ganze wie zwei zivilisierte Menschen regeln oder eben auf die harte Tour – Sie haben die Wahl.«

Irma Richert verließ den kleinen Raum. Zwei Minuten später stand sie wieder vor Jules. In ihren bebenden Händen hielt sie einen gefalteten Bogen Papier, den sie ihm wortlos überreichte.

Jules steckte den Zettel ungelesen ein und erhob sich. »Ich werde diese Daten nur im Zusammenhang mit diesem Fall verwenden. Aber seien Sie gewiss: Ab jetzt habe ich Ihren Verein auf meinem Radar.«

Dann ging er, um sich einer anderen Angelegenheit zu widmen. Einer rein privaten.

Clotilde genoss ihre tägliche Einkaufstour durch die Stadt. An Markttagen erledigte sie ihre Besorgungen an den Obst- und Gemüseständen, beim Fischhändler und der Feinkosttheke, an anderen Tagen besuchte sie in einer immer gleichen Reihenfolge die *boucherie*, die *boulangerie* und die *pâtisserie* – Metzger, Bäcker und Konditor. Zwar wurde das Gros der Einkäufe für ihr Gasthaus von ihrem Mann Pierre auf dem Großmarkt in Colmar erledigt, doch Clotilde wollte sich ihre tägliche Routine nicht nehmen lassen. Schließlich kam sie selten genug aus ihrer *auberge* heraus, was schlimm genug war, weil sie dadurch permanent in Gefahr schwebte, vom Dorfklatsch abgeschnitten zu werden.

Beim Bummeln entlang der Rue de Strasbourg und über den Place Turenne konnte sie das Versäumte nachholen, mit den Verkäuferinnen und Kundinnen plaudern und sich so auf den neuesten Stand bringen.

Heute zum Beispiel erfuhr sie von Claire, einer Nichte zweiten Grades und Kassiererin bei der Drogerie gegenüber der *Mairie*, eine für sie ungemein interessante Neuigkeit: Angeblich hatte sich Jules Gabin doch noch mit seiner Ex getroffen, und zwar unmittelbar vor der Abreise der schwangeren Lilou am frühen Nachmittag. Clotilde wollte zuerst gar nicht glauben, was Claire ihr erzählte. Denn am Morgen noch, als Lilou ihr Zimmer geräumt und ausgecheckt hatte, hatte sie sich Clotilde gegenüber sehr enttäuscht darüber gezeigt, dass sie keine Gelegenheit gehabt habe, sich mit Jules auszusprechen. Das hatte Clotilde sehr leidgetan, denn die junge Lilou war ihr während der Tage ihres Aufenthalts in der *Auberge de la Cigogne* ans Herz gewachsen, und sie hatte es dem Major sehr verübelt, dass er sich nicht um seine Verflossene kümmern wollte. Umso mehr freute sich Clotilde darüber, dass es nun doch – quasi in letzter Minute – zu einem Zusammentreffen der beiden gekommen war.

»Wie ist es denn gelaufen, Claire? Hast du etwas von

dem Gespräch der beiden mitbekommen?«, erkundigte sie sich bei ihrer Verwandten.

»Nicht besonders spektakulär.« Claire sagte das so, als wäre sie enttäuscht, dass ihr nicht mehr geboten worden war. »Lilou war schon auf dem Weg zum Bus, als der Major sie einholte und abfing. Das passierte direkt vor unserem Laden. Da ich gerade die Auslagen vor der Tür sortierte, stand ich gleich daneben.«

»Kein Streit? Keine gegenseitigen Vorwürfe?«, wollte Clotilde wissen.

»Nein, nicht im Geringsten. Die beiden begrüßten sich mit der *bise*, Küsschen links, Küsschen rechts, wie alte Freunde. Der Major beglückwünschte Lilou zur Schwangerschaft und erkundigte sich sogar nach dem neuen Mann. Eine Einladung zu einem Kaffee schlug Lilou allerdings aus.«

»Weil sie am Ende doch sauer war?«, riet Clotilde.

»Nein, weil sie den Linienbus erwischen musste. Du weißt doch, dass sie ein Ticket für den Zug von Strasbourg nach Bordeaux hatte.« Claires Augen leuchteten, als sie ausführte: »Der Major war hin- und hergerissen, ob er sie nicht selbst nach Strasbourg fahren sollte. Aber er hatte leider keine Zeit, weil ihn sein neuer Fall so in Beschlag nimmt. Lilou sagte, das sei nicht weiter tragisch. Er könne sie ja nach der Geburt mal in Royan besuchen, gern gemeinsam mit Joanna Laffargue.«

»Das hört sich nach großer Versöhnung an«, folgerte Clotilde mit einem zufriedenen Gefühl. Vielleicht, so dachte sie jetzt, hatte sie dem Major doch unrecht getan, als sie ihm unterstellte, kein Herz für seine frühere Liebe mehr zu zeigen. Nun freute sie sich für die

Beteiligten, dass alles einen so harmonischen Ausklang gefunden hatte.

»Ja«, meinte auch Claire, »am Schluss gab es noch mal Küsschen und eine innige Umarmung.«

»Wie gern wäre ich dabei gewesen!«, meinte Clotilde mit einem tiefen Seufzer.

Ihre Einkaufstaschen waren gut gefüllt, als sie fand, dass es an der Zeit für die Rückkehr in ihr Gasthaus war. Um den Touristentrubel auf dem Place Turenne zu umgehen, wählte sie einen Schleichweg, der sie an der Rückseite des Tourismusbüros vorbeiführte. Dorthin verirrte sich selten ein Gast, selbst die Einheimischen mieden diese wenig reizvolle und schattige Gasse.

Deshalb fiel ihr die Fußgängerin, die ihr nach wenigen Metern entgegenkam und sie mit einem knappen Nicken grüßte, besonders auf: Eine ganz in Schwarz gekleidete Frau, die Clotilde erst auf den zweiten Blick erkannte. Es handelte sich um Anabelle, die Witwe des tödlich verunglückten Richard Jardin. Clotilde musterte sie im Vorbeigehen und bildete sich ihr Urteil: Im Gesicht war sie schmal geworden und auch ihr Körper – geradezu abgemagert. Die Trauer machte ihr wohl zu schaffen. Clotilde erwog, Anabelle anzusprechen. Doch die hatte es viel zu eilig, sie hetzte an ihr vorbei.

Clotilde, die sich Sorgen um die arme Frau machte, blieb stehen und sah ihr nach. Arme Anabelle, dachte Clotilde, die gut nachvollziehen konnte, welcher Druck auf der jungen Frau lastete. Ebenso wie Anabelle war Clotilde ja Gastronomin und wusste, wie viel Arbeit damit verbunden war, ein Gasthaus zu führen. Ohne ihren Pierre könnte Clotilde das nie und nimmer schaffen. Ebenso musste es Anabelle ergehen: Bestimmt war sie nun verzweifelt.

Natürlich hatte auch Clotilde von den Ungereimtheiten um Richard Jardins Tod gehört, und auch das Gerücht über eine angeblich millionenschwere Lebensversicherung machte die Runde. Aber selbst wenn es stimmte: Nicht einmal alles Geld der Welt konnte den Verlust des verstorbenen Ehemannes wettmachen. Es würde höchstens den Alltag etwas erleichtern, weil sich Anabelle dann Personal leisten konnte.

Bei so vielen traurigen Gedanken merkte Clotilde, die nahe am Wasser gebaut war, wie ihr die Tränen in die Augen stiegen. Sie wischte sie fort und blinzelte der sich schnell entfernenden Anabelle nach. In diesem Moment sprang auf einmal ein Mann auf Anabelle zu, die erschrocken einen Satz zur Seite machte.

Was war da los?, fragte sich Clotilde alarmiert und rieb sich die letzten Tränen von den Augenlidern. Ein Überfall am helllichten Tag? Es sah beinahe so aus!

Der kann was erleben!, dachte sich Clotilde. Sie ballte die Fäuste und ging auf die beiden zu, fest entschlossen, Anabelle zu verteidigen. Doch im Näherkommen erkannte sie in dem vermeintlichen Räuber niemand anderes als den Fahrradhändler Gilbert. Er trug anstelle seines üblichen Monteurkittels eine dunkelgraue Jacke und hatte sich eine Schiebermütze tief ins Gesicht gezogen, weshalb Clotilde ihn zunächst für einen Fremden gehalten hatte.

Von den beiden unbemerkt, blieb Clotilde stehen und beobachtete, wie zwischen Anabelle und Gilbert ein Streit entbrannte. Beide gestikulierten heftig, und es wurde laut. Clotilde erwog, nun doch einzuschreiten. Aber da griff Gilbert nach Anabelles Hand, umfasste sie und blickte ihr tief in die Augen. Daraufhin beruhigte sich Anabelle, trat näher an Gilbert heran und legte den Kopf auf seine Schulter. Es folgte eine innige Umarmung, die Clotilde zu denken gab: Das, was sie beobachten konnte, war mehr als bloß eine Geste des Trosts. Dafür fiel die Liebkosung der beiden viel zu vertraut aus.

Kurz darauf trennte sich das Paar, und jeder ging seiner Wege. Clotilde, die sich in einen Hauseingang zurückgezogen hatte, um nicht aufzufallen, blieb noch eine Weile nachdenklich stehen.

Anabelle und Gilbert – was hatte das zu bedeuten? Sie war ja nun bestimmt keine Tratschtante, dennoch hielt sie es für wichtig, dass Jules Gabin von dieser denkwürdigen Episode erfuhr. Sie würde ihn anrufen.

»Wo bleibt denn bloß der Boss?«, dachte Alain Lautner laut, während er über dem beschlagnahmten PC von Richard Jardin brütete.

»Der hat zu tun«, antwortete Charlotte Regnier mit einem vielsagenden Lächeln. »Wenn ich richtig gesehen habe, ist der Major vorhin über den Place Turenne geschlendert – mit seiner Ex.«

»Oho! Hoffen wir, dass er nicht rückfällig wird, ansonsten ist hier Feuer unterm Dach. Ich möchte Madame Laffargue nicht noch einmal so wütend erleben.«

»Ich auch nicht«, meinte Charlotte. »Aber ich glaube, dass dafür kein Anlass besteht. Es sah ganz so aus, als wären Jules Gabin und Lilou nur noch gute Freunde.«

»Trotzdem könnte ich den Major jetzt gut gebrauchen«, meinte Lautner, ohne die Augen vom Bildschirm zu lassen. »Ich komme ohne ihn nicht weiter.«

»Wo liegt denn das Problem?«, erkundigte sich Charlotte, verließ ihren Schreibtisch am Empfang und gesellte sich zu ihrem Kollegen. Sie schaute dem Adjutanten über die Schulter und sah, dass er eine Art Collage aus mehreren Fotos aufgerufen hatte. Es handelte sich um Teile einer Kletterausrüstung. Der Fotograf hatte sie auf einem hellen Stoff, wahrscheinlich einem Bettlaken, ausgebreitet. Auffällig erschien ihr, dass die abgebildeten Gegenstände starke Gebrauchsspuren aufwiesen, zum Teil verschmutzt und sogar beschädigt waren. Außerdem hatten einige Teile Rost angesetzt. Charlotte wunderte sich zudem über die Anordnung der Stücke, die – wie man es bei archäologischen Funden machte – sortiert und mit Nummern versehen worden waren. Warum, so fragte sie sich, hatte man sich eine solche Mühe damit gemacht? Es war doch bloß eine alte Kletterausstattung, vom Zustand her reif für die Mülltonne.

Sie teilte ihre Überlegungen dem Kollegen mit, woraufhin Lautner nachdenklich nickte. »Genau das ist der springende Punkt«, sagte er. »Es muss einen Grund dafür geben, weshalb Richard all diese vergammelten Teile mit Zahlen versehen und dokumentiert hat. Aber ich komme nicht dahinter, welchen.« Er nagte auf seiner Unterlippe, bevor er weitersprach: »Vor allem frage ich mich, wem dieses Equipment gehört und wo es geblieben ist. In Richards Hobbyraum haben wir uns genau umgesehen und nichts dergleichen gefunden. Auch sein Spind bei der Feuerwehr enthielt nur

174

das übliche Zeug, aber keinen Sack voller beschädigter Kletterutensilien.«

Charlotte beugte sich tiefer und betrachtete aufmerksam die dargestellten Gegenstände. »Du sprichst von ›beschädigt‹: Vielleicht war es das, worum es Richard ging, als er die Aufnahmen machte.« Sie setzte ihren Zeigefinger auf einen der abgebildeten Karabiner: »Schau hier: Dieser Bruch weist eine ganz ähnliche Kante auf wie bei den Karabinern, die die Bergwacht in der Blutgrotte neben Richards Leiche sichergestellt hat.«

»Ja, du hast recht«, sagte Lautner anerkennend. »Die Schäden ähneln denen von Richards eigener Ausrüstung sehr.«

Charlotte ergänzte: »Nur dass das hier gezeigte Material viel, viel älter sein muss. Es sieht aus, als wäre es jahrelang Kälte und Feuchtigkeit ausgesetzt gewesen.« Sie kräuselte die Stirn. »Das ist mehr als nur merkwürdig. Wir müssen den Major informieren. Ich rufe ihn gleich an.«

»Apropos anrufen. Mit wem hast du eigentlich vorhin telefoniert? Du hast dabei ein Gesicht gemacht, als wollte dir jemand einen Bären aufbinden.«

»So kam ich mir auch vor«, gestand Charlotte und berichtete von einem denkwürdigen Telefonat mit Clotilde. Die Wirtin der *Auberge de la Cigogne* habe melden wollen, dass sie Anabelle und Gilbert quasi in flagranti erwischt hätte. Es habe zwar zunächst nach einem Streit zwischen den beiden ausgesehen, dann aber habe sich Anabelle den Avancen von Gilbert gefügt. »Clotilde sprach von einer inbrünstigen Umarmung. Sie nimmt an, dass die Witwe und der Fahrradhändler etwas miteinander haben, und aus der Vertrautheit zwischen beiden schließt sie, dass da schon länger etwas läuft.«

Lautner stieß einen Pfiff aus. »Das wird ja immer besser!« Nun griff er selbst zum Telefon. »Stören wir den Major bei seinem Privatvergnügen. Er wird hier gebraucht. Dringend!«

Die Namensliste, die er Irma Richert abgeluchst hatte, trug Jules in der Brusttasche seiner Jacke bei sich, während er sich in der belebten Rue du Strasbourg nach einem noch nicht von Touristen überlaufenen Bistro oder einer Brasserie umsah. In der Nase hatte er noch den Duft von Lilous Parfum, und beim Gedanken an sie wurde ihm warm ums Herz.

Jules war froh, dass er es geschafft hatte, seine einstige Lebensgefährtin noch vor ihrer Abreise zu treffen und wenigstens kurz mit ihr zu sprechen. So wusste er, dass der harte Bruch, den es zwischen ihnen gegeben hatte, überwunden war und sie nun in freundschaftlichem Einvernehmen auseinandergehen konnten. Endlich Frieden, dachte er beglückt und blieb vorm *Café Bellecour* stehen, wo er tatsächlich einen freien Platz ergatterte, wenn auch nur an einem Stehtisch.

Er gönnte sich *Crêpes Suzette* mit Orangenbutter, eigentlich ja eine klassische Nachspeise, aber ihm stand der Sinn nach etwas Süßem. Nachdem er sich mit Heißhunger über zwei *Crêpes* hergemacht und sich gedanklich noch einmal über den harmonischen Abgang von Lilou gefreut hatte, zog er sein Handy aus der Tasche und registrierte die Liste der entgangenen Anrufe. Fünf an der Zahl, allesamt aus der Gendarmerie.

Jules seufzte. Konnten ihn seine Leute nicht wenigstens mal für zwei Stündchen in Ruhe lassen? Da er weder Fahrzeuge mit Blaulicht vorbeirasen sah noch die Feuerwehrsirene heulen hörte, ging er davon aus, dass es sich um nichts besonders Eiliges handeln konnte, und widmete sich wieder seinem Essen. Anschließend orderte er einen Kaffee: klein, schwarz und stark.

Während er an der Tasse nippte und die Scharen von Touristen an sich vorbeiziehen sah, die pünktlich zur Weinernte im Elsass einfielen wie die Heuschrecken, ließ er seine Mahlzeit sacken und überlegte, dass ihm nun ein Mittagsschläfchen guttun würde. Doch das kam natürlich nicht infrage, schließlich wollte er nicht in dieselbe Lethargie verfallen, die Gendarm Kieffer allzu oft an den Tag legte. Es war an der Zeit, sich wieder der Arbeit zu widmen. Daher nahm er das Mitgliederverzeichnis des Druidenbundes zur Hand und studierte es sorgsam.

Typische Namen aus der Region waren darunter, wie Meyer, Keller, Kreydenweiss oder Schwab, wobei die Vornamen leider fehlten. Geschickt, fand Jules. Auf diese Weise hatte Irma Richert zwar seiner Aufforderung entsprochen, ihm die Liste auszuhändigen, gleichwohl wurde die Identität der Mitglieder nur zum Teil gelüftet. Fürs Erste würde sich Jules damit begnügen und fuhr mit seinem Finger über die Zeilen.

Plötzlich hielt er inne. Einer der aufgeführten Namen ließ ihn stutzen: Dolder.

Grübelnd blickte Jules auf. Dolder? Sollte das etwa Joey Dolder sein, der Kletterfreund von Richard Jardin? Kaum vorstellbar, dass sich der Andenkenverkäufer diesem Kreis angeschlossen hatte. Doch ausschließen durfte Jules es nicht. Andererseits: Mangels Vornamen konnte es genauso gut jeder andere Mann mit diesem Nachnamen sein, überlegte Jules. Oder jede Frau.

Ein neuer Gedanke schoss ihm durch den Kopf: Mochte am Ende gar Orianne Dolder gemeint sein, Joeys trunksüchtige Ehefrau?

Und während er noch über sie nachdachte, fiel es Jules wieder ein. Wie ein verlorenes Puzzleteil hatte er plötzlich die Antwort auf die Frage gefunden, wo er den Ring der Druiden das erste Mal gesehen hatte. Nämlich am Finger von Orianne Dolder! Jules war sich zu neunundneunzig Prozent sicher, dass die Frau ebenjenes charakteristische Erkennungszeichen der Sekte getragen hatte, als Jules die Dolders in ihrem Laden aufgesucht hatte. Das konnte eine wichtige Entdeckung sein. Doch wo lag der Zusammenhang zum Fall Jardin? Was verband Oriannes Mitgliedschaft im Druidenbund mit Richard Jardins Absturz in der Höhle? War sie darin verwickelt? Aber welches Motiv sollte sie bewogen haben, einen guten Freund ihres Mannes zu töten?

Dazu fiel Jules nichts Überzeugendes ein, und er beschloss, die Dolders noch einmal zu besuchen. Da der Souvenirladen nur wenige Gehminuten vom *Café Bellecour* entfernt lag, würde er das gleich erledigen.

Jules war gespannt darauf, ob Orianne Dolder den Ring auch heute noch am Finger trug – oder ob er luftdicht verpackt in der Schublade seines Schreibtisches lag.

Zwar galt Alain Lautner als geduldig, doch irgendwann platzte auch einem Gemütsmenschen wie ihm der Kragen. Es war inzwischen nach drei Uhr am Nachmittag, und der Major hatte sich noch immer nicht blicken lassen. Sogar die Bitten um Rückruf, die sie ihm per Mailbox und SMS hatten zukommen lassen, schien er geflissentlich zu ignorieren. Das ärgerte Lautner sehr, auch wenn Charlotte ihn zu beruhigen versuchte.

»Er ist sicher gerade sehr beschäftigt und meldet sich deswegen nicht«, meinte sie.

»Seine Art von Beschäftigung kennen wir ja: Weiber!«, entfuhr es Lautner, doch er hielt sich sofort die Hand vor den Mund. »*Pardon*, ist mir so rausgerutscht. Aber als kollegial kann man ein solches Verhalten nicht bezeichnen.«

Lautner hatte keine Lust, sich weiter über die Unzuverlässigkeit seines Vorgesetzten aufzuregen, und beschloss, das Heft des Handelns selbst in die Hand zu nehmen. Er schob seinen Stuhl zurück, stand auf und ging zum Garderobenständer, wo seine Uniformjacke und die Kappe hingen.

»Wo willst du hin?«, fragte Charlotte, die sich über den plötzlichen Aufbruch wunderte.

»Zum *Cycl'évasion*.«

»Stimmt etwas mit deinem Rad nicht?«

Doch, mit seinem Fahrrad war alles bestens. Lautner hatte einen anderen Grund, um Gilberts Laden aufzusuchen. Er wollte dem Gerücht nachgehen, das Clotilde in die Welt gesetzt hatte. Da er Gilbert von Kindesbeinen an kannte, würde er nicht davor zurückscheuen, ihn unverblümt zu fragen, wie er zu Anabelle Jardin stand. Sollten die beiden tatsächlich eine Liaison eingegangen sein, wäre das ein starkes Stück. Dann nämlich gäbe es plötzlich ein neues Mordmotiv: Eifersucht. Und einen neuen Verdächtigen: Gilbert. Außerdem verfügte der Fahrradhändler durch seinen Werkstattbetrieb über die notwendige Erfahrung im Umgang mit mechanischen Teilen. Wenn einer die Schwachstellen von Karabinerhaken erkannte, dann war es der Tüftler Gilbert!

Lautner stand schon im Türrahmen, als er sich noch einmal zu Charlotte umdrehte. »Ich fühle einem alten Freund auf den Zahn«, lautete seine salomonische Antwort auf ihre Frage.

Wenige Minuten später hatte er den kleinen Zweiradladen erreicht. Das war der unschlagbare Vorteil von Rebenheim: die kurzen Wege.

Der beengte Verkaufsraum, in dem Fahrräder nicht nur Lenker an Lenker nebeneinanderstanden, sondern auch von der Decke hingen, war verwaist. Lautner sah weder Kunden noch den Inhaber. Wahrscheinlich hielt sich Gilbert in der rückwärtigen Werkstatt auf. Bevor Lautner die kleine Klingel auf dem Kassentisch betätigte, um sich bemerkbar zu machen, sah er sich in dem kleinen Geschäft um. Die angebotene Ware umfasste die typische Fahrradausstattung von Schlössern über Luftpumpen bis hin zu Helmen und Handschuhen. Platz fand sich aber auch für Ersatzteile für Skateboards und Tretroller – und für Utensilien, wie sie Bergsteiger benötigten. Lautner trat an ein Regal, in dem diverse Ösen, Haken und Schlingen lagen. Er nahm gerade eines der Teile in die Hand, als er Schritte hörte.

Kurz darauf tauchte Gilbert hinter seinem Verkaufstresen auf. »*Salut*, Alain. Was kann ich für dich tun? Mal wieder ein Ersatzschlauch für dein Rad fällig?«

Lautner legte den Haken zurück ins Fach und ging auf Gilbert zu. Dann drapierte er seine Kappe auf dem Tresen, bemühte sich um einen strengen Blick und sagte: »Wir müssen reden, Gilbert.«

Der Fahrradhändler schob einen Tischständer mit Sonnenbrillen zur Seite, um Alain Lautner besser sehen zu können. »Reden? Das machen wir jeden Abend in der *Brasserie Georges*. Kannst du nicht abwarten, bis es dunkel ist? Bei einem *bière pression* plaudert es sich doch viel entspannter.«

»Das ist nicht komisch, Gilbert. Ich bin im Dienst.«

»Ich auch, wenn man es genau nimmt«, sagte Gilbert, der zu dem groß gewachsenen Adjutanten aufsehen musste. »Schieß los: Wie kann ich dir helfen?«

Lautner legte eine dramaturgische Pause ein. Schließlich fragte er: »Anabelle Jardin – dieser Name sagt dir etwas?«

Hatte Gilbert bis eben den Eindruck erweckt, als würde er sich über den seltsam steifen Auftritt seines Bekannten amüsieren, schlug sein Verhalten nun ins Gegenteil um. Er zuckte zusammen, und die Farbe wich aus seinem Gesicht. »Ja, natürlich kenne ich Anabelle. Du doch auch. Jeder hier im Ort kennt die Wirtin von *La Taverne*«, druckste er herum.

»Mir ist aber zu Ohren gekommen, dass du sie besonders gut kennst«, sagte Lautner nun ziemlich direkt.

Gilbert wurde noch bleicher. »Wer behauptet das?«

»Es spielt keine Rolle, wer das behauptet. Wichtig ist

einzig und allein, ob es stimmt.« Lautner beugte sich weit über den Tresen. Laut und vernehmlich fragte er: »Trifft es zu, dass ihr, du und Anabelle Jardin, ein Verhältnis habt?«

Gilbert wurde angst und bange. Nervös rieb er sich das Kinn und blickte sich dabei nach allen Seiten um, als wäre noch jemand im Raum, der ihm beistehen könnte. Doch da waren nur der Adjutant und er selbst. »Verdammt, Alain, das geht niemanden etwas an«, fauchte er wie ein in die Enge getriebenes Tier.

»O doch!«, hielt Lautner dagegen. »Das geht uns sehr wohl etwas an. Denn wenn es stimmt, ändert sich einfach alles!«

»Was willst du damit sagen?«

Auf diese Frage ging Lautner nicht ein, er wartete, bis Gilbert selbst darauf kam.

Das ging schneller als erwartet, denn plötzlich wich dessen Blässe einer kräftigen Farbe: Der Fahrradhändler lief puterrot an. »Hältst du mich etwa für verdächtig? Glaubst du, ich hätte etwas mit Richards Tod zu tun?« Gilbert löste sich von dem Verkaufstresen und trat unruhig von einem Fuß auf den anderen. »Ihr seid auf dem Holzweg, Alain. Das zwischen Anabelle und mir – das war eine Liebelei. Etwas Flüchtiges. Ganz sicher nichts, was Anabelle und Richard auseinandergebracht hätte. Nie im Leben hätte sich Anabelle von ihm getrennt, und schon gar nicht wegen mir. Da mache ich mir nichts vor. Inzwischen will sie mich nicht mal mehr sehen. Ich bin ihr lästig. Würdest du also bitte aufhören, mich anzugucken, als wäre ich ein Schwerverbrecher?«

»Sie will nichts mehr von dir wissen? Bist du dir

sicher? Und wenn ich dir sage, dass ihr dabei beobachtet wurdet, als ihr euch umarmt und liebkost habt, gerade mal vor ein paar Stunden?«

»Woher weißt du ...«, stammelte Gilbert. »Wer hat uns beobachtet?«

Wieder verzichtete Lautner auf eine Antwort, er zog lediglich betont langsam seinen Notizblock und einen Kugelschreiber aus der Hosentasche. Dann klappte er den Block auf, setzte den Stift aufs Papier und fragte: »Wo warst du am Tag, als es passiert ist, also am Montag? Den ganzen Tag über in deinem Geschäft? Wenn ja, gibt es dafür Zeugen?«

Gilbert: »Ist das jetzt ein schlechter Witz? Fragst du mich etwa nach meinem Alibi?«

Ungerührt schaute Lautner von seinem Block auf. »Ich benötige möglichst lückenlose Angaben über den Zeitraum von ...« Weiter kam er nicht.

Wie vom Teufel geritten kam der kleine, aber kräftige Gilbert um die Theke geschossen und ging mit geballten Fäusten auf Lautner los. Der Adjutant stolperte beinahe über seine eigenen Füße, als er sich umdrehte und die Flucht ergriff. Er rannte zur Ladentür, stieß sie auf und sprang über die Schwelle. Trotz seiner großen Schritte hatte er den zornigen Gilbert jedoch weiterhin im Nacken.

Lautner hetzte über die Straße, ohne auf Autos oder Fahrräder zu achten, doch ein schneller Blick über die Schulter verriet ihm, dass Gilbert dicht hinter ihm war. Als er um die Ecke bog, kam er abermals ins Straucheln, rappelte sich aber sofort wieder auf, denn die wilden Flüche, die Gilbert ihm hinterherrief, verhießen nichts Gutes. Er hechtete auf einen Blumenkübel mit lilafarbenen Petunien zu und sprang darüber hinweg, in der Hoffnung, sein Verfolger würde vor dieser Barriere kapitulieren. Doch Gilbert flitzte wieselflink um das Hindernis herum und blieb an ihm kleben.

Also rannte Lautner weiter und bahnte sich seinen Weg durch den Strom der Passanten, die vermutlich dachten: Verkehrte Welt! In Rebenheim verfolgte nicht die Polizei einen Verdächtigen, sondern der Verdächtige den Polizisten. Aber es war Lautner gleichgültig, was andere glauben mochten. Er hatte andere Sorgen – nämlich einen Mordsrespekt vor Gilberts Wut.

Nun hatte Gilbert ihn beinahe eingeholt, Lautner fühlte schon, wie er nach seinem Jackenzipfel griff. Gleich würde es Hiebe setzen, ahnte er und wusste, dass er seinem aufgebrachten Freund hoffnungslos unterlegen sein würde.

Die Rettung kam in Person von Lino Pignieres. Der trat so plötzlich auf den Plan, dass erst Lautner gegen seine Schulter prallte und gleich danach Gilbert auflief.

»Aber, aber! Immer langsam!« Lino schob die atemlosen Männer zurück und zog seine speckige Cordjacke zurecht. »Trainiert ihr für den nächsten Stadtmarathon oder warum lauft ihr wie die aufgescheuchten Hühner durch die Gegend?«

Lautner suchte hinter den breiten Schultern des alten Gendarmerievorstehers Schutz, während Gilbert in Lauerstellung vor Lino stehen blieb.

»Alain hat eine Abreibung verdient!«, knurrte Gilbert und schien nur darauf zu warten, dass Lino ihn vorbeiließ. »Er hat unsere Freundschaft mit Füßen getreten.«

»Ich ermittele in einem Mordfall!«, rechtfertigte

sich Lautner. »Das, was du gerade tust, ist Widerstand gegen die Staatsgewalt. Du machst dich strafbar!«

»Niemand wird es mir verübeln, wenn ich einen Idioten verprügele!«, gab sich Gilbert kämpferisch.

»Doch«, widersprach Lino in seiner ihm eigenen stoischen Ruhe. »Wenn dieser Idiot in einer Uniform steckt, darfst du ihm keine verpassen. Es sei denn, du bist scharf darauf, in der Arrestzelle zu landen. Warte wenigstens bis nach Feierabend, wenn er wieder Zivil trägt.«

»Na, hör mal!«, beschwerte sich Lautner. »Ich lass mich von euch doch nicht zum Trottel machen!«

Daraufhin musterte Lino ihn skeptisch. »Irgendetwas Blödes musst du getan haben. Sonst würde sich der gute Gilbert nicht so aufführen.« Als Lautner zu einer Widerrede ansetzte, hob Lino beide Hände. »Lasst uns das wie echte Männer regeln«, schlug er vor.

Fünf Minuten später saßen sie an einem Tisch im nächstgelegenen Bistro, vor sich drei kleine Gläser mit milchig weißer Flüssigkeit und eine große Karaffe Wasser mit Eiswürfeln. Sie tranken ihren *pastis* zur Hälfte aus, gossen Wasser nach und nahmen einen weiteren Schluck. Das wiederholten sie, bis jeder seinen Anisschnaps geleert hatte. Diese Prozedur trug wesentlich dazu bei, die erhitzten Gemüter abzukühlen. Endlich sah Lino den geeigneten Moment gekommen, um sich nach dem Grund für den Zoff zu erkundigen.

Jeder der beiden Streithähne stellte seine Sicht der Dinge dar, was sich Lino stumm nickend anhörte. Dann zog er seine Stirn in Falten und fällte sein Urteil: »Ich muss mich korrigieren. Es ist nicht richtig, dich als den Idioten hinzustellen, Alain.«

Lautner nahm das mit einem erleichterten Lachen auf. Die Freude war allerdings von kurzer Dauer.

»Aus dem einfachen Grund, weil ihr beide Idioten seid! Gilbert, weil er einen *flic* mit Gewalt an der Amtsausübung hindern wollte. Und Alain, weil er sich aus einem *Tête-à-Tête* mal eben ein Mordmotiv zusammengeschustert hat.« Lino strafte Lautner mit einem tadelnden Blick: »Dass du Gilbert mit einem solchen Vorwurf konfrontiert hast, ist wahrscheinlich nicht einmal mit der Untersuchungsrichterin abgestimmt, habe ich recht?«

Widerwillig gab Lautner zu, dass er überstürzt und wohl auch nicht ganz regelkonform gehandelt hatte.

Das nahm Gilbert zum Anlass, um ebenfalls Fehler einzuräumen.

»Da sind mir wohl die Gäule durchgegangen«, sagte er reumütig. »Als du mich nach meinem Alibi gefragt hast, habe ich rotgesehen. Das tut mir leid, denn du hast ja nur deinen Job gemacht.«

»Mir tut es auch leid«, sagte Lautner. »Ich hätte dich nicht so reizen sollen.«

Lino, der in der Mitte saß, legte seine Arme um die Schultern seiner beiden Freunde. »Wenn das Kriegsbeil begraben ist, schlage ich vor, dass ihr die Angelegenheit wie zwei erwachsene Menschen klärt.«

»Einverstanden«, stimmte Gilbert zu. »An dem Tag, als Richard starb, war ich tatsächlich fast den ganzen Tag im Geschäft. Außer am Mittag. Da bin ich zum *déjeuner* zu meiner Schwägerin Aurélia gegangen. Es gab *Choucroute alsacienne*. Aurélia wird das bezeugen. Oder du fragst ihre Jungs Bertram und Paul. Mit den beiden habe ich danach noch eine Runde gekickt.«

»Genügt das?«, fragte Lino an Lautner gerichtet.

»Selbstverständlich. Voll und ganz.«

»*Bon*«, sagte Lino. »Bleibt noch zu klären, ob Gilbert die fehlerhaften Karabiner an den Tagen zuvor unter Richards Ausrüstung geschmuggelt haben könnte.«

»Ich hatte zu diesem Zeitpunkt *La Taverne* seit Wochen nicht mehr betreten«, versicherte Gilbert. »Aus Furcht, Richard würde es mir ansehen, dass ich und Anabelle...«

»Nachvollziehbar«, hakte Lino auch diesen Punkt ab. »Letzte Frage: War Richard Kunde in deinem Geschäft? Oder anders gefragt: Hast du ihm in letzter Zeit Ersatzteile für seine Kletterausrüstung verkauft?«

»Nein, soviel ich weiß, hat sich Richard seine Sachen bei einem Sportartikelhändler in Strasbourg besorgt. Die haben da einfach eine bessere Auswahl als ich.«

»Du weißt, dass man deine Angaben gegebenenfalls überprüfen wird?«, fasste Lino nach.

»Ja«, antwortete Gilbert. »Was ich sage, entspricht der Wahrheit.«

»Dann dürfte die Sache geklärt sein«, meinte Lino und wartete auf eine Bestätigung durch Lautner.

Der reichte seinem Kontrahenten die Hand. »Nichts für ungut, Gilbert. Ich werde dem Major berichten, dass wir unseren Mörder woanders suchen müssen.«

Helle, freundliche Klänge empfingen Jules im Souvenirladen der Dolders. Ein melodisches Zusammenspiel von Geigen und Akkordeon erfüllte den Raum, durch den Lou-Anne Dolder selbstvergessen tänzelte wie eine Ballerina und nebenbei Geschenkartikel von einem Verkaufsständer in einen anderen räumte.

Jules blieb für einen Moment in der Tür stehen und beobachtete die junge Frau, deren spielerisches Arbeiten unbeschwerte Leichtigkeit vermittelte. Erstaunlich, fand Jules, denn das, was er bisher von dieser Familie mitbekommen hatte, wirkte eher angespannt und belastet. Ob Lou-Anne die nötige Distanz zu ihrem schwierigen Zuhause aufgebaut hatte, um die Alkoholkrankheit ihrer Mutter und die damit verbundenen Sorgen und Selbstzweifel ihres Vaters nicht an sich heranzulassen? Oder lenkte sie sich mit ihrer Heiterkeit ganz bewusst von dem schwierigen Familienleben ab?

Lou-Anne griff sich einen Stapel Postkarten, vermutlich, um sie an anderer Stelle einzusortieren, und vollzog dabei eine Art Pirouette. Während sie sich drehte, fiel ihr Blick auf Jules. Unverzüglich beendete sie ihren Tanz, schlug mit der flachen Hand auf ihre Bluetooth-Box und brachte sie damit zum Schweigen. Zwar musste sie sich ertappt fühlen, überspielte dies jedoch mühelos. Mit ausgesuchter Höflichkeit ging sie auf Jules zu und reichte ihm die Hand. »*Bonjour*, Major Gabin. Schön, Sie wiederzusehen.«

»Ganz meinerseits.« Jules freute sich über die herzliche Begrüßung. Da war er auch anderes gewohnt, wenn er in seiner Uniform irgendwo erschien. Er nickte ihr zu. »Sie tanzen gut. Ist das Ihr Hobby?«

»*Non, Monsieur*«, antwortete sie. »Das war nur ein Spaß. Mein Sport ist ein anderer: Bouldern.«

»Ist das nicht der neumodische Ausdruck fürs Klettern ohne Seil und doppelten Boden? Sie sind also in die Fußstapfen Ihres Vaters getreten.«

»Gott bewahre! Mit Höhlenkletterei habe ich nichts am Hut. Keine zehn Pferde würden mich in diese stickigen Erdlöcher kriegen«, sagte sie in ihrer erfrischend offenen Art. »Ich bouldere an künstlichen Kletterwänden.«

»Die sportliche Herausforderung scheint dabei keineswegs geringer zu sein«, meinte Jules mit Blick auf ihre drahtige Figur.

Lou-Anne nickte geschmeichelt und erkundigte sich dann: »Besuchen Sie uns heute als Kunde?«

»Leider nein«, antwortete er. »Ich ermittele noch immer im Zusammenhang mit dem Tod von Richard Jardin.«

»Oh. Na dann …« Es sah aus, als wandere eine finstere Wolke über das sonnige Gemüt der jungen Frau. »Sie möchten sicher mit meinen Eltern sprechen?«

Jules wollte zustimmen, überlegte es sich aber spontan anders: In Gedanken spielte er durch, wie die Reaktion von Orianne Dolder ausfallen könnte, wenn er ihr den Druidenring zeigte. Im ungünstigsten Fall würde sie einfach vorgeben, ein solches Schmuckstück nie zuvor gesehen zu haben. Dann würde es Jules schwerfallen, das Gegenteil zu beweisen, selbst wenn der Ring exakt auf ihren Finger passte. Also änderte er kurz entschlossen seinen Plan. »Sie brauchen Ihre Eltern nicht zu bemühen. Vielleicht können auch Sie mir helfen«, sagte er, zog das Plastiktütchen hervor und hielt es Lou-Anne hin. »Kennen Sie diesen Ring? Wenn ich mich nicht täusche, hat Ihre Mutter neulich einen ganz ähnlichen getragen.«

»Darf ich?«, fragte Lou-Anne ohne jeden Argwohn und nahm Jules den Klarsichtbeutel ab. »Ja, das ist ganz der Stil von *maman*. Könnte sein, dass sie ihn verloren hat. Wo haben Sie ihn denn gefunden?«

»Das darf ich Ihnen leider nicht sagen, aus ermittlungstaktischen Gründen. Sie verstehen?«

»Das hört sich aber gefährlich an. Soll der Ring meiner Mutter etwas mit Richard Jardins Todessturz zu tun haben? Das kann doch nicht angehen.« Ihr zartes Gesicht wirkte jetzt sehr ernst.

»Inzwischen haben wir es sogar mit zwei ungeklärten Todesfällen zu tun«, teilte Jules ihr mit, woraufhin Lou-Anne ihn erschreckt ansah. »Es ist ungemein wichtig zu klären, wer der Besitzer dieses Rings ist.«

»Wenn ich es mir recht überlege, sah der Ring von *maman* doch etwas anders aus«, versuchte sich Lou-Anne aus der Affäre zu ziehen.

Doch dafür war es nun zu spät. »Geben Sie Ihrer Mutter bitte Bescheid, dass ich sie sprechen möchte«, forderte Jules sie auf.

Lou-Annes schmaler Körper versteifte sich. »Ich kann Vater holen. Er sitzt hinten im Büro über der Buchhaltung.«

»Nein, ich möchte mit Madame Dolder selbst reden«, stellte Jules klar. »Bitte sagen Sie ihr, dass ich hier bin.«

Lou-Anne rang sichtlich mit sich und rührte sich dabei nicht vom Fleck. Es dauerte, bis sie die richtigen Worte fand: »*Je suis désolé*, aber das geht nicht, Major.«

»Warum soll das nicht gehen?«, fragte Jules.

»Weil … *maman* ist momentan unpässlich«, erklärte Lou-Anne mit leiser Stimme.

Unpässlich – sollte das so viel heißen wie betrunken? Jules kam nicht dazu, das zu hinterfragen, denn Joey Dolder tauchte aus dem Hinterzimmer auf.

Wenige schnelle Blicke reichten dem Souvenirhändler offenbar aus, um zu erkennen, dass seine Tochter in der Klemme steckte. Im Nu stand er an ihrer Seite, legte ihr den Arm um die Taille und zog sie aus der vermeintlichen Gefahrenzone. »Major Gabin, was führt Sie heute zu uns?«, fragte er mit aufgesetzter Höflichkeit. »Hat Lou-Anne Sie zu Ihrer Zufriedenheit beraten? Oder möchten Sie, dass ich Ihnen unsere aktuellen Angebote zeige?«

»Monsieur Gabin möchte nichts kaufen, *papa*«, sagte Lou-Anne und zeigte auf das Tütchen. »Es geht um *mamans* Ring.«

Dolders Miene gefror, als er das Schmuckstück zu Gesicht bekam. Auch sein Tonfall veränderte sich abrupt: »Geh bitte ins Büro, Lou-Anne. Es könnte sein, dass gleich ein Vertreter wegen der bestellten Schneekugeln anruft. Sag ihm, wir nehmen fünfzehn Stück.« Joey Dolder wartete, bis seine Tochter den Raum verlassen hatte. Dann ging er zur Ladentür und drehte den Schlüssel. Zurück bei Jules sagte er: »Sie wissen, was es mit diesem Ring auf sich hat?«

»Ja«, bestätigte Jules mit strengem Blick. »Sie offenbar auch.«

»O ja, ich weiß es. Es ist das Erkennungssymbol des Druidenbundes. Auf dieses Stück Metall legen diejenigen ein Treuegelübde ab, die es nicht besser wissen.«

»So, wie Sie das sagen, klingt es sehr bitter. Haben Sie auch persönlich etwas gegen die Okkultisten, oder nur, weil sie die Ruhe Ihrer Höhlen stören?«

Dolder war anzumerken, dass Jules einen wunden Punkt getroffen hatte. »Darf ich offen sprechen?«, fragte er.

»Ich bestehe sogar darauf.«

»Ich bin ein strikter Gegner dieses Vereins. Vielleicht noch mehr, als Richard es je gewesen ist.«

»Aber nicht nur aus Naturschutzgründen wie er?«, erkundigte sich Jules.

»Ach was. Meinetwegen sollen die im Wald treiben, was sie wollen. Aber dass sie anfällige, willensschwache Menschen für ihre Zwecke einspannen und mit ihrem falschen Zauber in die Irre führen, das verletzt mich zutiefst.«

Jules beobachtete den Mann, dem die Kränkung, die er durch die Druiden erfahren haben mochte, von den Augen abzulesen war. »Zu diesen fehlgeleiteten Personen, von denen Sie sprechen, gehört auch Ihre Frau Orianne, richtig?«

Joey nickte langsam und traurig. »Orianne war schon immer wankelmütig und empfänglich für Ideen, die ihr nicht guttun. Bisher habe ich sie vor den meisten Fehltritten bewahren können. Aber der Druidenzirkel hat ihr den Rest gegeben.« Joey wirkte müde und erschöpft, als er sagte: »Sie haben neulich ja selbst erlebt, in welchem Zustand sich meine Frau befindet. Durch den Einfluss der Druiden mit ihrem Hang zu berauschenden Mitteln jeglicher Art ist alles nur noch schlimmer geworden. Ich kann nur hoffen, dass sie sich bald von dieser Sekte lossagt.«

Jules merkte sehr wohl, wie nahe dieses Thema seinem Gesprächspartner ging. Trotzdem kam er nicht umhin, die entscheidende Frage zu stellen: »Ist das der Ring Ihrer Frau? Erkennen Sie ihn wieder?« Joey sah sich den Beutelinhalt an, aber er schien mit seinen Gedanken woanders zu sein.

Also wiederholte Jules seine Frage: »Dieser Ring hier: Gehört er Ihrer Frau?«

Diesmal reagierte der Angesprochene. »Sie fragen nach Oriannes Ring, Major? Einen Augenblick bitte.« Mit diesen Worten verschwand Dolder hinter dem Vorhang, der den Laden vom Hinterzimmer trennte.

Jules wartete eine volle Minute auf seine Rückkehr und überlegte währenddessen, ob Dolder nun wohl doch seine Frau hinzuzog. Dann aber kam der Ladenbesitzer allein zurück in den Verkaufsraum. In der Hand hielt er ein goldglänzendes Schmuckstück.

»Bitte sehr«, sagte Dolder und reichte Jules einen Ring, der dem in der Tüte zum Verwechseln ähnlich sah. »Der hier gehört Orianne. Er lag in der Schublade, in der sie ihren Schmuck aufbewahrt.«

Jules versuchte, sich seine Enttäuschung nicht anmerken zu lassen. »Wenn das so ist, muss ich den Eigentümer meines Rings wohl woanders suchen.«

»Ich drücke Ihnen die Daumen, Major«, sagte Dolder und wirkte nun ein wenig entspannter. »Allerdings dürften Sie ein ganzes Stück Arbeit vor sich haben: Der Druidenbund zählt mehr Mitglieder, als man denkt.«

Unverrichteter Dinge zog Jules davon.

Die Sonne stand tief am Himmel, und in die laue Nachmittagsluft mischten sich kühle Böen, die aus den Vogesen ins Tal strömten. Der Herbst zog jetzt mit Macht ein, stellte Jules fest und knöpfte seine Jacke zu.

Während er auf die Gendarmerie zustrebte, hielt er sich das Handy ans Ohr.

»*Bonjour, chéri*«, meldete sich Joanna gut aufgelegt. »Wie ich höre, hast du meine Vorgängerin gebührend verabschiedet. Alles gut?«

»Lilou ist abgereist«, bestätigte Jules, konnte sich eine Bemerkung allerdings nicht verkneifen: »Ich hoffe, dass sich der Spaß gelohnt hat, den ihr beiden auf meine Kosten hattet.«

»Da ist wohl einer beleidigt?«, neckte ihn Joanna. »Wie schon gesagt: Du hast es dir selbst zuzuschreiben.«

»Schwamm drüber«, erwiderte Jules versöhnlich, um gleich darauf dienstliche Töne anzuschlagen: »Ich komme nicht weiter, Joanna. Diese beiden Todesfälle lassen sich nicht zusammenbringen. Ich finde niemanden, der mit beiden Morden in Verbindung steht, und schon gar nicht habe ich irgendetwas Belastbares in der Hand.«

Joanna fragte seine aktuellen Ermittlungsergebnisse ab und hörte sich auch an, was Jules über Orianne Dolder in Erfahrung gebracht hatte: Nämlich, dass sie – gegen den Willen ihres Mannes – bei den Druiden mitmischte, es sich jedoch nicht um ihren Ring handelte, der neben der Leiche von Serge Boisselier sichergestellt worden war.

»Diese Druiden – immer wieder tauchen diese Verrückten auf«, meinte Joanna. »Entweder haben wir es mit einer verbrecherischen Vereinigung zu tun, die selbst vor Morden nicht zurückschreckt, oder…«

»…oder jemand macht sich den schlechten Ruf der Okkultisten zunutze, um von seiner eigenen Täterschaft abzulenken«, vollendete Jules ihren Satz. »Keine Frage: Am liebsten würde ich Irma Richert und ihren ganzen Haufen festnehmen und dir zur Anklage überstellen. Mir sind diese Leute zuwider. Aber nach wie vor mangelt es an einem überzeugenden Motiv für die Druiden: Aus welchem Grund sollten sie die Morde begangen haben?«

»Vielleicht müssen wir umdenken und uns von den bekannten Mustern trennen, wenn wir die Motivlage der Druiden ergründen wollen«, regte Joanna an.

»Welches sonstige Tatmotiv fällt dir denn ein?«

»Zum Beispiel die Lust am Töten. Könnte es sein, dass wir es mit Ritualmorden zu tun haben, verübt von übereifrigen Sektenmitgliedern?«

»Zum Ritualmord fehlt mir das Ritual«, merkte Jules an. »Nein, an so etwas glaube ich nicht, denn dazu war die Vorgehensweise bei beiden Fällen zu verschieden. Während es sich bei Jardins Tod offensichtlich um eine von langer Hand und sorgfältig geplante Tat handelt, erscheint mir Boisseliers Ende Folge eines spontanen Gewaltausbruchs zu sein. Dafür spricht ja auch die Wahl der Tatwaffe: eine Feueraxt, die an der Wand hing und zu der man schnell greifen konnte, ohne groß darüber nachzudenken. Es sieht mir fast aus wie eine Tötung im Affekt.«

»Ich stimme dir zu, Jules. Das bedeutet: Ihr müsst weitermachen. Sucht nach Verbindungen zwischen den beiden Opfern. Sagtest du nicht, dass Boisselier ein Vertrauter von Jardin war? Und dass er ein gemeinsames Geheimnis mit in den Tod genommen hat?«

»Ich kümmere mich darum«, versprach ihr Jules.

»Und was ist eigentlich mit dieser Sache aus dem Archiv, dem früheren Höhlenunglück? Seid ihr in dieser Hinsicht weitergekommen? Vielleicht gibt es da Parallelen.«

»Wir sind dran«, sagte Jules und nahm sich vor, Adjutant Lautner mehr unter Druck zu setzen. Sie mussten allmählich einen Durchbruch erreichen!

Jules wunderte sich, dass sich um diese Zeit noch jemand in der Gendarmerie aufhielt. Immerhin war es schon nach sechs. Aber umso besser.

»Noch nicht auf dem Bouleplatz?«, erkundigte er sich bei Alain Lautner, der auf seinem Schreibtischstuhl saß, umringt von Gendarm Kieffer und Charlotte Regnier. Wie Jules verwundert bemerkte, hatte Charlotte ihre Hand wie zum Trost auf die Schulter des Adjutanten gelegt.

Lautner sah Jules an wie ein getretener Hund, als er sagte: »Gilbert wollte mich verprügeln.«

»Was?« Jules konnte kaum glauben, was er da hörte.

»Wenn Lino nicht im allerletzten Moment dazwischengegangen wäre, hätte ihn nichts zurückgehalten.«

Jules stellte sich zu seinen Leuten und forderte Lautner auf, die gesamte Geschichte zu erzählen. Danach zog er ein Resümee: »Das Wichtigste zuerst: Wenn ich es richtig verstehe, habt ihr beiden euch wieder versöhnt – bei einem Glas *Pastis*.«

»Genau genommen waren es zwei«, räumte Lautner ein.

»Wie dem auch sei. Wir wissen jetzt, dass die Ehe der Jardins ganz offensichtlich zerrüttet war. Anabelle hatte einen Liebhaber – damit haben wir neben der hohen Versicherungssumme ein zweites überzeugendes Tatmotiv.«

»Oder auch nicht«, schränkte Lautner ein. »So wie ich das sehe, war da nichts Ernstes zwischen Gilbert und Anabelle, mittlerweile hat Anabelle wohl mit Gilbert gebrochen und akzeptiert ihn bloß noch als Trostspender. Außerdem würde das nur eine Erklärung für die Ermordung von Richard liefern, nicht aber für die von Serge.«

»Es sei denn, Richard hätte Serge kurz vor seinem Tod anvertraut, dass seine Frau ihn hintergeht, loswerden will und er deshalb um sein Leben fürchtet. Daraufhin wurde auch Serge als potenzieller Mitwisser um die Ecke gebracht«, reimte sich Charlotte zusammen.

»Guter Gedanke«, lobte Jules sie. »Allerdings glaube ich kaum, dass eine so zierliche Person wie Anabelle die nötige Kraft aufbringen kann, einen erwachsenen Mann zu überwältigen und ihn mit einer Axt zu töten. Dazu gehört viel Kraft.«

»Sie ahnen nicht, welche Kräfte wütende Frauen aufbringen können, Major«, sagte Charlotte, allerdings mehr im Spaß.

Jules wollte weitere Möglichkeiten eruieren, dabei wurde er auf die Fotos aufmerksam, die den Bildschirm von Adjutant Lautner füllten. »Was haben wir denn hier?«, fragte er und trat näher.

Lautner erklärte ihm, dass die Aufnahmen vom Rechner des verstorbenen Richard Jardin stammten und allem Anschein nach eine alte und zum Teil beschädigte Kletterausrüstung zeigten. »Wenn die Teile nicht so verrottet wären, könnte man meinen, dass es sich um die gleiche Ausstattung handelt wie die, mit der Richard zu Tode gekommen ist.«

Das fand Jules auch – und er zog seine Schlüsse. »Alain! Wo haben Sie die alten Akten gelassen, die Sie vom Dachboden geholt haben?«

»Sie meinen, die über das Kletterunglück vor zweiundzwanzig Jahren?«

»Ja, natürlich meine ich die. Geben Sie sie mir, aber machen Sie schnell!«

Lautners Erstaunen über die plötzliche Hektik seines Vorgesetzten war ihm ins Gesicht geschrieben. Er musste sich erst einmal sammeln, bevor er aufstand und zu einem Schrank am anderen Ende des Raums ging. Umständlich öffnete er ihn, bückte sich und fasste sich stöhnend an den Rücken. »Autsch, mein Kreuz.«

Jules riss der Geduldsfaden. Er eilte selbst zum Schrank, drängte Lautner beiseite und griff sich die benötigten Unterlagen. Dann breitete er sie auf dem nächstbesten Tisch aus und begann mit der Suche. »Wo stecken sie bloß?«, redete er vor sich hin. »Wo sind die verdammten Bilder von der Unglücksstelle?«

Seine Mitarbeiter beobachteten ihn und wagten sich langsam näher. »Können wir Ihnen irgendwie helfen?«, bot Charlotte sich an.

»Nein, nein, ich hab's gleich«, wies Jules sie ab und durchstöberte weiter die vergilbten Seiten. Dann endlich fand er, nach was er gesucht hatte: Auf mehreren, aufeinanderfolgenden Seiten klebten Abzüge von Fotos, die seinerzeit in der Höhle angefertigt worden waren. Auf den ersten Bildern war noch der Tote, Romain Binoche, zu sehen, abgelichtet aus diversen Perspektiven. Doch diese Bilder interessierten Jules nicht so sehr. Das, worauf er aus war, folgte ganz am Schluss.

Jules drückte den Zeigefinger auf ein Bild, das dem auf Lautners Bildschirm auffällig ähnlich sah. Es zeigte ebenfalls Bestandteile einer Kletterausrüstung. Auch diese Gegenstände waren von der Spurensicherung – analog zu Jardins Fotos – auf einem planen Untergrund ausgebreitet, nummeriert und fotografiert worden. Der entscheidende Unterschied: Auf den Aufnahmen von früher fehlten bestimmte Gegenstände, ohne die eine Kletterausrüstung nicht komplett war. Gegenstände, die auf Jardins Bildern jedoch zu sehen waren! Nur zusammen ergaben die Teile beider Fotoserien eine vollständige Kletterausstattung.

»Das kann kein Zufall sein!«, rief Jules.

Die Kollegen kamen zum gleichen Ergebnis. »Aus den Untersuchungsprotokollen von damals geht hervor, dass es nicht gelungen war, das ganze Equipment aus der Grotte zu bergen«, wusste Lautner. »Man nahm an, das restliche Material, darunter etliche Kleinteile, wären durch eine der vielen Spalten und Klüfte gefallen und auf Nimmerwiedersehen in den Tiefen der Höhle verschwunden.«

»Offensichtlich nicht auf Nimmerwiedersehen«, meinte Kieffer. »Jemand muss den fehlenden Rest aufgespürt und geborgen haben.«

»Ja«, bestätigte Jules, der endlich den ersehnten Durchbruch witterte, den er sich nach dem Telefonat mit Joanna erhofft hatte. »Und dieser Jemand ist niemand anderes gewesen als Richard Jardin, denn auf seiner Festplatte hat Kollege Lautner die Aufnahmen entdeckt.«

»Ich nehme an, dass Jardin bei einer seiner Höhlentouren die Sachen zufällig gefunden und einfach eingesteckt hat. Wahrscheinlich ist er erst später darauf gekommen, auf was er da gestoßen war«, vermutete Lautner.

Jules nickte. »Das ist anzunehmen. Bei der Untersuchung seiner Beute muss ihm aufgefallen sein, dass mit dem Sicherungssystem der alten Ausrüstung etwas nicht stimmte.« Er deutete auf die Karabiner, die Jardin abgelichtet hatte. »Die Haken weisen sehr ähnliche Bruchkanten auf wie diejenigen, die wir nach Jardins Absturz in der Blutgrotte sichergestellt haben. Jardin muss die Manipulation erkannt und den Rückschluss gezogen haben, dass beim Todessturz von Romain Binoche vor zweiundzwanzig Jahren von fremder Hand nachgeholfen worden war.«

»Aber wenn Richard wusste, dass er einem Verbrechen auf der Spur war, weshalb ist er nicht zur Polizei gegangen?«, wunderte sich Charlotte.

Jules sah sie aufmerksam an. »Das ist eine verdammt gute Frage. Genau wie die nach dem Verbleib der alten Ausrüstung. Jardin muss sie gut versteckt haben, denn sonst hätten wir sie bei unserer Suche in seinem Haus, im Hobbyraum und in seinem Spind längst gefunden.«

Die vier Ermittler standen sich schweigend gegenüber, bis Alain Lautner wieder das Wort ergriff: »Haltet ihr es für möglich, dass Richard herausgefunden hat, wer hinter der Manipulation von Binoches Material steckte? Dass er den Namen des Mörders kannte?«

»Ja«, sagte Jules nach einiger Zeit des Nachdenkens. »Er kannte den Mörder und hat die Beweise gegen ihn ganz bewusst unter Verschluss gehalten.«

»Um ihn damit zu erpressen?«, folgerte Charlotte.

»Richtig. Denn wie wir alle wissen, stand Richard Jardin das Wasser bis zum Hals. Daher erkannte er in einer Erpressung einen Ausweg aus seiner finanziellen Krise. Er zog seinen Kumpel Serge ins Vertrauen, vermutlich, um als Rückversicherung einen Mitwisser zu haben. Und dann setzten die beiden den Mörder von Romain Binoche unter Druck.«

»Keine gute Idee«, urteilte Kieffer. »Richard und Serge haben sich mit dem Falschen angelegt. Wer einen Mord begeht, kann das auch ein zweites und drittes Mal tun. Das hätten die beiden bedenken sollen.«

Da hatte der Gendarm leider recht, dachte Jules, und ihm wurde klar, dass sie nun noch einmal ganz von vorn beginnen mussten: Jetzt galt es, einen mehr als zwei Jahrzehnte zurückliegenden Fall aufzuklären. Denn dort, im Rebenheim des Jahres 1996, lag das Motiv für alle drei Gewalttaten vergraben.

LE SIXIÈME JOUR

DER SECHSTE TAG

So viel wie möglich über die Umstände von Romain Binoches Tod herauszufinden, war die Aufgabe, mit der Jules seine Leute bereits um halb acht Uhr morgens aussandte. Nicht nur die Tageszeit stieß bei ihnen auf Protest, sondern auch der Wochentag – ein eigentlich dienstfreier Samstag. Doch das ließ Jules nicht gelten.

»Wir können es uns nicht leisten, zwei Tage lang die Beine hochzulegen, bloß weil Wochenende ist. Es gilt, einen hochgefährlichen Gewalttäter ausfindig zu machen, und wie euch allen klar sein dürfte, kann ich das nicht allein«, appellierte er an die Kollegen. »Wir haben endlich eine heiße Spur, die wir keinesfalls erkalten lassen dürfen: Wir müssen den Tod von Romain Binoche aufklären. Jetzt kommt es darauf an, dass wir uns binnen kürzester Zeit ein Bild von der Person und seinem Umfeld machen.«

»Die Tage bekommen wir gutgeschrieben?«, blieb Kieffer skeptisch.

»Selbstverständlich. Außerdem gibt es für jeden eine Wochenendzulage. Aber jetzt wird gearbeitet! Klappert Binoches Verwandtschaft ab, sucht nach seinen früheren Freunden und befragt die Nachbarn«, ordnete Jules an. Das war ganz im Sinne von Joanna, mit der er am Abend davor ausführlich über die neue Entwicklung gesprochen hatte.

Er selbst hatte sich mit Lino Pignieres verabredet, der in den 1990er-Jahren der Gendarmerie vorgestanden hatte und daher mit dem Fall Binoche vertraut sein musste. Jules verließ sich auf das gute Gedächtnis seines Vorvorgängers und hoffte, dass Lino mit Namen von damals beteiligten Personen aufwarten konnte.

Treffpunkt war – auf Linos Wunsch – das Bistro am Place Turenne. Jules sah den bullig wirkenden Ex-Polizisten mit seinem raspelkurzen Silberhaar schon von Weitem unter einem der sonnengelben Schirme sitzen. Die Blicke des Alten waren versonnen, ganz so, als würde er die nach ofenfrischem Gebäck und Kaffee duftende Morgenluft in vollen Zügen genießen.

»*Salut,* Lino«, grüßte Jules und setzte sich zu ihm. Er orderte einen kleinen Schwarzen und ein *pain au chocolat* und kam gleich aufs Thema, indem er Lino Ausdrucke der Bilder von der alten Kletterausrüstung vorlegte. Sowohl zu den aus dem Polizeiarchiv wie auch zu den von Jardin stammenden neueren Bildern musste Jules keine lange Erklärung abliefern, denn Lino begriff die Zusammenhänge sofort.

»Ich hatte schon damals so ein komisches Gefühl«, sagte er. »Jeder ging von einem Unfall aus, und das war auch die Meinung des Sachverständigen. Doch ich hatte meine Zweifel.«

»Zweifel, die sich jetzt bestätigen«, meinte Jules und bat Lino, ihm so viel wie möglich über die Begleitumstände von Romain Binoches Tod zu berichten.

»Das ist verdammt lang her«, sagte er. »Aber ich werde mein Bestes geben.« Lino beschrieb Binoche als lebenslustigen und gewandten Mann, der sich mit allen gut verstanden habe. Sein sonniges Gemüt und die positive Ausstrahlung hätten ihn schon als Schüler ungemein beliebt gemacht. Das könne sicher auch Pierre Poirier, der alte Lehrer, bestätigen. Vor allem bei den Frauen habe Binoche einen Schlag gehabt. »Ich erinnere mich an etliche junge Damen, die an seinem Grab standen und sich die Seele aus dem Leib geheult haben«, erzählte Lino.

»Mehrere Frauen? Hatte er keine feste Freundin?«

»Also, erstens stand Romain noch am Anfang seines Erwachsenenlebens. Er war ja keine fünfundzwanzig, als er starb. Außerdem hatte er ein großes Herz.« Lino lächelte verschmitzt. »Er konnte nicht Nein sagen, wenn sich ihm eine neue Liebe anbot. Von daher halte ich es nicht für gänzlich unwahrscheinlich, dass es eine enttäuschte Braut war, die sich seinerzeit an den Klettersachen zu schaffen gemacht hat.«

»Mord aus Eifersucht?«

»In dieser Richtung habe ich schon früher überlegt. Aber wie gesagt: Es ließ sich kein Fremdverschulden nachweisen. Von daher konnte ich vor dem Untersuchungsrichter keinen weiteren Handlungsbedarf geltend machen. Ich habe die Akte geschlossen und im Archiv abgelegt.«

»Wo sie glücklicherweise immer noch schlummerte«, stellte Jules fest. »Kannst du mir einige Namen der jungen Damen nennen, die an Binoches Grab getrauert haben?«

Lino kratzte sich an seiner roten Rübennase. »Mmmpf«, machte er. »So genau weiß ich das nach all den Jahren nicht mehr. Aber es kommen so ziemlich die meisten Frauen infrage, die heute etwa Mitte vierzig sind. Da Rebenheim klein ist, dürfte es euch nicht schwerfallen, sie abzuklappern und nach ihrem Verhältnis zu Romain Binoche zu befragen.«

»Na, du machst mir Mut«, sagte Jules etwas enttäuscht über diesen sehr pauschal gehaltenen Hinweis.

Irma Richert bemühte sich, den Schaden zu begrenzen, den sie mit der Herausgabe ihrer Mitgliederliste angerichtet hatte. Sie durchforstete ihre Unterlagen, die größtenteils unsortiert in Aktenordnern abgeheftet waren. Nur ganz wenig hatte sie auf dem Computer gespeichert, den ihr Neffe ihr aufgedrängt hatte. Ihr Ziel war es, alles zu vernichten, was ihr in irgendeiner Weise zum Nachteil gereichen könnte. Denn ihr war durchaus bewusst, dass die Luft um sie herum sehr dünn geworden war.

Ohne festen Plan rannte sie von einem der engen, dunklen Räume ihres Hauses in den nächsten, zog Schubladen auf und zu, durchwühlte Stapel alter Zeitungen. Sogar in den Vorratsbehältern ihrer Speisekammer sah sie nach, wo sie gelegentlich besonders geheime Dokumente versteckte. Jedes Zipfelchen Papier, das mit Gesetzeswidrigkeiten des Druidenzirkels in Verbindung zu bringen war, musste verschwinden. Nichts durfte den *flics* in die Hände fallen, wenn sie wieder zu ihr kamen und unangenehme Fragen stellten. Und sie würden kommen, da war sich Irma Richert ganz sicher.

Ihr war selbst aufgefallen, dass die Zusammenhänge zwischen der von ihr ins Leben gerufenen Vereinigung und den beiden Todesfällen allzu offensichtlich waren. Die Gendarmen würden keine Ruhe geben, bis sie ihn hatten: den Beweis, dass ein oder mehrere Angehörige des Druidenbundes dafür verantwortlich waren. Und das wollte Irma Richert um jeden Preis vermeiden, sie würde alles dafür tun, um ihre Schäfchen – und ihr Lebenswerk – zu schützen. Schlimm genug, dass Major Gabin die Liste mit Nachnamen von ihr erpresst hatte, keinesfalls sollten ihm die Vornamen und Adressen auch noch in die Hände fallen. Denn dann wäre alles verloren, ihre heiligste Regel, die Anonymität aller Beteiligten zu wahren, unwiederbringlich gebrochen.

Während Irma Richert suchte und Papier um Papier zusammenraffte, dachte sie an den unangenehmen Besuch von Major Gabin zurück. Er hatte sie mit gemeinen psychologischen Tricks unter Druck gesetzt, um sie zu Aussagen zu bewegen, die sie hinterher bereut hätte. Vor allem die Finte mit dem Ring hatte sie eindrücklich in Erinnerung behalten: Als er ihn plötzlich in der Hand gehalten hatte, war ihr der Schreck durch alle Glieder gefahren. Wie war der Major in den Besitz des Rings gekommen? Stammte er wirklich von einem Tatort, wie er behauptet hatte? Oder war er dem Major von einem illoyalen Mitglied ihrer Gruppe zugespielt worden? Sie wusste es nicht, und diese Unsicherheit brachte sie bald um den Verstand! Wütend stieß sie mit der Fußspitze gegen ein Beistelltischchen, das mitsamt der darauf stehenden Vase umkippte.

Nachdem sie den Schaden beseitigt und sich wieder beruhigt hatte, rief sie sich den Ring, den ihr der Major gezeigt hatte, noch einmal ins Gedächtnis. Wenn sie richtig gesehen hatte, war der Durchmesser recht gering gewesen, woraus sie folgerte, dass es sich um den Ring einer Frau handelte. Irma Richert überlegte, ob beim letzten Treffen eine Druidin ohne ihr Erkennungsmerkmal erschienen war. Nein, das wäre ihr aufgefallen, denn es gehörte zum festen Ritus, ihn vorzuzeigen. Auch hatte in letzter Zeit keine Druidin den Verlust ihres Rings gemeldet und um einen Ersatz gebeten. Nicht in letzter Zeit… wohl aber vor gut einem Jahr! Ja, jetzt fiel es ihr wieder ein: Eine ihrer treuesten Anhängerinnen, die ganz und gar im Druidenkult aufging, hatte sich ihr anvertraut und beschämt zugegeben, den Ring verloren zu haben. Irma Richert hatte das nicht besonders überrascht, denn besagte Druidin hatte schon häufig die Kontrolle über ihr Eigentum und oft auch über sich selbst eingebüßt. Auf diese Weise war ihr wohl auch der Ring abhandengekommen – im trunkenen Zustand. Irma Richert hatte kein Drama daraus gemacht, sondern ihr ohne großes Aufhebens einen Ersatz anfertigen lassen.

Diese eigentlich belanglose Episode aus dem vergangenen Jahr war ihr nun wieder präsent. Ebenso der Name der leichtfertigen Druidin: Orianne Dolder.

Sowohl die Mutter wie auch der Vater von Romain Binoche waren schon um die Jahrtausendwende verstorben. Womöglich hatten sie den frühen Tod ihres einzigen Sohns nicht verwunden, mutmaßte Jules, der den ganzen Vormittag über vergebens nach Zeitzeugen geforscht hatte. Zwar gab es eine etwa gleichaltrige Cousine, die wie Binoche in Rebenheim geboren worden war und ihre Kindheit und Jugend hier verbracht hatte. Doch dann war sie mit ihren Eltern in die Normandie verzogen und nie zurückgekehrt. Auch die Nachbarschaft erwies sich als unergiebig, wie Jules kurz darauf in der Gendarmerie erfuhr. François Kieffer hatte sich rings um Binoches Elternhaus umgehört und nicht das Geringste herausgefunden. »Die Leute, die dort wohnen, sind erst viel später eingezogen. Der Name Romain Binoche sagte ihnen gar nichts, und auch von dem Kletterunglück vor zweiundzwanzig Jahren hatten sie noch nie gehört.«

»Wie sieht es mit den Bräuten aus?«, erkundigte sich Jules bei Adjutant Lautner, der sich im Einwohnermeldeamt die Namen der Frauen in der fraglichen Altersstufe geben lassen sollte.

»Das ist längst nicht so einfach wie gedacht«, sagte er mit gequälter Miene. »Erst einmal musste ich jemanden finden, der mich an einem Samstag überhaupt ins Einwohnermeldeamt einlässt.«

»Sie haben es allen Widrigkeiten zum Trotz geschafft. Bravo!«, lobte Jules ihn spöttisch. »Gibt es Ergebnisse?«

Lautner winkte ab. »Wenn ich mir nur den Jahrgang von Romain Binoche vornehmen würde, käme ich zwar bloß auf siebzehn Kandidatinnen, rechne ich jedoch noch zwei Jahrgangsstufen davor und danach hinzu, sind wir schon bei dreiundachtzig zu überprüfenden Personen. Und von denen wohnt über die Hälfte nicht mehr in Rebenheim.« Lautner zog seine Schultern nach oben. »Die Befragung wird deutlich mehr Zeit in Anspruch nehmen als vermutet.«

»Zeit, die wir nicht haben!«, rief Kieffer entschlossen, meinte aber damit nicht die Verzögerung in den Ermittlungen. »Keinesfalls können wir heute so lange arbeiten wie die letzten Tage. Spätestens um vier ist für mich Schluss.«

Jules blickte ihn streng an. »Nennen Sie mir den Grund für Ihren überpünktlichen Feierabend?«

»Ich nenne Ihnen sogar zwei: Wochenende! Privatleben!«, entgegnete Kieffer.

Jules schnaufte deutlich hörbar. »Ich habe es doch schon während unserer Lagebesprechung zu erklären versucht: Wir müssen das Eisen schmieden, solange es glüht, und können dabei keine Rücksicht auf die Freizeit nehmen. Das tut der Mörder ja auch nicht. Während einer laufenden Ermittlung können wir uns nicht nach den üblichen Dienstzeiten richten. So ist das nun einmal in unserem Gewerbe.«

Kieffer verzog gequält das Gesicht: »Trotzdem. Es geht nicht.«

Jules plusterte sich auf, um den Gendarmen zurechtzuweisen. Doch Charlotte sprang ihrem Kollegen zur Seite: »Aber wissen Sie es denn nicht, Major? Heute läuft der Entscheid zum Flammkuchenwettbewerb! Alle Restaurants, Bistros und *winstubs,* die etwas auf sich halten, wetteifern um den originellsten Belag für ihre *tarte flambée.* Ganz Rebenheim ist auf den Beinen, um zu probieren. Da dürfen wir nicht fehlen!«

Jules würdigte zwar Charlottes Einsatz für ihren genussorientierten Kollegen François, doch die Pflicht ging vor. »Noch einmal: Wir ermitteln in zwei Mordfällen. Da gilt es, andere Prioritäten zu setzen.«

Er hatte kaum ausgesprochen, als das Telefon läutete. Joanna war am Apparat. Jules nahm an, dass sie sich nach den Fortschritten erkundigen wollte, und setzte zu einer Erklärung an. Doch ihr Anruf hatte einen anderen Grund.

»Spar dir deine Erklärungen für später auf. Wir sind verabredet«, sagte sie.

»Ach ja? Sind wir das?« Jules ahnte, dass er ihr am Morgen nicht richtig zugehört hatte. War da vielleicht die Rede von einem gemeinsamen *dîner* gewesen?

»Ja«, antwortete sie bestimmt. »Ermittlungen hin oder her: Komm nicht zu spät und nimm dir genug Zeit! Wir wollen so viele verschiedene Sorten probieren wie möglich.«

Jules konnte es kaum fassen: Seine Mitarbeiter verlangten einen baldigen Dienstschluss, seine Freundin drängte ebenfalls auf pünktliches Erscheinen – und das alles nur wegen ein paar belegter Fladen! Aber nach gut einem Jahr im Elsass war ihm durchaus bekannt, welchen Stellenwert diese regionale Spezialität hier einnahm. Ihm blieb daher gar nichts anderes übrig, als sich zu fügen.

»Wann und wo treffen wir uns?«, erkundigte er sich.

»Um halb sechs am großen Brunnen«, sagte Joanna gut gelaunt. »Und dann schlemmen wir uns einmal rings um den Place Turenne.«

Zum großen Verdruss von Jules hatte der Tag keine weiteren Fortschritte gebracht. Der zweiundzwanzig Jahre zurückliegende Fall des verunglückten Kletterers Romain Binoche, in den er so große Hoffnungen gesetzt hatte, blieb mangels Zeitzeugen versunken im Nebel der Geschichte. Vertane Zeit, ärgerte sich Jules am späten Nachmittag. Er kam bei seinen Ermittlungen einfach nicht vom Fleck!

Umso mehr freute ihn die gute Stimmung, die auf dem Place Turenne herrschte, als er kurz nach fünf das

Corps de Garde verließ: Während er im ersten Stock den lieben langen Tag über seinen Unterlagen gebrütet und auf Ergebnisse seiner Mitarbeiter gewartet hatte, hatte sich der Markt in einen Volksfestplatz verwandelt. Wimpel mit den französischen und den Elsässer Farben flatterten Seite an Seite im Wind, hübsch dekorierte Stehtische luden zum Verweilen ein, örtliche Winzer boten an urigen Ständen ihre Weine zum Probieren an. Über dem munteren Gewimmel der Menschen aus nah und fern lag der köstliche Duft nach gebackenen *tartes flambées*.

Jules stürzte sich ins Vergnügen, ließ sich mit der Menge treiben und behielt dabei den brusthohen Sandsteinbrunnen mit seinem ausladenden Zierrat im Auge, an dem er mit Joanna verabredet war. An einem der Weinstände begegnete er Jean-Paul Gardier, der sich offensichtlich schon mehr als einen Sylvaner gegönnt hatte, denn sein blasser Teint war einem weinseligen Rosa gewichen. Wollte er sich auf diese Weise den derzeitigen beruflichen Frust erträglicher machen?

»Sag nichts«, sagte Jean-Paul, als er Jules erkannte. »Eure Aufklärungsversuche sind im Sand verlaufen, Anabelle ist aus dem Schneider und ich muss die Millionen blechen.«

Jules stellte sich neben ihn, legte seine Kappe ab und ließ sich ebenfalls einen Probierschluck reichen. Mit Freude hatte Rotweinfreund Jules festgestellt, dass dieser Winzer nicht nur die fürs Elsass obligatorischen Weißweine führte, sondern auch einen *Pinot noir vieilli en fûts de chêne*, ausgebaut im Barriques-Fass, wie der Erzeuger versicherte.

»Noch ist alles offen, Jean-Paul«, versuchte Jules,

den geplagten Versicherungsmakler zu trösten. »Im Übrigen wären es ja nicht deine eigenen Millionen, die da ausgezahlt würden, sondern die deiner Gesellschaft.«

»Als ob der Schaden an meinem Ansehen und der Verlust meiner Tantiemen nichts wären!« Jean-Paul stürzte den kompletten Inhalt seines Glases hinunter.

Jules ließ sich mit seinem Wein mehr Zeit, bevor er zum nächsten Stand weiterzog: Vor dem *Office de tourisme* war ein mobiler Backofen aufgestellt worden, aus dem mit einem breiten Schieber ein verlockend aussehender Flammkuchen gezogen wurde. Jules erkundigte sich nach dem Belag und erfuhr, dass es sich um einen besonders würzigen Bergkäse und Birnenscheiben handelte, abgerundet mit einer Handvoll Feldsalat. Das benachbarte Bistro lockte mit einem Aufstrich aus Ziegenfrischkäse, bestreut mit Peperonistücken und beträufelt mit grünem Pesto. Ein Haus weiter hatte der dort ansässige Italiener seinen Pizzaofen angeworfen und darin eine Variante mit Hackfleisch und bunten Paprika gebacken, als Alternative hatte er Thunfisch und Zwiebeln im Angebot. Das Reformhaus daneben bot *tartes flambées* auf Roggenbasis an, und aus den Fenstern einer *winstub* wurden Teigstücke mit Wirsing und Kümmel gereicht.

»Juhuuu!«

Der fröhliche Ruf übertönte das wohlige Gemurmel und Getuschel der einheimischen Feinschmecker und Touristen und kam aus Richtung des Brunnens. Jules erblickte Joanna, die sich auf die Stufen der steinernen Umfassung gestellt hatte und ihm zuwinkte. Sie trug – vielleicht zum letzten Mal in diesem Jahr – ein sommerliches Kleid und auf dem Kopf einen modischen Hut, wohl ein Andenken an ihren letzten Ausflug nach Paris.

Er bahnte sich seinen Weg zu ihr, wobei er etliche vertraute Gesichter sah und aus dem Grüßen gar nicht herauskam. Nachdem er seine Liebste Minuten später erreicht und sie mit Küsschen links, Küsschen rechts begrüßt hatte, bemerkte er erst, dass sie in Begleitung war: Hinter ihr stand Clotilde. Weil seine ehemalige Wirtin gut einen Kopf kleiner war als Joanna, hatte er sie erst glattwegs übersehen. Nun holte er das Versäumte nach, begrüßte auch Clotilde herzlich und erkundigte sich, weshalb er sie hier auf dem Place Turenne antreffe und nicht in der *Auberge de la Cigogne*, wo an einem solchen Tag der Ofen doch sicherlich auch nicht kalt blieb.

»Nein, nein«, rief Clotilde gegen eine Musikgruppe an, die gerade ein Chanson angestimmt hatte. »Das haben Pierre und unsere Küchenmannschaft übernommen. Der Jahreszeit entsprechend setzen wir auf Kürbis. Ich behalte derweil die Konkurrenz im Auge.«

So kannte er seine Clotilde, dachte Jules, nur ja immer am Ball bleiben und nichts verpassen! Da die beiden Frauen je ein Glas *cremant d'alsace* in den Händen hielten, besorgte auch er sich einen Sekt und stieß mit ihnen an: »Auf einen erfüllenden Abend!«, prostete er ihnen zu und rieb sich den Bauch. »Mit welchem Flammkuchen fangen wir an?«

»Wie wär's zunächst mit einem süßen?«, schlug Joanna vor. »Dort drüben gibt es einen mit Mascarponecreme, Johannisbeeren und Aprikosen.«

»Nein, zum Auftakt brauche ich etwas Deftiges«,

hielt Jules dagegen und zeigte auf eine Tafel, auf der *tarte flambée* mit Walnusspüree und Lauchzwiebeln feilgeboten wurde.

Jules setzte sich durch, sodass sich die drei wenig später ein Tischchen teilten, an dem sie ihr Essen genossen und darüber spekulierten, welche der vielen fantasievollen Kreationen wohl von der Jury mit dem ersten Preis ausgezeichnet werden würde. Davon hing, wie Jules wusste, eine Menge ab, denn der Preisträger konnte in der Folge Gäste aus dem ganzen Umland bekochen, und wahrscheinlich kamen auch etliche Neugierige von jenseits des Rheins, denn auch im Badischen waren Flammkuchen überaus beliebt.

Während Jules zufrieden kaute, glitten seine Blicke über die Köpfe der Passanten, wobei ihm auffiel, dass er mittlerweile etliche Rebenheimer kannte. Zwar nicht jeden persönlich und beim Namen, doch konnte er ziemlich verlässlich beurteilen, wer von den Vorbeischlendernden hier wohnte und wer von außerhalb kam. Die junge Frau, die er gerade erspähte, gehörte zu den Hiesigen: Es handelte sich um Lou-Anne, die hübsche Tochter der Dolders. Jules beobachtete sie, wie sie an einer Bar lehnte und mit einem Glas Rosé in der Hand einen etwa gleichaltrigen Mann bezirzte.

Clotilde war seinem Blick wohl gefolgt, denn sie sagte: »Ganz bezaubernd, die kleine Lou-Anne.«

»Ja«, bestätigte Jules. »Ein wirklich nettes Mädchen. Ihr Vater hat allen Grund, stolz auf sie zu sein.« Doch er bemerkte, dass Clotilde seine Äußerung mit einem seltsamen Gesichtsausdruck quittierte. Weil er das nicht einordnen konnte, hakte er nach: »Habe ich etwas Falsches gesagt?«

»Nein, nein, Joey hat wirklich jeden Grund der Welt, auf Lou-Anne stolz zu sein«, versicherte Clotilde, behielt ihre eigentümliche Mimik jedoch bei.

»Aber?«, fragte Jules und sah sie aufmerksam an.

»Es gibt kein Aber. Lou-Anne ist ein tolles Mädchen.«

Nun mischte sich auch Joanna ein: »Clotilde, mach uns nichts vor. Du weißt doch wieder einmal mehr, als du zugeben willst. Rück schon raus damit: Was reden die Leute über Lou-Anne?«

»Nichts!« Ihre Antwort kam wie aus der Kanone geschossen. »Nichts über Lou-Anne.«

»Wohl aber über Joey?«, folgerte Jules, woraufhin Clotilde wegschaute. War es ihr peinlich, als Klatschtante dazustehen?

Schließlich überwand sie ihre Skrupel und sagte: »Die Leute reden viel, wenn der Tag lang ist. Über Joey sagen sie zum Beispiel, dass er nicht Lou-Annes leiblicher Vater ist. Ich weiß natürlich nicht, ob etwas dran ist an diesem Gerücht. Aber besonders ähnlich sehen sich die beiden wirklich nicht.«

Jules wechselte einen Blick mit Joanna, bevor er erneut nachfragte: »Wenn Joey nicht der Vater von Lou-Anne ist – wer soll es denn sonst sein?«

Clotilde machte eine wegwerfende Handbewegung. »Wer kann das schon wissen außer Orianne? Als Lou-Anne zur Welt kam, waren sie und Joey schon ein Paar. Daher haben sie selbst niemals darüber gesprochen.«

»Soll das heißen, dass sich der Kindsvater vor der Geburt aus dem Staub gemacht hat?«, fragte Jules.

Clotilde schüttelte den Kopf und presste die Lippen aufeinander. Doch dann redete sie weiter: »Früher – das ist etliche Jahre her – zerrissen sich die Leute das Maul darüber, dass der wahre Kindsvater ein stadtbekannter Casanova gewesen sein soll. Doch beweisen konnte das natürlich niemand. Wie denn auch? Er starb, noch bevor Lou-Anne das Licht der Welt erblickte.«

Für Jules bekam dieses gerade noch mehr oder weniger belanglose Gespräch plötzlich eine ganz neue Bedeutung. Das, was Clotilde sagte, war pures Dynamit. Damit lieferte sie Jules – ohne es zu wissen – womöglich den Schlüssel zur Lösung seines aktuellen Falls. Jules schob den Teller mit den Resten seines Flammkuchens beiseite. Er hatte plötzlich keinen Hunger mehr. »Der Name, Clotilde!«, sagte er lauter als beabsichtigt. »Wie hieß der angebliche Kindsvater?«

Clotilde sah ihn verwundert an. »Das spielt doch keine Rolle mehr. Es ist über zwanzig Jahre her!«

»Doch, es spielt eine Rolle!«, beharrte Jules auf seiner Frage. »Vielleicht sogar die alles entscheidende. Also noch einmal: Wie hieß der Mann? War es Romain Binoche?«

Verunsichert sah Clotilde ihn an. »Woher wissen Sie das? Ja, es war Romain. Er ist damals beim Klettern verunglückt, der arme Kerl.«

Jules wandte sich Joanna zu. Sie schien das Gleiche zu denken wie er, wenn er den aufmerksamen Glanz in ihren Augen richtig interpretierte. Mit einem Mal, von einer Sekunde auf die andere, hatten sie es mit einer völlig neuen Motivlage zu tun. Und wieder einmal einen neuen Verdächtigen: Joey Dolder!

Wenn Romain Binoche seinerzeit tatsächlich eine Affäre mit Orianne gehabt hatte und der Erzeuger ihrer Tochter Lou-Anne war, könnte Joey Dolder ihn möglicherweise aus Eifersucht getötet haben. Weil er selbst in Orianne verliebt gewesen war! Für diese große Liebe sprach, dass er die schwangere Orianne kurz darauf geheiratet hatte, obwohl er wissen musste, dass sie das Kind eines anderen unter dem Herzen trug. Sollte Jules mit all diesen spontanen Vermutungen recht behalten, handelte es sich bei Binoches Tod keineswegs um einen Unfall, sondern um die mörderische Tat von Joey Dolder.

»Ziehst du dieselben Schlüsse wie ich?«, fragte Joanna, nachdem sie sich von Clotilde verabschiedet hatten und weitergezogen waren. »Es ist sicher kein Zufall, dass Richard Jardin und Serge Boisselier sterben mussten, nachdem sie die verschollenen Teile von Romain Binoches Kletterausrüstung gefunden hatten. Hier wollte jemand Zeugen loswerden, um seine Spuren zu verwischen. Spuren, die dieser Jemand zweiundzwanzig Jahre zuvor hinterlassen hat.«

»Verdammt!«, stieß Jules aus. »Wenn die drei Toten wirklich auf das Konto von Joey Dolder gehen, das wäre…« Er hielt kurz inne und sagte dann entschlossen: »Wir müssen das klären. Noch heute Abend!«

Er hatte für sie den schönsten Platz im *Les Trois Châteaux* reserviert, dem nobelsten Restaurant vor den Toren Rebenheims. Weit weg von dem unsäglichen Trubel, den sie in dem Städtchen um den Flammkuchen machten – seiner Meinung nach ohnehin eines der profansten Erzeugnisse, das die regionale Küche zu bieten hatte.

Statt Elsässer Hausmannskost ließ er das Feinste auffahren, womit die hiesige Kochkunst aufwarten konnte: Für sich hatte er Filet vom Bachsaibling gewählt, das naturbelassen mit einem Karotten-Ingwer-Fond und handgezupfter Brunnenkresse aufgetragen wurde. Ihr hatte er Lachs auf Emmer-Perlgraupen bestellt, verfeinert mit Buttermilch und Thymian-Sonnenblumenöl. Der zuvorkommende Kellner hatte ihm versichert, dass mit dem Lachs die leicht säuerliche und zugleich milde Buttermilch hervorragend harmoniere, auch dank der beigefügten grünen Kräuter und ihrer zarten Senf- und Meerrettichnoten. Die Mousse aus Perlgraupen bilde dazu einen feinwürzigen Untergrund.

Ihm war vollauf bewusst, dass es mit gutem Essen allein nicht getan war: Wollte er seine Begleiterin glücklich machen und ihr vielleicht sogar ein seltenes Lächeln entlocken, durfte er bei den Getränken nicht knauserig sein. Er hatte sich für eine Spezialität aus Okzitanien entschieden, jener Region, die im Süden von den Pyrenäen begrenzt wurde und im Norden bis ans Zentralmassiv reichte. Aus Marseillan an der Mittelmeerküste bezog das *Les Trois Châteaux* einen exklusiven Wermut, um daraus einen ganz besonderen Martini-Cocktail zu mixen. Der Wermut lagerte jahrelang in Holzfässern, was ihm seine bernsteinfarbene Tönung verlieh, und wurde am Ende des Reifungsprozesses mit süßem Mistelle-Wein und Kräutern versetzt. Der Ober servierte den erlesenen Tropfen zum Aperitif als Martini Extra Dry mit einem Teil Wermut, einem Teil Gin und einem Schuss Bitterorangen-Aroma.

Auf solche Details, die sich das Restaurant gut bezahlen ließ, legte Joey Dolder besonderen Wert. Er setzte alles daran, diesen Abend für sich und seine Orianne zu einem ganz besonderen Ereignis zu machen. Es war ihm äußerst wichtig, sie gütlich zu stimmen und für ihn einzunehmen, denn später an diesem Abend würde er auf ihr Verständnis und ihre volle Kooperation angewiesen sein. Und sein Plan schien aufzugehen.

»Ist bei uns neuerdings der Reichtum ausgebrochen?«, erkundigte sich Orianne, die ihr schönstes Kleid angezogen und sich nahezu fehlerfrei geschminkt hatte, was angesichts ihrer zittrigen Hände nicht selbstverständlich war. Sie schenkte ihrem Mann ein Lächeln, das ihn an längst vergangene Zeiten denken ließ und sein Herz erwärmte.

Natürlich wusste Joey nur zu gut, dass er Oriannes charmante Seite nicht etwa wegen wiedererwachter Liebe zu ihm zu sehen bekam, sondern sie einzig und allein seiner Spendierlaune zu verdanken hatte. Denn heute trachtete er einmal nicht danach, jeden Tropfen Alkohol von seiner Frau fernzuhalten, sondern überließ ihr die freie Wahl. Sie durfte aus dem Vollen schöpfen, und er bestärkte sie sogar darin.

»Irgendetwas stimmt nicht mit dir«, sagte oder vielmehr lallte sie, als sie nach genussvollen drei Gängen, begleitet von diversen Weinen und einem Likör, beim Dessert angelangt waren. »Du bist so nett...« Sie sah Joey forschend an. »Ist heute ein besonderer Tag? Aber was für einer? Unser Hochzeitstag ist es jedenfalls nicht.«

Oriannes Zweifel hatten sich schon wieder zerstreut, als sie zum Abschluss des Mahls einen Obstler trinken durfte und Joey ihr auch noch seinen überließ. Er beglich die Rechnung und geleitete seine Frau zur Garderobe, wo er ihr dabei half, in ihren Mantel zu kommen. Auch beim Verlassen des Lokals musste er sie stützen, denn Orianne lief nach all den hochprozentigen Begleitern des *dîners* wie auf schwankendem Boden.

Draußen war es bereits dunkel, und kühle, würzige Luft zog von den nahen Vogesen heran. Joey hatte seinen rechten Arm um Oriannes Taille gelegt, mit dem linken deutete er nach oben: Der Himmel war bis auf einige zerfranste Wolken sternenklar.

»Wirst du auf deine alten Tage noch zum Romantiker?«, fragte Orianne und kicherte.

»Ich bin immer einer gewesen«, antwortete Joey und führte sie zu ihrem Wagen, den er am Ende des geschotterten Parkplatzes abgestellt hatte.

»Fahren wir jetzt zurück?«, fragte Orianne, es klang fast ein wenig enttäuscht.

»Nein, ich habe noch eine Überraschung für dich, *chérie.*«

»Eine Überraschung?«

Joey öffnete die Beifahrertür und half seiner Frau beim Einsteigen. »Frag mich bitte nicht. Ich werde dir später alles erklären.«

»Was redest du da?« Wieder musste Orianne kichern.

Da sie es nicht allein schaffte, legte Joey ihr den Anschnallgurt um. »Ich will dich zu einem bestimmten Ort bringen, nicht weit von hier. Bis wir dort sind, kannst du dich ausruhen und ein wenig träumen.« Er ließ den Motor an.

»Träume sind Schäume«, lallte Orianne. Gleich darauf fielen ihr die Augen zu.

Daher bekam sie nicht mit, dass Joey ihren Wagen

nicht talwärts in Richtung Rebenheim lenkte, sondern auf den düsteren Bergkamm der Vogesen zuhielt.

Stocknüchtern war keiner von ihnen mehr. Am tiefsten ins Glas geschaut hatte François Kieffer, aber auch Alain Lautner und Charlotte Regnier hatten den guten Weinen, die anlässlich des Flammkuchenwettbewerbs rings um den Place Turenne ausgeschenkt wurden, reichlich zugesprochen. Und doch konnte Jules auf keinen von ihnen verzichten!

Er hatte sie über ihre Handys zusammengetrommelt. Bei seinem kurzen Appell, den er auf den Stufen vorm Portal der Gendarmerie an sie richtete, verdeutlichte er ihnen die Brisanz der Lage: »Wir stehen wahrscheinlich kurz vor dem Abschluss unseres Falls.« Mit wenigen Worten legte er dar, welcher neue Hinweis vorlag und dass ein dringender Tatverdacht gegen Joey Dolder bestand. »Wir müssen Dolder sofort ausfindig machen und zur Rede stellen«, verkündete Jules. »Um keine Zeit zu verlieren, teilen wir uns auf: Kieffer und Lautner suchen das Haus der Dolders auf. Ihr wisst ja wohl, dass die beiden in der Wohnung über ihrem Andenkenladen leben. Charlotte und ich grasen die Lokale am Marktplatz nach ihm ab, Madame Laffargue schließt sich uns an. Kontakt halten wir über unsere Smartphones, da jetzt ja niemand sein Funkgerät dabeihat.«

Nachdem sich der Adjutant und der Gendarm einsichtig, wenn auch wenig euphorisch auf den Weg gemacht hatten, gab Jules weitere Anweisungen und schickte Charlotte gegen den Uhrzeigersinn um den Place Turenne. Sie sollte sich von der *Mairie* aus am

Tourismusamt vorbei bis zur Notre-Dame des Trois Epis durchfragen, während Joanna und er von der anderen Richtung kommen würden. Der kühle Westwind hatte kräftig angezogen, und am Himmel waren immer mehr dunkle Wolken zu sehen, daher verließen die ersten Gäste den Platz, was ihnen die Suche vielleicht etwas erleichtern würde. Dennoch waren es noch viel zu viele Menschen, um mit einem schnellen Erfolg rechnen zu dürfen.

Zielgerichtet durchkämmte Jules die Menschenmenge und hielt abwechselnd nach links und nach rechts Ausschau, konnte aber weder Joey Dolder noch seine Frau Orianne ausfindig machen. Joanna, die wenige Schritte hinter ihm ging, schien es nicht anders zu gehen. Sie hatten den Platz halb umrundet und dabei auch die Innenräume einiger Gaststätten inspiziert, da machte sich Jules' Handy bemerkbar. Der Anruf kam von Adjutant Lautner.

»Wir stehen jetzt vor dem Souvenirgeschäft«, meldete er. »Wir haben mehrfach geläutet, aber niemand macht auf. Soweit wir es von hier aus sehen können, brennt oben in der Wohnung kein Licht.«

»Also sind sie unterwegs«, folgerte Jules, »wahrscheinlich auf dem Fest. Kommen Sie zurück und unterstützen Sie uns am Place Turenne.«

»Jawohl«, bestätigte Lautner, bat dann jedoch um einen Moment Geduld. Jules hörte Kieffers Stimme, konnte jedoch nicht verstehen, was er zu Lautner sagte. Mehrfach fragte Lautner bei Kieffer nach, ehe er wieder ins Telefon sprach: »François hat sich gerade mit den Nachbarn unterhalten. Die haben bestätigt, dass die Dolders ausgegangen sind. Beide waren fein zurechtgemacht und guter Dinge. Die Nachbarn haben sich darüber gewundert, denn sonst kennen sie es nicht so harmonisch zwischen den Eheleuten.«

»Fein zurechtgemacht und harmonisch?«, griff Jules Lautners Stichworte auf und nagte auf seiner Unterlippe. »Wissen die Nachbarn vielleicht, wohin die Dolders wollten? Fürs Flammkuchenfest brezelt man sich ja eher nicht so auf.«

Wieder wechselten Lautner und Kieffer einige Worte, bevor die Antwort kam: »Bedaure, nein. Die Nachbarn haben lediglich noch beobachtet, dass die Dolders das Auto genommen haben.«

»Sie sind mit dem Wagen gefahren? Das heißt wohl, sie halten sich nicht mehr in Rebenheim auf«, mutmaßte Jules. »In Ordnung, dann müssen wir den Kreis größer ziehen.« Jules forderte Lautner auf, in die Gendarmerie zu gehen und das Kennzeichen der Dolders an die Police municipale durchzugeben, damit deren Streifenwagen nach dem Auto der beiden Ausschau halten konnten. Kieffer sollte zurückkommen und sich für weitere Befehle bereithalten.

Gerade wollte Jules die nächsten Schritte mit Joanna abstimmen, als sie durch eine Gruppe Jugendlicher getrennt wurden. Die muntere Truppe war recht angeheitert und zog johlend an ihm vorbei. Unmittelbar hinter ihr schlossen sich die Reihen der Besucher wieder, und Joanna war aus Jules' Blickfeld verschwunden.

»*Putain!*«, stieß er aus, doch da bemerkte er ein anderes Gesicht. Eines, das er an diesem Abend schon einmal gesehen hatte! Jules sah seine Chance und kämpfte sich mithilfe seiner Ellenbogen durch die Menge.

Vor einem provisorischen Tresen aus mit buntem Krepppapier geschmückten Spanholzplatten blieb er stehen und sagte: »*Bonsoir*, Madame Dolder.«

Lou-Anne Dolder musste zweimal hinsehen, bevor sie in dem Mann vor ihr den Polizisten wiedererkannte, der neulich im Laden ihrer Eltern aufgetaucht war. »Oh, guten Abend, Major Gabin.«

Jules fiel einmal mehr die herzliche Art der jungen Frau auf, und es tat ihm leid, dass er sein Anliegen nicht auf eine schonendere Weise vorbringen konnte: »Wir müssen Ihren Vater sprechen. Dringend!«

Lou-Anne blickte ihn fragend an. »*Papa?* Noch heute Abend?« Ein Windzug pustete ihr durchs Haar, worauf sie fröstelnd den Kragen ihrer Jacke zusammenzog.

»Ja, es ist wirklich sehr eilig. Wir wissen, dass Ihre Eltern ausgegangen sind; Nachbarn haben beobachtet, wie sie in ihren Wagen stiegen.«

»Ach ja?« Lou-Annes Verwunderung wuchs sichtlich. »Das wäre aber ziemlich untypisch. Meine Eltern unternehmen eigentlich so gut wie nie etwas zusammen.«

»Heute offenbar schon. Haben Sie eine Ahnung, wohin die beiden gefahren sein könnten?«

»Nein, dazu fällt mir wirklich nichts ein.«

»Laut der Nachbarn hatten sich beide schick zurechtgemacht.«

»Es fällt mir schwer, das zu glauben.«

»Bitte denken Sie nach: Können Sie sich einen Anlass vorstellen, aus dem Ihr Vater Ihre Mutter fein ausgeführt hat?«

»Nein, heute steht nichts Besonderes an. Niemand hat Geburtstag, und auch sonst gibt es keinen Grund zum Feiern.« Lou-Anne war anzumerken, wie es in ihrem Kopf arbeitete. Schließlich fiel ihr etwas ein: »Da lag dieser Prospekt auf dem Küchentisch. Ich habe angenommen, dass er als Werbebeilage mit der Zeitung gekommen ist, und ihn nicht weiter beachtet. Aber vielleicht hat sich *papa* ja dafür interessiert.«

»Um was für einen Prospekt handelte es sich dabei?«, fragte Jules.

»Es war Reklame für dieses Nobelrestaurant mit den drei Schlössern im Namen.«

»*Les Trois Châteaux*«, sagte Jules.

»Richtig! Genau so heißt es.«

Joey Dolder ließ sich die Anspannung nicht anmerken. Während er seinen Wagen über kurvenreiche Straßen in den Wald fuhr, verfolgte er stoisch seinen Plan. Er schlug das Steuerrad ein und lenkte sein Auto von der asphaltierten Straße auf einen Waldweg. Dieser Weg war nur für den Forstbetrieb zugelassen, doch er hoffte, dass sein Wagen ihn dennoch bewältigte. Er wollte so nahe wie möglich an sein Ziel herankommen, um nicht weit laufen zu müssen. Einen längeren Fußweg konnte er seiner Frau nicht zumuten. Es würde schon schwer genug werden, sie überhaupt wieder wach und auf die Beine zu bekommen, dachte er. Doch in diesem Punkt hatte er sich getäuscht.

Orianne hatte die Augen längst wieder aufgeschlagen. Stocksteif saß sie auf dem Beifahrersitz und wirkte plötzlich wie ausgetauscht. Von ihrem Rausch war nichts zu spüren, als sie mit tonloser Stimme sagte: »Ich weiß, wohin du mich bringst: Unser Ziel ist *La grotte du sang*, die Blutgrotte, richtig?«

»Ich möchte dir dort etwas zeigen«, antwortete Joey Dolder. »Etwas, was du dir anschauen musst.«

»Es ist Nacht, Joey. In der Dunkelheit werden wir nichts sehen.«

»Keine Sorge, mein Schatz. Ich habe eine Lampe dabei.«

Unbeirrt setzte er seine Fahrt fort, um bald am Höhleneingang zu sein, wegen der vielen Schlaglöcher kam er allerdings nur im Schritttempo voran. Außerdem war der Himmel inzwischen von Wolken überzogen, aus denen es zu regnen begann. Es würde nicht mehr lange dauern, bis sich der Forstweg in eine Schlammlandschaft verwandelt hatte.

»Ich ahne, was du mir zeigen willst. Oder vielmehr *sagen*. Aber das ist nicht nötig«, sagte Orianne mit belegter Stimme. »Ich kann es mir denken.«

Jetzt nahm Joey keine Rücksicht mehr auf den schlechten Zustand des Waldwegs und gab Gas. »Was kannst du dir denken?«, fragte er.

»Alles. Die ganze traurige Geschichte.«

»Das kannst du nicht. Woher solltest du …«

»Nenn es Instinkt«, sagte Orianne. »Ich habe es die ganze Zeit über gespürt.«

»Das glaube ich dir nicht«, entgegnete Joey und wirkte das erste Mal an diesem Abend unbeherrscht.

Orianne dagegen blieb ruhig und schicksalsergeben. »Du und ich – das ist etwas ganz Besonderes. Seit der Schulzeit sind wir schon zusammen, als wir uns kennenlernten, warst du gerade einmal fünfzehn und ich dreizehn. Die erste große Liebe. Doch dann tauchte Romain auf.«

Joey Dolder schlug mit der Faust auf das Lenkrad.

»Sprich seinen Namen nicht aus! Sprich ihn nie, nie wieder aus.«

»Ich hatte dich wegen Romain verlassen«, fuhr Orianne ungerührt fort. »Doch das wolltest du nicht akzeptieren. Du hast alles dafür getan, um uns wieder auseinanderzubringen.«

»Ja! Du warst viel zu jung und außerdem verwirrt, als du dich mit diesem *coureur de jupons*, diesem Schürzenjäger, eingelassen hast. Ich hatte alles Recht der Welt, dich wieder zurückzuholen.«

»Alles Recht der Welt? Wer hat dir dieses Recht gegeben?« Orianne wollte auflachen, doch das Lachen blieb ihr im Hals stecken. »Ich habe nie herausgefunden, wie du es angestellt hast, aber ich weiß, dass du es gewesen bist: Wegen dir ist Romain in diese Höhle gegangen, und du warst es auch, der dafür gesorgt hat, dass er die Grotte nicht mehr lebend verließ. Dabei wusstest du zu diesem Zeitpunkt schon, dass ich schwanger von ihm war.«

»Das ist nicht wahr!«, brüllte Joey Dolder. »Nichts als Lügen. Ich bin der Vater von Lou-Anne. Ich, nur ich ganz allein!«

»Du bist es, der lügt, Joey. Als du mich nach Romains Tod wieder bei dir aufgenommen hast, war meine Schwangerschaft offensichtlich. Du hast sie stillschweigend akzeptiert und kein Wort darüber verloren. Als Lou-Anne geboren wurde, hast du sie angenommen wie dein eigenes Fleisch und Blut.«

»Lou-Anne ist mein eigen Fleisch und Blut!«

»Nein. Du weißt, dass das nicht stimmt. Du machst dir etwas vor. Selbst wenn du immer den liebevollen Vater gegeben hast – Lou-Anne ist deine Stieftochter.«

»Für sie bin und bleibe ich ihr Vater!«, beharrte Joey Dolder und sah seine Frau mit verzweifelter Entschlossenheit an. »Du hast all die Jahre nie etwas dazu gesagt, Orianne.«

»Kannst du dir nicht denken, weshalb? Weil ich retten wollte, was noch zu retten war.« Sie stieß einen tiefen Seufzer aus. »Nach Romains Tod war ich völlig aufgelöst, mir war der Boden unter den Füßen weggezogen worden.« Sie unterdrückte ein Schluchzen. »Ich hatte Romain vertraut, in ihm den Mann meines Lebens gesehen. Aber dann: All meine Zukunftshoffnungen hatten sich plötzlich in Luft aufgelöst, und ich brauchte dringend Sicherheit für mich und mein Kind. Deshalb bin ich zu dir zurückgekehrt – und aus demselben Grund habe ich meinen Mund gehalten. Ich wollte mein kleines Mädchen nicht mit der schrecklichen Wahrheit konfrontieren, dass derjenige, den sie für ihren Vater hielt, dafür gesorgt haben muss, dass ihr tatsächlicher Vater ums Leben kam. Eine Wahrheit, für die ich selbst ja auch niemals den kleinsten vorzeigbaren Beweis finden konnte. Also habe ich, obwohl ich mir deiner Schuld bewusst war, die Rolle einer guten Mutter gespielt, um Lou-Anne ein heiles Elternhaus zu geben. Doch der Kummer fraß sich tiefer und tiefer in mich hinein. Trost konnte mir nur der Alkohol bieten ...«

»... der dich langsam, aber sicher zerstört. Warum, Orianne? Weshalb hast du die Vergangenheit nicht einfach ruhen lassen und dich mit ganzem Herzen auf unser Familienleben eingelassen? Wir hätten so glücklich sein können!«

»Nein, Joey, wir wären niemals glücklich geworden.

Nicht nach dem, was damals geschehen ist. Ich habe mir lange Zeit etwas vorgemacht und mein Glück in der Ablenkung gesucht, zuletzt als Mitglied im Druidenbund. Aber es hatte alles keinen Zweck. Es ist an der Zeit, das Schweigen zu brechen.«

»Nein«, sagte Joey Dolder resolut. »Ich werde es nicht zulassen, dass alles noch schlimmer wird.«

»Ach, so ist das …« Orianne betrachtete ihren Mann mit einer Mischung aus Ehrfurcht und Verachtung.

Joey Dolder brachte das Auto zum Stehen und wandte sich ihr zu. Mit glühenden Augen sah er sie an: »Richard Jardin wollte genau den gleichen Fehler begehen. Er wollte alles ans Licht bringen, nur weil er durch einen dummen Zufall auf die alte Kletterausrüstung gestoßen ist und Schlüsse daraus gezogen hat.«

»Aber du hast dafür gesorgt, dass dein Geheimnis gewahrt bleibt.«

»Du verstehst gar nichts, Orianne. Aber du wirst es verstehen, wenn du mich in die Höhle begleitest.«

»Nun weiß ich, weshalb Richard sterben musste. Aber was ist mit Serge Boisselier? War auch er für dich zur Gefahr geworden?«

Wortlos blickte Joey seine Frau an.

»Keine Antwort ist auch eine Antwort.« Orianne schluckte. »Und nun bin wohl ich an der Reihe? Du willst, dass ich mein Wissen mit ins Grab nehme.«

»Keine Fragen mehr, Orianne, und keine Vorwürfe«, sagte Joey Dolder und stieß die Tür auf. »Du wirst mich erst dann verstehen, wenn du mit mir kommst.«

Die Blaulichter der beiden Gendarmerie-Fahrzeuge, mit denen Jules und seine kleine Truppe zum Nobelrestaurant *Les Trois Châteaux* gerast waren, illuminierten den Parkplatz in einem flackernden Blau, das sich in schnell wachsenden Pfützen spiegelte. Wie sich herausstellte, hatte Lou-Anne den richtigen Riecher gehabt: Ihre Eltern waren in dem Lokal zu Gast gewesen und hatten ausgiebig gespeist und getrunken.

Zu dumm nur, dass die Eheleute Dolder vor über einer halben Stunde die Rechnung beglichen und gegangen waren. Jules ärgerte sich sehr über das schlechte Timing und überlegte, was sie als Nächstes tun könnten, doch ihm fiel nichts ein. Zwar hatte er zur Sicherheit Gendarm Kieffer vor dem Haus der Dolders in Rebenheim stationiert, rechnete jedoch nicht damit, dass sie bald dorthin zurückkehren würden. Also richtete er seine Aufmerksamkeit auf Lou-Anne, die sie zum Restaurant begleitet hatte: »Haben Sie es noch einmal auf dem Handy Ihres Vaters probiert?«, erkundigte er sich.

»Ja, die ganze Zeit, immer wieder. Auch bei *maman* ist immer nur die Mailbox dran«, sagte sie und wirkte zutiefst besorgt.

»Irgendeine Ahnung, wohin die beiden von hier aus gefahren sein könnten?«

Lou-Anne zuckte mit den Achseln. Der Regen hatte ihr die Haare auf die Stirn geklebt, doch das schien ihr völlig egal zu sein. »Das ist alles so untypisch für sie. Für mich sind meine Eltern immer zu erreichen. Wenn sie sehen, dass ich anrufe, gehen sie gleich dran oder rufen sofort zurück. Und diese Sache mit dem *Les Trois Châteaux*, das ist auch gar nicht ihre Art. Dafür ist mein Vater zu sparsam. Anstatt ein kleines Vermögen fürs Essen auszugeben, würde er das Geld sparen, um es auf mein Konto zu überweisen. So ist er.«

»Offenkundig haben sich die Gewohnheiten Ihrer Eltern plötzlich verändert«, sagte Jules. »Es muss einen Grund für diese abrupte Verhaltensänderung geben.«

Gleich mehrere Fragezeichen waren Lou-Anne ins Gesicht geschrieben. »Aber was sollte das für ein Grund sein?«

Jules sah der verstört wirkenden jungen Frau geradewegs in die Augen. »Haben Sie wirklich keinerlei Vermutungen? Wäre es vielleicht möglich, dass es mit Ihnen zu tun haben könnte, Lou-Anne?«

»Mit mir?« Starr vor Schreck erwiderte sie Jules' Blick.

Adjutant Lautner gesellte sich zu ihnen. Er hatte zwei Schirme aus dem Wagen geholt und spannte sie auf.

Jules beachtete ihn nicht, sondern konzentrierte sich voll und ganz auf Lou-Anne. »Gewisse Gerüchte sind Ihnen sicher nicht verborgen geblieben…«, deutete er an.

Haltsuchend stützte sich Lou-Anne am Kotflügel des Polizeiwagens ab. Offenbar hatte sie begriffen, was Jules meinte. »Ich kann mir denken, worauf Sie anspielen. Dieses unsägliche Gerede darüber, dass ich angeblich einen anderen Vater habe.« Sie nickte mit verbissener Miene. »Bei uns zu Hause wurde nie darüber gesprochen, aber ja, ich habe davon gehört, und es hat mir auch eine Zeit lang zu schaffen gemacht.« Sie blickte auf und sah Jules entschlossen an. »Aber ich kann Ihnen versichern, Major: Für mich hat es nie einen anderen Vater gegeben als Joey. Alles Weitere interessiert mich nicht.«

»Sollte es aber«, sagte Jules und merkte, wie hart

sich diese Bemerkung in Lou-Annes Ohren anhören musste. »Der Mann, um den es bei den Gerüchten geht, hieß Romain Binoche. Er starb – ebenso wie Richard Jardin – bei einem Kletterunfall, der aller Wahrscheinlichkeit nach doch kein Unfall war.« Behutsam legte Jules seine Hand auf Lou-Annes Schulter und beugte sich zu ihr vor. »Wir wissen nicht genau, was gespielt wird, eines aber ist klar: Wir müssen Ihre Eltern so bald wie möglich finden.«

»Sie glauben, dass *papa* dahinterstuckt?«, fragte sie so leise, dass Jules sie kaum verstand. »Dass er die beiden Männer getötet hat. Und…«, sie schluckte, »und dass er es wieder tun wird?« Ihre Augenlider flatterten. Sie sah Jules an, als würde sie hoffen, dass er mit einem klaren Nein antworten würde.

Doch diesen Gefallen konnte er ihr nicht tun. »Wir müssen mit dem Schlimmsten rechnen. Ich will Ihnen nichts vormachen: Es ist nicht auszuschließen, dass Ihre Mutter in Lebensgefahr schwebt. Möglicherweise gilt das sogar für beide Eltern, denn wir können nach aktuellem Wissensstand auch einen sogenannten erweiterten Selbstmord nicht ausschließen. Das würde heißen, Ihr Vater nimmt Ihre Mutter mit in den Tod. Es hat daher oberste Priorität, den Aufenthaltsort Ihrer Eltern herauszufinden. Daher noch einmal: Haben Sie eine Vermutung, wo sie nach dem Restaurantbesuch hingefahren sein könnten? Gibt es eine Stelle, ein romantisches Plätzchen vielleicht, an das Ihr Vater Ihre Mutter geführt haben könnte?«

Lou-Anne hob den linken Mundwinkel an. Wenn dies ein Lächeln darstellen sollte, dann war es ein sehr trauriges. »Die Ehe meiner Eltern ist total kaputt. Da ist schon lange kein Platz mehr für Romantik. Daher begreife ich nicht, warum sie in diesem Lokal gewesen sind. Wahrscheinlich ist *maman* nur mitgekommen, weil es dort genug zu trinken für sie gibt.« Tränen stiegen ihr in die Augen.

Jules wollte darauf eingehen, wurde aber von Joanna unterbrochen. Sie hatte bis eben im Wagen gesessen und kam jetzt mit schnellen Schritten auf sie zu. »Wir haben's!«, rief sie aufgeregt. »Gerade kam ein Funkspruch aus der Gendarmerie durch: Charlotte sagt, dass das Handy von Orianne Dolder geortet werden konnte.«

»Aber das war doch ausgeschaltet?«, wunderte sich Lou-Anne. »Sonst hätte ich sie ja erreicht.«

»Die Ortung funktioniert auch bei deaktivierten Geräten. Wir haben unsere Methoden«, erklärte Joanna. »Charlotte hat sich die Position auf der Karte angesehen. Demnach hält sich Orianne Dolder mitten in den Vogesen auf.«

»In den Vogesen?«, fragte Jules. »Geht es ein wenig genauer?«

»Sie muss ganz in der Nähe der Blutgrotte sein«, platzte es aus Joanna heraus.

Lou-Anne holte tief Luft. Dann sagte sie: »Wenn das wahr ist …« Noch einmal rang sie um Atem. »Wenn es stimmt, dann endet diese Geschichte dort, wo sie begonnen hat.« Die junge Frau schien die ganze Tragweite der Ereignisse jetzt erst wirklich zu begreifen. Sie war blass wie der Tod, als sie sich auf unsicheren Beinen auf Jules zubewegte und an ihm festhielt. »Egal, was passiert, versprechen Sie mir eines, Major: Meinen Eltern darf nichts geschehen!«

Joey Dolder klappte den Kofferraumdeckel auf. Zum Vorschein kamen Stiefel und Schutzkleidung. »Los, anziehen!«, befahl er.

Orianne sah ihn ungläubig an. »Was soll ich machen? Bist du jetzt völlig durchgedreht?«

»Ganz im Gegenteil: Meine Gedanken waren nie klarer als heute Abend. Zieh das an, Orianne. Du wirst es brauchen, wenn wir in die Höhle steigen.«

»Ich habe viel zu viel getrunken, um in die Höhle gehen zu können. Dazu bin ich nicht imstande.«

»Und ob du das kannst! Du bist an Alkohol gewöhnt, verträgst viel mehr als andere. Außerdem...«

»Außerdem was?«

»Außerdem warst du früher eine der Besten von uns, mit einem untrüglichen Instinkt für die Tücken unter Tage. So etwas verlernt man nicht.«

»Aber ich...« Oriannes Protest verebbte unter Joeys strengem Blick. Widerwillig zog sie ihre leichten Schuhe aus und schlüpfte in die Stiefel, die Joey ihr hinhielt. Anschließend ließ sie sich eine wasserabweisende Jacke über die Schulter legen.

Mit festem Griff führte Joey Dolder seine Frau über den steinigen Trampelpfad bis zu der Lichtung, die den Eingang zur Höhle markierte. Das fahle Mondlicht wies ihnen den Weg. Zusätzlich richtete Joey Dolder eine Taschenlampe auf den Boden, um Stolperfallen wie Wurzeln und Felsvorsprünge zu vermeiden. Denn er wollte Orianne wohlbehalten in die Blutgrotte führen. Das war sein Plan, an dem er unter allen Umständen festhalten musste.

»Glaubst du wirklich, alles wäre einfach so weitergelaufen, wenn Richard Jardin dich nicht auf das alte

Kletterzeug angesprochen hätte?«, fragte Orianne, während sie neben ihm hertrottete. Die kühle Luft und der Regen machten sie von Schritt zu Schritt nüchterner. »Denkst du, du tust Lou-Anne einen Gefallen damit, wenn du in ihrem Namen Menschen tötest?«

Joeys Kieferknochen zeichneten sich unter den Wangen ab, als er seine Zähne zusammenbiss. Kein Wort der Widerrede kam ihm über die Lippen.

»In deinen Augen haben sie es wohl nicht anders verdient«, bohrte Orianne weiter. »Romain, weil du ihn für ein Schwein hieltest, der meine Naivität ausgenutzt und mich missbraucht hat. Und Richard? Der war aus deiner Sicht keinen Deut besser: ein elender Erpresser. War es nicht so, dass er Geld von dir haben wollte, damit er seinen Mund nicht aufmachte?«

Auch darauf ging Joey nicht ein, er schwieg weiterhin eisern. Inzwischen hatten sie den Höhleneingang erreicht. Wie das Maul eines riesigen Ungetüms tat er sich vor ihnen auf.

Orianne sträubte sich, weiterzugehen. Sie machte sich von Joey los und fauchte ihn an: »Und was ist mit Serge? Wie rechtfertigst du seinen Tod? Hast du auch ihn für einen Nichtsnutz gehalten, durchtrieben und falsch? Hat er sich an deine Fersen geheftet, kaum dass sein Kumpel Richard nicht mehr am Leben war? Wollte auch er Geld von dir, diese Ratte?«

Voller Verbitterung sah Joey seine Frau an. Dann trat er auf sie zu und bekam sie wieder am Arm zu fassen. »Komm jetzt!«, befahl er. »Wir müssen weiter.«

Orianne stemmte sich mit aller Kraft gegen ihn. »Nun bin ich an der Reihe, was? Welche Vorwürfe hast du dir für mich ausgedacht?«

Joey packte fester zu und schob seine Frau vor sich her. »Nichts ist ausgedacht!«, zischte er. »Gar nichts! Ich will, dass du es endlich begreifst!«

»Ich muss nichts begreifen. Denn ich weiß ganz genau, wie du tickst: Sie alle haben den Tod verdient. Auch ich, weil ich mit meiner Trunksucht und meinen Eskapaden unsere Familie zerstört habe. Ist es das, was du mir vorwirfst und wofür ich jetzt büßen soll?« Sie stieß ein hysterisches Lachen aus. »Wie befriedigend muss es doch sein, für jedes Verbrechen – und sei es auch noch so grausam und abscheulich – eine Rechtfertigung zu haben.«

Joey Dolder blieb stehen und richtete den Strahl seiner Taschenlampe auf Oriannes Gesicht. »Ich warne dich. Treib es nicht auf die Spitze, sonst...«

Geblendet hielt sie die Hände vor die Augen. »Sonst was? Ich habe doch nichts mehr zu verlieren, oder?«

Jules sah auf seine Armbanduhr, immer und immer wieder.

Sie hatten wertvolle Zeit verloren, weil sie nicht auf direktem Weg in den Wald, sondern zunächst zur Feuerwache gefahren waren. Dort hatte Claude, den Jules telefonisch verständigt hatte, den Geländewagen der Feuerwehr bereitgestellt. Jules erhoffte sich von dem Fahrzeugtausch, dass sie damit bis vor den Höhleneingang gelangen konnten, ohne sich das letzte Stück zu Fuß durch den nächtlichen Wald kämpfen zu müssen. Nun bangte er, dass er sich dabei nicht verrechnet hatte, denn der Umweg kostete sie satte zwanzig Minuten.

Mit Blaulicht und Sirene rasten sie über die engen

Straßen, die durch die Weinberge führten. Claude saß am Steuer, Jules neben ihm. Auf dem hinteren Sitz hatte Adjutant Lautner Platz genommen. Lou-Anne hatten sie in der Obhut von Joanna beim Restaurant zurückgelassen, denn Jules wollte sie keiner Gefahr aussetzen. Hinzu kam, dass die junge Frau in heller Aufregung war: Die Sorge um ihre Eltern setzte ihr dermaßen zu, dass Jules ihr keine weitere Unruhe zumuten wollte.

»Werden wir es rechtzeitig schaffen?«, rief Lautner von der Rückbank.

Rechtzeitig? Rechtzeitig für was?, fragte sich Jules. Offenbar dachten alle Insassen des Wagens das Gleiche: Nämlich dass es nach dem gewaltsamen Tod von Richard Jardin und dem von Serge Boisselier nun auch Orianne treffen könnte.

»Ich hoffe es«, antwortete Jules.

»Wenn es uns gelingt, sie vor der Höhle abzufangen, haben wir gute Karten«, meinte Claude und missachtete ein Vorfahrtsschild an der Abzweigung zur Passstraße. »Im Inneren wird es ungleich schwieriger.«

»Ich kann es einfach nicht fassen, dass Joey unser Mann sein soll«, sagte Lautner, den es bei Claudes rasanter Fahrweise kräftig hin- und herschüttelte. »Ausgerechnet Joey. Nie und nimmer hätte ich ihm das zugetraut.«

»Alles spricht gegen ihn«, entgegnete Jules. »Er hat ein starkes Motiv, er hatte die Gelegenheit, die Taten auszuführen, und wie es aussieht, auch die Bereitschaft, es zu tun. Warum sonst sollte er seine Frau mitten in der Nacht in den Wald bringen?«

»Noch wissen wir ja nicht, ob die beiden wirklich zur Blutgrotte wollen«, hielt Lautner dagegen.

»Lou-Anne geht davon aus, und ich bin ebenfalls davon überzeugt. Joey Dolder hat die Tat begangen: Er hat Jardin getötet, weil der ihm den Mord an Romain Binoche nachweisen konnte.«

»Ja, ich weiß«, sagte Lautner, der sich mit dem Verdacht gegen seinen alten Bekannten nach wie vor schwertat. »Aber der Mord an Serge ergibt trotzdem keinen Sinn.«

Daraufhin erläuterte Jules seine Vermutung, dass Dolder wohl zunächst davon ausgegangen sei, Jardin habe sein Wissen für sich behalten. Er ahnte nicht, dass Jardin zu diesem Zeitpunkt schon seinen Kollegen Serge Boisselier ins Vertrauen gezogen hatte, einen Mann, der bekanntlich hinter dem schnellen Geld her war, wie seine penetranten Erkundigungen nach einer Belohnung hinlänglich bewiesen hätten. »Als Serge Boisselier aus seinem Wissen Kapital schlagen wollte, musste auch er sterben«, schlussfolgerte Jules.

»Damit wären alle Zeugen beseitigt«, meinte Claude, um sich gleich darauf zu korrigieren: »Fast alle.«

»Leider hast du recht, Claude«, sagte Jules. »Wenn es Joey Dolder darum geht, die ganze böse Geschichte vor seiner Tochter zu verbergen, ist es nur logisch, dass am Schluss auch ihre Mutter Orianne sterben muss. Denn sie könnte ihrem Kind die Wahrheit über die Vaterschaft beichten – und das wird ihr Stiefvater mit allen Mitteln zu verhindern suchen.«

Die Böen wurden kräftiger und ließen den Regen gegen die Windschutzscheibe peitschen. Das erschwerte Claude die Sicht, zumal auch noch Blätter dutzendfach durch die Luft wirbelten. Er konnte nicht anders, als das Tempo zu drosseln.

Jules quittierte dies mit einem finsteren Blick. »Das Wetter ist gegen uns. Wir verlieren einfach zu viel Zeit.«

Im hallenartigen Eingangsbereich der Blutgrotte waren sie von der Außenwelt wie abgeschnitten: Joey Dolder und Orianne hatten den Wind und den Regen hinter sich gelassen. Nun waren sie unter sich, inmitten absoluter Stille und tiefster Dunkelheit, die nur durch das schwache Licht der Taschenlampe durchbrochen wurde.

»Du hast es geschafft«, sagte Orianne, die es aufgegeben hatte, sich gegen ihren kräftemäßig überlegenen Mann zu wehren. »Ich bin jetzt da, wo du mich haben wolltest. Wie geht es nun weiter? Wirst du mich in eine Felsspalte stürzen?«

Joey Dolder musterte das Gesicht seiner Frau. Die Haare hingen ihr in nassen Strähnen vom Kopf, ihre Schminke war verlaufen, die Augen waren rot gerändert. Sie sah trotzig aus. Trotzig, voller Wut und gleichzeitig unendlich müde. »Warum dieser ständige Zynismus?«, fragte er. »Was habe ich bloß getan, dass du mich so sehr hasst?«

»Das fragst du mich noch? Ausgerechnet du, der so viel Unglück über mein Leben gebracht hat?«

»Immer dieselbe Leier.«

»Du widerst mich an!«

»Früher haben mich solche Worte verletzt.«

»Jetzt nicht mehr? Dann muss ich mir schlimmere für dich ausdenken.«

Wieder betrachtete Joey seine Frau, sah auf ihr schönes Abendkleid, das unter der Jacke hervorlugte. Es war vom Marsch durch den Wald zerrissen und verschmutzt. Und dennoch schmälerte es nicht ihre Schönheit. Er würde sie immer verehren, dachte er. Immer und ewig.

»Glotz mich nicht so an!«, kreischte Orianne. Sie hob ihre Hände und krümmte die Finger, als wollte sie ihren Mann anfallen und ihm das Gesicht zerkratzen.

»Verlier nicht die Nerven«, sagte Joey mit drohendem Unterton.

»Was willst du dagegen tun? Dein Plan war wohl, mich abzufüllen, damit ich keinen Widerstand leiste. Aber dabei hast du dich verkalkuliert. Wie du schon selbst festgestellt hast: Ich vertrage eine ganze Menge! Und wer ist dafür verantwortlich? Du, Joey! Denn du hast mich zur Säuferin gemacht!«

Joey schüttelte den Kopf. Langsam und bedächtig. »Du warst immer groß darin, anderen Vorwürfe zu machen. Niemals trägst du selbst an irgendetwas die Schuld, immer sind es die anderen – und meistens bin ich es. Die Wurzel allen Übels.«

Orianne baute sich vor ihm auf. Sie spuckte ihre Worte geradezu aus: »Joey, du ekelst mich an! Suhlst dich in Selbstmitleid, nachdem du so viele Menschen ins Unglück gestürzt hast. Was erwartest du? Du bringst Tod und Verderben und verlangst dann, dass man Verständnis für dich hat?« Abrupt wandte sie sich ab. »Lass uns das beenden, Joey. Tu, was du für nötig hältst, aber tue es schnell. Denn ich kann ein Leben an deiner Seite nicht länger ertragen. Nicht eine Sekunde lang!«

Es kam keine Antwort mehr. Stattdessen fasste Joey wieder nach Oriannes Arm. Er stieß sie an, forderte sie wortlos dazu auf, weiterzugehen. Tiefer hinein in den Schlund der Höhle. Auf die Stelle zu, an der Richard Jardin und viele Jahre zuvor Romain Binoche das Leben verloren hatten.

Als sie die geteerte Straße verließen und die Piste durch den Wald befuhren, schaltete Claude auf Allradantrieb um. Trotz seiner Geländetauglichkeit kämpfte der Wagen mit dem Untergrund, denn der starke Regen schwemmte den Boden auf und machte ihn zum tückischen Morast.

»Was hat Joey bloß vor?«, dachte Alain Lautner laut. »Er kann doch nicht seine eigene Frau umbringen!«

»Warum nicht?«, fragte Claude. »Er hat so etwas ja schon einmal gemacht.«

»Aber nein. Es ist doch ein himmelweiter Unterschied, an einer Kletterausrüstung herumzuspielen und damit einen Unfall herbeizuführen, als jemanden mit den eigenen Händen zu töten.«

»Das mag für Richard gelten, nicht aber für Serge. Joey hat den armen Kerl mit einer Feueraxt erledigt. Wer so skrupellos ist, scheut vor der Ermordung der eigenen Frau nicht zurück.« Claude verzog sein Gesicht. »Wenn ich bedenke, dass ich jahrelang mit Joey geklettert bin und ihm dabei mein Leben anvertraut habe, wird mir ganz anders. Mein Kumpel ist ein eiskalter Killer – und Orianne sein nächstes Opfer.«

»Wollen wir hoffen, dass du unrecht behältst, Claude«, sagte Jules. Kaum hatte er ausgesprochen, riss er beide Arme in die Höhe und schrie: »Stopp! Anhalten! Sofort!«

Claude reagierte unverzüglich, Sekunden später hatte

er den schweren Geländewagen zum Stehen gebracht. Gerade rechtzeitig, denn nur Zentimeter vor ihnen blockierte ein umgefallener Baum die Fahrspur.

»Den muss eine Böe erwischt haben«, sagte Jules, nachdem er sich vom ersten Schreck erholt hatte.

Lautner zwängte sich mit dem Kopf zwischen sie und stellte fest: »Daran kommen wir nie im Leben vorbei.«

Auch Claude betrachtete den flach liegenden Baumriesen skeptisch. »Ich habe eine Motorsäge im Kofferraum, wir könnten den Stamm zerteilen und die Blöcke mit der Seilwinde wegziehen. Aber das dauert seine Zeit.«

»Zeit, die wir nicht haben«, sagte Jules und entschied: »Wir legen den Rest des Weges zu Fuß zurück.«

»Bei dem Sauwetter?« Lautner wirkte alles andere als glücklich über den Entschluss seines Vorgesetzten, fügte sich jedoch. »Nun ja, uns wird nichts anderes übrig bleiben.« Als er aus dem Wagen stieg, setzte er seinen Fuß mitten in eine tiefe Pfütze. Fluchend zog er das Bein zurück, doch sein Schuh war bereits schlammgetränkt.

Jules ging darüber hinweg, knöpfte seine Jacke zu und bemühte sich darum, Zuversicht zu verbreiten: »Auf geht's, Männer. Wir müssen ein Leben retten!«

Lautner nickte mit säuerlichem Blick. »Wenn es noch eines zu retten gibt.«

»Warum quälst du mich so sehr und hältst mich hin? Ich will es endlich hinter mir haben!« Oriannes Widerstandskräfte ließen mehr und mehr nach, je tiefer sie in das Höhlensystem eindrangen.

Joey spürte das, weil er sich kaum mehr anstrengen musste, seine Frau hinter sich herzuziehen. Doch er hoffte, dass sie durchhalten würde, denn noch waren sie nicht am Ziel. Wenn sie es nicht erreichten, wäre alles umsonst gewesen, dachte er bei sich und trieb sie an: »Es ist nicht mehr weit, dann hast du es geschafft.«

»So weit weg vom Eingang wird mich niemand finden. Aber das ist es ja, was du willst: Dass ich für immer und ewig zwischen diesen Felsen verschollen bleibe.«

»Sei still!«, zischte Joey. »Halt endlich deinen Mund.«

»Jetzt zeigst du dein wahres Gesicht. Menschenschinder!«

»Los jetzt, weiter!« Joey gab seiner Frau einen Schubs.

»Au!« Orianne strauchelte, blieb aber auf den Beinen. »Ich verabscheue dich. Du Monster!«

»Begreif doch endlich: Es geht nicht um mich. Und auch nicht um dich. Du musst mir folgen, wenn du es verstehen willst. Bloß noch ein paar Meter.«

»Und was erwartet mich nach ein paar Metern? Der sichere Tod. Es ist, als würde ich mir mein eigenes Grab schaufeln. Mit jedem Schritt, den ich gehe, hebe ich die Grube tiefer aus.«

Joey platzte der Kragen. Grob setzte er seine Hand in Oriannes Nacken und zwang sie zum Weitergehen. »Los, voran!«, brüllte er sie an.

Orianne stolperte vorwärts, stieß sich den Kopf an der niedrigen Decke und fing an zu jammern: »Du tust mir weh. Au, au, warum bist du so brutal?«

Nun nahm Joey keinerlei Rücksicht mehr. Für ihn stand fest, dass er jetzt nicht aufgeben durfte. Er musste es schaffen, mit Orianne den letzten Rest der Strecke zu bewältigen. Er wollte sie – koste es, was es wolle! – an das Ziel bringen, auch wenn er sie bis dorthin prügeln musste.

»Wie weit noch? Ich kann nicht mehr«, klagte Orianne. »Etwa bis zu dem Kamin, in den Romain und Richard gefallen sind? Das schaffen wir niemals ohne unsere Seile.«

»Nein. So weit nicht. Auf halber Strecke ist für uns Schluss.«

»Du meinst: Für mich ist dann Schluss. Für immer und ewig.«

»Sei endlich still und geh weiter!«

Wimmernd fügte sich Orianne der Gewalt. Meter um Meter durchquerten sie einen schmalen Korridor, zwängten sich durch enge Kehren und erreichten schließlich ein Felsmassiv, das an einen Abgrund grenzte. Joey leuchtete mit seiner Lampe hinunter, doch die Schlucht war so tief, dass man ihren Boden nicht sah.

»Ist es das?«, fragte Orianne und zitterte am ganzen Leib. »Hast du dir diese Stelle für meinen Todessturz ausgesucht?«

Joey antwortete nicht, denn er wusste, dass es nicht der Moment für Worte war. Stattdessen schwenkte er den Strahl seiner Lampe wieder nach oben, ließ ihn über den Felsen gleiten und verharrte über einer handbreiten Kerbe im Gestein. Das Licht erhellte den kleinen Hohlraum und offenbarte, was darin verborgen war.

»Jetzt kannst du es sehen«, sagte Joey mit leiser, rauer Stimme. »Deshalb sind wir hier. Das ist der

Grund, warum ich darauf bestanden habe, dass du mich begleitest.«

Orianne wusste zunächst nicht, was er von ihr wollte. Doch dann verstand sie und sah in die Richtung, in die der Strahl der Taschenlampe wies.

Joey hatte mit einer heftigen Reaktion gerechnet. Deshalb breitete er die Arme aus, um seine Frau aufzufangen, als sie die Augen verdrehte und die Besinnung verlor.

»Sind Sie sicher, dass wir uns nicht verirrt haben?«, erkundigte sich Adjutant Lautner, der Jules und Claude durch den dichten Wald folgte. »Wenn ich mich nicht täusche, hätten wir uns mehr nach rechts halten müssen.«

»Wir sind richtig«, behauptete Jules, der mehr oder weniger blind auf den Orientierungssinn von Claude vertraute. Wäre er allein gewesen, dann hätte er sich längst verlaufen, da die Dunkelheit und der viele Regen es nahezu unmöglich machten, nach Markierungen oder sonstigen Hinweisen Ausschau zu halten. Doch selbst wenn Claude sie auf direktem Weg zur Blutgrotte führte, kamen sie viel zu langsam voran. Es war eher ein Tasten und Pirschen als ein strammer Marsch, und so sah Jules ihre Chancen schwinden, zur rechten Zeit vor Ort zu sein, um ein weiteres Verbrechen zu verhindern.

»Glaubt ihr, Joey wird sich stellen?«, fragte Lautner unvermittelt. »Ich meine, wenn wir es nicht schaffen, Joey aufzuhalten, und er Orianne tatsächlich ermordet – meint ihr, dass er sich danach von uns verhaften lässt?«

»Ich verstehe die Frage nicht, Adjutant«, sagte Jules und stieg über einen abgeknickten Zweig. »Worauf wollen Sie hinaus?«

»Wenn Orianne tot ist, hat Joey sein Ziel ja erreicht«, erläuterte Lautner, »denn dann sind alle Mitwisser gestorben. Aber er muss ahnen, dass er damit nicht durchkommt. Also frage ich mich, ob er seine Flucht bereits geplant hat oder ob er sich uns stellt.«

»Er kann sich nicht stellen«, meinte Claude, »denn dann kommt ja alles ans Licht und Lou-Anne erfährt, was für ein Mensch ihr vermeintlicher Vater wirklich ist.«

»Erstens weiß sie es sowieso schon«, entgegnete Lautner, »und zweitens würde sie es spätestens nach seiner Flucht erfahren. Das Gleiche gilt für den Fall von Joeys Festnahme. Mit anderen Worten: Egal, was er tut, am Ende wird Lou-Anne Bescheid wissen. Womit sein ganzer toller Plan für die Katz ist.«

»Was, wenn er sich selbst richtet?«, fragte Claude.

»Mit einem Selbstmord würde er sich aus der Affäre ziehen, sein Ansehen bei seiner Tochter wäre aber absolut ruiniert. Damit hätte er nichts gewonnen«, meinte Lautner.

Diese Argumentation war nicht von der Hand zu weisen, überlegte Jules, während er sich auf den holprigen Weg unter seinen Füßen konzentrierte. Der Fall war noch nicht rund, irgendetwas schienen sie übersehen zu haben. Doch Jules war zuversichtlich, die letzten Ungereimtheiten sehr bald ausräumen zu können. Dann nämlich, wenn sie Joey gefasst hatten und ihn befragen konnten. Er hoffte inständig, dass es in Kürze so weit war – und Joey sich ihnen nicht doch durch Suizid entzog.

Er klatschte ihr mit den Handflächen sanft auf die Wangen. Dabei rief er immer wieder ihren Namen: »Orianne! Orianne, wach auf!«

Es dauerte lange Minuten, bis Orianne die Augen wieder aufschlug. Noch ruhte ihr Oberkörper in Joeys Armen. Zunächst sah sie ihn fragend an, als müsste sich die Erinnerung an das gerade Erlebte erst wieder einstellen, dann schnappte sie hektisch nach Luft und richtete sich auf. »Das kann nicht wahr sein«, sagte sie mit trockener Kehle. »Es *darf* nicht wahr sein.«

»Es ist kein Traum, Orianne«, eröffnete Joey ihr, »kein böser Albtraum, aus dem du bald erwachen wirst. Leider ist es die Realität.«

Orianne wurde von einem heftigen Zittern erfasst. »Warum tust du mir das an? Weshalb dieses ganze Theater? Erst führst du mich fein aus und spielst mir eine heile Welt vor. Und das nur, um mich danach mit einer so schrecklichen Erkenntnis zu konfrontieren. Warum bloß?«

Joey wollte ihr den Arm um die Schultern legen, um sie zu beruhigen, doch das ließ sie nicht zu. Also versuchte er sich an einer Erklärung: »Ich habe keine andere Möglichkeit gesehen, als dich hierherzuführen. Wenn ich dir gleich gesagt hätte, worum es geht, hättest du mir nicht geglaubt. Niemals wärst du freiwillig mit mir gekommen. Nicht an diesen Ort.«

Orianne nickte mit grimmiger Miene. »Nein, in die Blutgrotte zwingst du mich nur mit viel Alkohol und Gewalt«, bestätigte sie. »Seit Romains Tod habe ich sie nicht mehr betreten – und wollte es auch niemals wieder tun.« Dann richtete sie den Blick auf die Mauernische, die Joey ihr gezeigt hatte. Das starke Zittern ließ nach, als sie fragte: »Wo kommt die her? Hast du sie dort gefunden? An genau dieser Stelle?«

»Nein«, antwortete Joey, »ich habe sie dort verstaut, weil ich nicht wusste, wohin damit. Ich habe sie kurz nach Richards Sturz gefunden, unweit der Stelle, an der es passiert ist. Sie lag ungefähr hier auf dem Boden. Voller Dreck und Schrammen, doch ich habe sie sofort wiedererkannt. Natürlich war es ein Schock für mich, im ersten Moment wusste ich nicht, was ich damit machen sollte.«

»Einstecken natürlich! Ich verstehe nicht, warum du sie nicht sofort unter deine Jacke gestopft hast.«

»Ich hatte keine Gelegenheit dazu. Versetz dich in meine Lage: Claude war dicht hinter mir, und ich trug meine Kletterhandschuhe. Bis ich sie ausgezogen, den Reißverschluss meiner Jacke geöffnet und sie eingepackt hätte, wäre er bei mir gewesen. Er hätte mich gefragt, was ich gefunden habe. Was hätte ich darauf antworten sollen? Also habe ich sie einfach aufgehoben und in diese Lücke gesteckt.«

»Du hättest später zurückkehren und sie herausholen können.«

»Wann denn? An der Höhle hat sich ständig die Polizei herumgetrieben. Und wenn es dunkel war, musste man damit rechnen, deinen Druidenfreunden in die Arme zu laufen.«

Diese Erklärung schien Orianne zu akzeptieren. Sie blickte noch immer wie gebannt auf die Felsspalte mit dem unheimlichen Inhalt. Mit erstickter Stimme fragte sie: »Sie lag also hier auf der Erde? Und du hast sie unmittelbar nach Richards Absturz gefunden?« Ihre Augen flimmerten, als sie die nächste Frage stellte: »Könnte sie schon länger da gelegen haben und von einer früheren Kletterpartie stammen?«

Joey setzte zu einer Antwort an, doch die Worte blieben ihm im Halse stecken. »Ich ... wir ...«

Orianne riss sich gewaltsam von dem Anblick los. »Sag es mir, Joey!«, flehte sie ihren Mann an. »Bitte, ich muss es wissen. Die ganze Wahrheit!«

»Vom Eingang bis zur Absturzstelle gibt es nur diesen einen Weg. Wenn sie schon hier gewesen wäre, als wir eintrafen, hätte einer von uns sie mit Sicherheit entdeckt. Sie ist viel zu auffällig, als dass man sie einfach hätte übersehen können. Also kann es nur ...« Wieder fehlten ihm die Worte.

Doch Orianne hatte bereits verstanden. »Also kann sie nur von jemandem verloren worden sein, der euch gefolgt ist und vor euch wieder die Höhle verlassen hat.«

Joey nickte sehr langsam. »Ich habe lange darüber nachgedacht, ob es nicht auch eine andere Erklärung dafür geben könnte, habe aber keine gefunden«, sagte er. Tränen sammelten sich in seinen Augen. »Es ist unverkennbar, wem sie gehört. Was also hätte ich anderes tun sollen, als sie aufzuheben und im nächstbesten Versteck zu verbergen?«

Oriannes Gesichtszüge glätteten sich, als sie sagte: »Du hast das einzig Richtige getan, Joey.« Alle Wut, aller Zorn schienen plötzlich von ihr abzufallen. Mit ungewohnter Sanftmut strich sie ihrem Mann über den Arm. »Was machen wir jetzt damit?«

»Ich weiß es nicht.«

»Hier können wir sie nicht lassen«, sagte sie. »Die Gefahr ist zu groß, dass sie doch noch jemand findet.«

»Wir könnten sie mitnehmen.«

»Und wenn uns dabei jemand erwischt? Du hast selbst gesagt, wie riskant das wäre.«

Joey hob und senkte seine Schultern. »So oder so, Major Gabin wird es herausfinden.«

»Nein!«, rief Orianne mit wieder erwachtem Kampfeswillen. »Das wird er nicht. Das darf er nicht! Wir müssen alles daransetzen, das zu verhindern.« Beherzt griff sie in die Felsnische.

»Das muss es sein!« Claude blieb stehen. Der Feuerwehrkommandant hatte offensichtlich die besten Augen von ihnen allen, denn Jules und Adjutant Lautner mussten sich erst den Regen aus dem Gesicht wischen, bis auch sie es erkannten.

»Ja!«, bestätigte Jules. »Das ist das Auto der Dolders. Also sind sie wirklich hier.« Er umrundete den im Schlick festgefahrenen Wagen und legte seine Hand auf die Motorhaube. »Kalt«, stellte er fest. »Das bedeutet, dass die beiden eine ganze Weile vor uns eingetroffen sind.«

»Dann müssen wir uns beeilen!«, spornte Claude die anderen an.

»Tun wir das nicht schon die ganze Zeit?«, fragte Alain Lautner erschöpft.

»Claude hat recht«, sagte Jules. »Wir dürfen jetzt nicht nachlassen.«

Regen und Wind schienen sich gegen sie verschworen zu haben, denn mit jedem Meter, den sie auf die

Blutgrotte zuhielten, wurde das Wetter schlechter. Die drei Männer waren völlig durchnässt, als sie die Lichtung vor dem Höhleneingang nach weiteren fünfzehn Minuten Fußmarsch endlich erreicht hatten.

In diesem Moment schien der Mond durch ein Loch in der Wolkendecke und tauchte ihr Ziel in kaltes, weißes Licht. Das Felsmassiv mit dem gezackten Umriss der Stollenmündung kam Jules fast wie ein Gruselschloss aus einem alten Hollywood-Schinken vor. Fehlte bloß noch, dass am Himmel die Blitze zuckten. Aber auch ohne Gewitter war die Stimmung beängstigend.

»Was machen wir, wenn wir sie finden?«, fragte Lautner und fasste ans Holster mit seiner Dienstwaffe.

»Ich hoffe nicht, dass wir Gewalt anwenden müssen«, antwortete Jules. »Aber bleiben wir auf der Hut.«

Zielstrebig und doch mit Bedacht hielten sie auf den Eingang der Höhle zu. Jules hatte ein flaues Gefühl in der Magengegend und war sich sicher, dass es seinen beiden Begleitern nicht anders erging.

»Wollen wir wirklich da rein?«, fragte Lautner.

Jules schaute sich nach Claude um. Der sagte: »Wir haben unsere Stabtaschenlampen, die für eine ausreichende Beleuchtung sorgen. Aber ohne Kletterausrüstung werden wir nicht sehr weit kommen.«

»Das brauchen wir auch nicht«, sagte Jules und blieb unvermittelt stehen. Er hob seine Lampe und richtete den Strahl auf den Zugang zur Grotte. Dort erfasste das Licht zwei Gestalten, die sich wegzuducken versuchten und geblendet die Arme vor die Augen hielten. »Dort kommen sie«, sagte er und beobachtete die beiden Silhouetten. Dabei nahm er wahr, wie der kleinere der zwei Schatten etwas hinter seinem Rücken zu verbergen versuchte.

Joanna saß im Streifenwagen auf dem Parkplatz von *Les Trois Châteaux* und trommelte mit den Fingern auf das Steuerrad. Der Regen prasselte mit unverminderter Intensität auf das Autodach und gegen die Windschutzscheibe. Sie konnte den schmalen Weg, der vom Parkplatz über einige Stufen hinauf zum Restaurant führte, kaum erkennen. Trotzdem versuchte sie, ihn im Auge zu behalten, so gut es ging.

»Wo bleibt sie nur?«, redete sie vor sich hin und schaute ungeduldig auf die Uhr.

Es war mehr als eine viertel Stunde vergangen, seit Lou-Anne im Lokal verschwunden war, um die Toilette aufzusuchen und sich die tropfnassen Haare zu trocknen. Anschließend, so hatten sie es ausgemacht, wollten sie in die Stadt zurückfahren, um das Ende des Polizeieinsatzes abzuwarten. Joanna hatte der verängstigten Lou-Anne zusichern müssen, sie in diesen schweren Stunden nicht allein zu lassen, was die Untersuchungsrichterin ohne jedes Zögern zugesagt hatte.

Doch nun kam die junge Frau nicht wieder, und Joanna wusste nicht, warum.

»So lange kann es doch nicht dauern, sich die Haare trocken zu rubbeln«, grummelte sie vor sich hin. Vielleicht hatte sich Lou-Anne, vom Küchenduft angelockt, eine warme Suppe bestellt. Oder sie hatte sich ein lauschiges Plätzchen neben einem Kamin gesucht, um ihre durchnässten Sachen trocknen zu lassen. Dann hätte sie ihr aber Bescheid geben müssen, fand Joanna und begann, sich über Lou-Annes Verhalten zu ärgern.

Nach weiteren zehn Minuten riss ihr der Geduldsfaden. Zwar hatte Joanna nicht das geringste Bedürfnis, das Auto zu verlassen und durch den strömenden Regen zu laufen, doch ihr blieb wohl nichts anderes übrig. Sie hatte die Hand schon auf den Türöffner gelegt, als ihr Handy klingelte. Es war Jules.

Joanna merkte, wie ihr Herz einen Hüpfer machte. War die Sache ausgestanden? Hatten sie Dolder und seine Frau entdeckt? Und wenn ja – lebend oder tot?

»Hallo?«, rief sie ins Telefon, kaum dass sie das Gespräch angenommen hatte.

»Joanna? Wir können Entwarnung geben. Beide Personen wohlbehalten aufgefunden.«

»Gott sei Dank«, stieß Joanna erleichtert aus. Es kam nicht oft vor, dass ihr ein Fall so naheging. Aber dieser hatte es in sich, denn so viel Drama gab es selten. Nun freute sie sich vor allem für Lou-Anne. Zwar lagen noch etliche Probleme vor ihrer Familie – vor allem die abzusehende Anklage gegen den Vater. Doch immerhin waren er und ihre Mutter am Leben.

»Hör zu, Joanna«, riss Jules sie aus ihren Gedanken. »Das ist jetzt wichtig: Die Lage hat sich verändert. Ist Lou-Anne in deiner Nähe? Kann ich sie sprechen?«

»Inwiefern hat sich die Lage geändert?«, wunderte sich Joanna und ahnte, dass die Lösung des Falls, die zum Greifen nahe schien, plötzlich wieder in weite Ferne rückte.

Um mit Joanna zu telefonieren, war Jules ein Stück von den Dolders weggegangen. Adjutant Lautner achtete inzwischen darauf, dass sie nicht stiften gehen konnten, und behielt sie im Lichtkegel seiner Stablampe. Auch Claude stand bereit, um die beiden in Schach zu halten.

Als Jules das Ehepaar nun aus einiger Distanz betrachtete, fiel ihm die Veränderung in ihrem Verhalten auf: Aus zwei zutiefst zerstrittenen Menschen war eine Einheit geworden, ein Block. Nichts schien mehr zwischen sie zu passen, nicht einmal ein Blatt Papier. Es war offensichtlich, dass die beiden sich verschworen hatten, um etwas vor der Außenwelt und speziell der Polizei zu verbergen. Nur so konnte sich Jules ihr entschlossenes Schweigen erklären. Denn seit Jules und Lautner sie vor der Höhle abgefangen hatten, war keine Silbe über ihre Lippen gekommen.

Was hatte sich in der Blutgrotte abgespielt, fragte sich Jules ein ums andere Mal. Und weshalb deckte Orianne ihren Mann, indem sie sich hartnäckig weigerte, auf Jules' Fragen zu antworten?

Doch da war noch etwas anderes, auf das er sich keinen Reim machen konnte: Jules hatte den beiden etwas abgenommen, was die Dolders vor ihm und Lautner zu verstecken versucht hatten. Es war nichts Besonderes, ein Allerweltsartikel, den er nun mit spitzen Fingern vor sich in die Höhe hielt, um ihn nicht mit eigenen Spuren zu kontaminieren.

»Wenn Lou-Anne bei dir ist, kannst du sie mir bitte kurz geben?«, wiederholte Jules seine Bitte an Joanna.

Ihre Antwort kam verzögert: »Was ist denn los, Jules?« Joannas Stimme hörte sich durch das Handy leicht verzerrt an. Sie schien zu ahnen, dass etwas anders lief als vorgesehen.

»Ich möchte Lou-Anne bitten, etwas für uns zu identifizieren«, erklärte Jules.

»Worum geht es?« Joannas Stimme wurde drängender. »Was ist das für ein Ding, nach dem du sie fragen willst?«

Jules musterte den Gegenstand in seiner Hand. »Eine Trinkflasche. Leichtes Aluminium, Haltebügel, so wie sie von Sportlern benutzt werden. Die Flasche trägt ein markantes Muster: stilisierte Palmen. Ich würde sagen, sie gehört einer Frau.«

»Eine Flasche?«

»Ja. Orianne hatte sie hinter ihrem Rücken versteckt und wollte sie nicht herausrücken. Lautner musste ihr erst drohen, bevor sie sie uns überließ.«

»Warum wollte sie euch ihre Trinkflasche vorenthalten? Das ergibt doch keinen Sinn. Ist irgendetwas mit der Flasche nicht so, wie es sein soll? Was ist denn drin? Wasser oder etwas anderes?«

»Wasser, nehme ich an. Zumindest riecht es neutral.«

»Was stimmt also sonst nicht? Kannst du etwas daran erkennen? Etwa Blut?«

»Nein, nur Schmutz. Aber das ist ja nachvollziehbar, wenn man damit im Untergrund unterwegs gewesen ist.«

»Warum dann das seltsame Verhalten?«

»Genau das möchte ich herausfinden und Lou-Anne fragen, was es mit der Trinkflasche ihrer Mutter auf sich hat«, kam Jules auf sein Anliegen zurück. »Reich ihr das Handy weiter.«

»Das geht nicht«, antwortete Joanna. »Lou-Anne ist im Restaurant. Sie wollte sich eigentlich nur kurz frisch machen. Aber wahrscheinlich hat sie sich eine warme Ecke gesucht und ist dort eingeschlafen. Oder …« Plötzlich zuckte Joanna zusammen. Die Erkenntnis traf sie wie ein Schlag, und sie sagte schnell: »Ich muss auflegen, Jules, rufe dich aber gleich zurück. Halt dich bereit!«

Jules hörte ein Klacken, dann war die Verbindung unterbrochen. Seltsam, dachte er, was war nur in sie gefahren?

Im Licht seiner Taschenlampe schaute er sich die Aluminiumflasche noch einmal eingehend an. Sie wirkte leicht und sportlich, die Farbgebung war frisch und ansprechend. Eigentlich passte sie so gar nicht zum Stil von Orianne Dolder, die eher dunklere Töne bevorzugte und einen Hang zu verschnörkelten Mustern hatte. Diese Flasche hingegen wies eher eine jugendliche Note auf, überlegte Jules und glaubte jetzt zu wissen, weshalb Joanna das Telefongespräch so abrupt beendet hatte.

Joanna sprang aus dem Wagen und wollte losrennen. Schon nach den ersten Schritten merkte sie, wie hinderlich ihre hohen Absätze auf dem regenweichen Untergrund waren. Kurz entschlossen zog sie die Schuhe aus und klemmte sie sich unter den Arm. Nur mit Strumpfhose rannte sie die Treppe hinauf, überquerte den Vorhof des Nobelrestaurants und zog die Tür zum Foyer auf.

Ein hochgewachsener Ober, der stocksteif an einem Empfangstresen stand, musterte sie von oben bis unten. Das, was er sah, gefiel ihm nicht, das erkannte Joanna in seinem Blick. Barfuß, durchnässt und abgehetzt, wie sie war, sah sie sicher nicht so aus, wie man sich in diesem Etablissement einen passenden Gast vorstellte.

»Vor einer knappen halben Stunde ist hier eine junge Frau hereingekommen. Wahrscheinlich hat sie sich nach den Waschräumen erkundigt. Wissen Sie, wo sie jetzt ist?«, fragte Joanna.

Der blasierte Platzanweiser hob seine Brauen, öffnete den Mund, sagte aber nichts.

Joanna stellte ihre Schuhe auf den weichen Teppichboden, schlüpfte hinein und trat näher an ihn heran. »Mein Name ist Laffargue«, sagte sie laut und vernehmlich. »Ich bin Untersuchungsrichterin und ermittle in einem Mordfall.«

Der Mann reagierte prompt, räusperte sich und sagte: »Wenn das so ist... Wie kann ich Ihnen helfen, Madame?«

»Indem Sie auf meine Frage antworten. Wo ist die Frau, nach der ich mich erkundigt habe?«

»Vor einer halben Stunde, sagen Sie?« Er hob die Hand und rieb sich übers Kinn. »Anfang zwanzig, sportliche Figur und genauso nass wie Sie?«

»Wo hält sie sich jetzt auf?«, wiederholte Joanna. »Ist sie in den Gastraum gegangen? Haben Sie ihr dort einen Tisch gegeben?«

»Nein«, antwortete der Ober und schaute in sein Reservierungsbuch, als wollte er sich absichern, dass er keine falsche Auskunft gab. »Nein, die Dame hat keinen Tisch bei uns. Wir sind *complet*.«

»Aber sie war hier?«, fragte Joanna eindringlich.

»Und hat nach den Waschräumen gefragt«, bestätigte ihr Gegenüber.

»Die Toiletten sind unten, oder?«

Der Kellner wandte sich um und zeigte mit umständlicher Geste zu einer Treppe, die ins Souterrain führte. »Sie müssen eine Etage tiefer, halten sich dann links und gehen bis ...«

»Danke!«, rief Joanna ihm zu. Sie war bereits bis zum Treppenabsatz gerannt.

Zwei Stufen auf einmal nehmend lief sie nach unten und spurtete durch den Gang, vorbei an Wandbildern mit abstrakter Kunst und eleganten hohen Vasen. Vor der Tür mit dem Symbol für die Damentoilette blieb sie stehen und ließ sich einige Sekunden Zeit, um sich zu sammeln. Dabei hörte sie die seelenlose Hintergrundmusik, die durch verborgene Lautsprecher an ihr Ohr drang. Sie fragte sich einmal mehr, was eigentlich los war. Ob sich Lou-Anne auf die Toilette zurückgezogen hatte, weil die Sorge um die Eltern sie so sehr mitnahm, dass ihr schlecht geworden war? Oder aber hatte sie nur nach einem Vorwand gesucht, um sich Joannas Kontrolle zu entziehen? Um sie loszuwerden?

Als Joanna die Tür öffnete und eintrat, war sie gespannt wie ein Flitzebogen. Joanna machte sich auf alles gefasst.

Noch immer hielt Jules sein Smartphone in der Hand. Er hatte kein gutes Gefühl. Offensichtlich hatte Joanna dieselben Schlüsse gezogen wie er selbst und beschlossen, sofort zu handeln. Aber war das eine gute Idee? Als Lautner und Jules überstürzt zu ihrer Fahrt in den Wald aufgebrochen waren, hatte er Joanna allein mit Lou-Anne zurückgelassen. Er hatte sich nichts dabei gedacht, denn dass von Lou-Anne möglicherweise eine Gefahr ausgehen könnte, wäre ihm zu diesem Zeitpunkt nie in den Sinn gekommen.

Nun aber hatte sich das Blatt gewendet: Sollte die

Sportflasche tatsächlich von Lou-Anne stammen – was man nur durch einen DNA-Vergleich von Speichel oder Hautschuppen beweisen konnte –, dann warf das eine Menge Fragen auf: Wie war die Flasche in die Höhle gelangt, und weshalb hatten ihre Eltern sie so vehement vor dem Zugriff durch die Polizei schützen wollen? Für Jules ließ sich das Ganze nur dadurch erklären, dass Lou-Anne sich in der Blutgrotte aufgehalten und die Flasche dabei verloren hatte. Ihre Eltern hatten sie nun gefunden und wollten sie verbergen, weil …

An dieser Stelle kam Jules nicht weiter, denn Joey und Orianne Dolder schwiegen beharrlich, und nur sie hätten das Geheimnis lüften können. Doch auch ohne ihr Zutun drängte sich der Verdacht auf, dass Lou-Anne in den Todesfall Richard Jardins verstrickt sein könnte. War sie etwa eine Komplizin ihres Vaters? Oder aber hatte sie selbst das Heft des Handelns in die Hand genommen?

Jules ahnte, dass Joanna ganz ähnliche Gedanken durch den Kopf gingen. Daher fand er es mehr als bedenklich, dass sie den neuen Verdacht offenbar eigenständig überprüfen wollte. Niemand konnte wissen, wie Lou-Anne reagieren würde, wenn Joanna sie darauf ansprach. Jules konnte sich gut vorstellen, dass die junge Frau sich zu wehren wusste. Durch ihr Hobby, das Bouldern, war sie gut trainiert. Wenn es hart auf hart käme, hätte Joanna das Nachsehen.

Jules überlegte kurz, ob er Joanna noch einmal anrufen und sie warnen sollte. Doch damit würde er sie womöglich in einem entscheidenden Moment ablenken. Also fasste er einen anderen Entschluss, setzte Daumen und Zeigefinger zwischen die Lippen und pfiff. »Wir brechen auf!«, rief er den anderen zu. »Behaltet Monsieur und Madame Dolder gut im Auge. Ich möchte heute keine weiteren Überraschungen erleben.«

»Wohin soll's gehen?«, wollte Lautner wissen.

»Wir nehmen die beiden in Gewahrsam, bringen sie auf die Wache und fahren dann gleich weiter zum *Les Trois Châteaux*. Gendarm Kieffer soll sich schon mal dorthin auf den Weg machen, ich werde ihn gleich anfunken. Madame Laffargue benötigt unsere Unterstützung.«

Lautner stellte keine weiteren Fragen, sondern trieb seine beiden störrischen Gefangenen zur Eile an. Er hatte begriffen, dass es wieder mal auf jede Minute ankam.

Der Vorraum des Damen-WCs war verwaist. Joanna sah sich in dem hell erleuchteten Waschraum um, der mit sündhaft teurer Designer-Keramik ausgestattet war. Auch hier gab es handverlesene Deko, Blumenschmuck und angenehm riechende Duftspender. Während Joanna über die blank geputzten Fliesen schlich, fing sie ihr eigenes Spiegelbild auf und erschrak. Die Haare hingen ihr strähnig ins Gesicht. Die Mascara war verschmiert, das Rouge zerlaufen und vom Lippenstift waren bloß noch Andeutungen zu erkennen. Auch ihr Kleid konnte sie vergessen, durch den Regen hatte es jegliche Form verloren.

Der Moment der Ablenkung rächte sich, denn sie hörte hinter der Tür zu den Toiletten ein Klappern, ganz ähnlich dem Geräusch, das entsteht, wenn man ein Fenster zuschlägt.

»Lou-Anne!« Joanna lief in den Toilettenraum. »Was ist denn los mit dir? Wo bleibst du?«, rief sie, während sie sich umsah. Rechts und links von ihr waren jeweils vier Kabinen angeordnet. Die Türen waren zwar geschlossen, aber keine von ihnen schien verriegelt zu sein. Trotzdem probierte Joanna sie aus. Die Kabinen waren leer.

Abermals blickte sie sich um. Am Ende des Raums befand sich tatsächlich ein kleines Fenster. Es war entriegelt und pendelte in den Scharnieren hin und her. Was hatte das zu bedeuten? War ihr Argwohn berechtigt, hatte Lou-Anne sich wirklich davongemacht? Joanna konnte es noch immer kaum glauben.

Sie lief zum Fenster, um es näher zu betrachten. Es befand sich in etwa ein Meter fünfzig Höhe, für einen sportlichen Menschen wäre es kein Problem, sich am Rahmen hochzuziehen. Außerdem war es groß genug, dass jemand Schlankes sich hindurchzwängen konnte. Joanna machte selbst den Versuch, das Fenster zu erreichen. Doch sie hätte dazu eine Trittleiter oder einen kleinen Hocker gebraucht.

Je länger Joanna vor dem Fenster stand, desto mehr wuchs die Gewissheit: Lou-Anne war ihr entwischt.

Doch welche Gründe hatte Lou-Anne, weshalb war sie weggelaufen? Bisher wusste Joanna viel zu wenig, um sich in die junge Frau hineinversetzen zu können. Schon gar nicht vermochte sie zu beurteilen, ob und was Lou-Anne getan hatte. Oder gar, wohin sie wollte.

»Verflucht!«, schimpfte Joanna ins Leere. Lou-Anne musste sich doch denken können, dass ihr Entkommen von kurzer Dauer sein würde. Mit ihrer Flucht hatte sie sich verdächtig gemacht, schon bald würde ihr Name zur Fahndung ausgeschrieben sein. Wenn sie kein gutes Versteck kannte, würde man sie sehr bald finden.

Joanna stellte sich auf die Zehenspitzen, zog das Fenster weiter auf und reckte sich, um einen Blick nach draußen zu werfen. Doch alles, was sie sah, waren Dunkelheit und Regen.

Hier konnte sie nichts mehr ausrichten, sah sie ein und beschloss, die Außenanlagen des Restaurants zu inspizieren. Es erschien ihr unwahrscheinlich, dass sich Lou-Anne bei diesem Wetter zu Fuß durch die Nacht schlug. Dazu war das *Les Trois Châteaux* zu abgelegen.

Joanna verließ die Waschräume und ging zurück ins Foyer.

»Hatten Sie Erfolg?«, erkundigte sich der Mann an der Rezeption und machte den Eindruck, als wollte er Joanna gern so schnell wie möglich loswerden. Je eher, desto besser.

»Leider nein«, sagte Joanna zerknirscht. »Ich werde draußen weitersuchen. Zuvor möchte ich sicherheitshalber einen Blick in Ihren Gastraum werfen.«

Der Ober machte große Augen. »Sie wollen in den Gastraum?«, fragte er und wirkte fassungslos.

Joanna reagierte verärgert. Fehlte nur noch, dass dieser aufgeblasene Kerl fragte: »Etwa in diesem Aufzug?« Sie ließ den Platzanweiser einfach stehen und ging zur Tür des Gastraums, um im Restaurant nach Lou-Anne Ausschau zu halten.

Kaum war sie eingetreten, fiel ihr der noch gar nicht lang zurückliegende Abend wieder ein, als Jules sie unter einem Vorwand ins *Les Trois Châteaux* ausgeführt hatte, obwohl er in Wahrheit nur darauf aus gewesen war, an seinem damaligen Fall zu arbeiten. Joanna nahm an, dass Joey Dolder ganz ähnlich vorgegangen war: Auch er hatte seine Orianne hierher eingeladen und sie in dem Glauben gelassen, es handele sich um einen Versuch, ihre Ehe zu kitten, obwohl er ganz andere Ziele verfolgte. Die genauen Zusammenhänge konnte sie zwar noch immer nicht erkennen, doch so viel stand für sie fest: Lou-Anne spielte eine wesentliche Rolle in diesem bösen Spiel – vielleicht sogar die entscheidende.

Joanna hatte nicht einmal die Hälfte des lang gezogenen Speisesaals durchquert, da sah sie durch die bodentiefen Fenster, die eine gute Sicht nach draußen boten, wie ein Einsatzfahrzeug der Gendarmerie über den Hof fuhr und dann zur Landstraße abbog.

Joanna brauchte einige Momente, um zu begreifen, dass es nicht irgendein Streifenwagen war, sondern der, den Jules für sie abgestellt hatte. Damit die Heizung lief und Joanna nicht frieren musste, hatte er den Schlüssel im Zündschloss stecken lassen …

LE SEPTIÈME JOUR

DER SIEBTE TAG

»Hast du die beiden zum Sprechen gebracht?«, fragte Joanna, als sie die Gendarmerie betrat. Unter dem Arm trug sie eine Papiertüte, in der Hand einen Papphalter mit vier Kaffeebechern.

Jules sah sie aus trüben Augen an. Er war zu müde, um sich von seinem Schreibtischstuhl zu erheben und sie zu begrüßen. »Nein. Wir haben sie bis zum Morgengrauen befragt, aber Joey und Orianne kommt keine Silbe über die Lippen.« Jules drehte sich zu Adjutant Lautner um, der bei den Vernehmungen ebenfalls anwesend gewesen war. Doch von ihm waren nur säuselnde Schnarchgeräusche zu hören, den Kopf hatte er auf seinen verschränkten Armen abgelegt.

»Das habe ich nicht anders erwartet«, sagte Joanna. Sie stellte den Kaffee auf den Tisch von Charlotte Regnier und machte sich daran, den Inhalt ihrer Tüte zu verteilen: süße Teilchen zum Frühstück, Blätterteig mit Marmelade. »Ich habe euch eine kleine Stärkung mitgebracht – wenn ihr schon an einem Sonntag arbeiten müsst. Und ich habe Neuigkeiten für euch, denn immerhin muss ich nach dem Flop von gestern Nacht einiges gutmachen.«

»Du kannst nichts dafür, dass Lou-Anne getürmt ist«, meinte Jules.

»Das vielleicht nicht, aber ich werde es mir nie verzeihen, dass ich den Wagen nicht abgesperrt und ihr dadurch die Flucht ermöglicht habe. Für diesen Anfängerfehler könnte ich mir selbst in den Hintern treten.«

Jules ging darüber hinweg, als er sagte: »Niemand konnte vorhersehen, dass sich der Fall so entwickeln würde. Du musstest dich gestern Abend mehr oder weniger auf deinen Instinkt verlassen. Keiner hat geahnt, dass es vielleicht Lou-Anne selbst gewesen ist, die ...«

»Die die Morde begangen hat?«, griff Joanna seinen Gedanken auf. Im Gegensatz zu Jules hatte sie einige Stunden Schlaf gefunden und wirkte halbwegs ausgeruht. »Zumindest für eine der Taten haben wir jetzt einen Beweis.«

»Ach ja?« Auch bei Jules erwachten nun die Lebensgeister. »Welchen denn?«

Joanna reichte ihm einen der Kaffeebecher und dazu ein Gebäckstück. Dann nahm sie auf der Kante seines Schreibtisches Platz. »Das Labor hat auf meine Anweisung hin eine spontane Nachtschicht eingelegt und die Trinkflasche untersucht, die die Dolders vor euch verbergen wollten. Daran fanden sich Speichelreste.«

»Wurden sie gentechnisch untersucht? So fix?«

»Es liegt natürlich erst ein vorläufiges Ergebnis vor, nur eine Schnellanalyse. Aber die zeigt klare Parallelen zur DNA von Haaren, die neben der Leiche von Serge Boisselier sichergestellt und mittlerweile gentechnisch erfasst worden sind. Das deutet darauf hin, dass sich Lou-Anne nicht nur in der Höhle, sondern auch in der Feuerwehrgarage aufgehalten haben muss.«

»Das bestärkt den Verdacht gegen sie«, sagte Jules. »Es fragt sich nur, warum sie es getan haben sollte.

Die stärkeren Motive liegen immer noch bei ihrem Vater, aber die beiden werden wohl kaum Hand in Hand gearbeitet haben. Der *papa* als Planer und die Tochter als willige Gehilfin – an diese Kombination mag ich nicht glauben.«

»Nein«, sagte Joanna tonlos. »Wenn, dann hat sie es aus eigenem Antrieb getan. Ich glaube nicht, dass ihre Eltern Komplizen sind.«

»Wie erklärst du dir dann das unbeirrte Schweigen der beiden?«

»Liegt das nicht auf der Hand? Sie wollen ihr einziges Kind schützen. Wollen verhindern, dass Lou-Anne in die Mühlen der Justiz gerät.«

»Also müssen wir die junge Frau finden und mit ihr selbst sprechen«, befand Jules. »Und zwar so bald wie möglich.« Er stand auf, ging zum Arbeitsplatz von Alain Lautner und stupste ihn an.

Der Adjutant fuhr auf und musste sich erst einmal orientieren. »Ich bin wohl kurz eingeschlafen«, sagte er und rieb sich die Augen.

»Kurz?« Jules musste lachen, denn das letzte Mal, dass er Lautner wach gesehen hatte, war mehr als zwei Stunden her. »Erkundigen Sie sich doch bitte, ob die Fahndung nach Lou-Anne Dolder schon ein Ergebnis erbracht hat.«

Lautner nickte und griff zum Telefon. Nach einem kurzen Gespräch teilte er mit: »Nein, keine Spur von der Flüchtigen. Weder die Streifen der Police municipale haben etwas gesehen noch die Kollegen aus den umliegenden Gemeinden. Lou-Anne scheint sich in Luft aufgelöst zu haben.«

»Mitsamt einem unserer Einsatzfahrzeuge? Ein auffälligeres Fluchtfahrzeug gibt es doch gar nicht!« Jules konnte es nicht fassen, dass Lou-Anne nicht schon längst geschnappt worden war.

»Bedaure, aber auch unser Auto ist noch nicht wieder aufgetaucht«, erwiderte Lautner.

»Hoffentlich ist es nicht *ab*getaucht.« Dieser Kommentar stammte von Gendarm Kieffer, der sich für einige Stunden abgemeldet hatte und nun wieder zum Dienst erschien. »Könnte ja sein, dass sie unseren Mégane in einem Teich versenkt hat. Oder im Rhein.«

»Um dann zu Fuß weiter zu flüchten?« Jules schüttelte den Kopf. »Das halte ich nicht für wahrscheinlich. Schon eher, dass sie irgendwo ganz in der Nähe Unterschlupf gefunden hat. Bei einer Freundin vielleicht oder einem Freund.«

»Das müsste aber ein guter Freund sein. Jemand, der keine Frage stellt, wenn plötzlich ein gestohlener Polizeiwagen vor seiner Tür steht«, gab Joanna zu bedenken.

»Auch wieder wahr«, sah Jules ein und nahm einen Schluck Kaffee. »Also dann…« Er blickte in die Runde. »Welche Optionen haben wir? Wie sollen wir weiter vorgehen?«

Kieffer, der gerade erst seine Jacke ausgezogen und sich vor seinen PC gesetzt hatte, schlug vor, das Problem auf seine Art zu lösen: »Abwarten und Tee trinken. Oder besser noch: Abwarten und Flammkuchen essen. Heute Mittag soll die Entscheidung der Jury verkündet werden, an wen der Preis für die besten *tartes flambées* geht. Die müssen wir natürlich probieren.«

Wie kann dieser Mensch bloß immer nur ans Essen denken, fragte sich Jules. Er wollte ihm gerade klarmachen, dass solche Bemerkungen fehl am Platze seien, weil es in dieser Situation Wichtigeres gab als die Elsässer Küche. Doch überraschenderweise bekam Kieffer Zuspruch von Joanna.

»Aber ja. Das ist eine gute Idee. Wir können vorerst ohnehin nicht mehr tun, als uns bereitzuhalten. Warum also sollen wir uns die Zeit nicht damit verkürzen, indem wir das nachholen, was wir gestern Abend versäumt haben?«, schlug Joanna vor.

Gegen Mittag – die Fahndung hatte noch immer nicht zum Erfolg geführt – verließen Jules, Joanna und das kleine Team das Corps de Garde und tauchten in die Menschentraube ein, die sich vor dem großen Brunnen versammelt hatte. Auf einer Bühne, die noch vom gestrigen Flammkuchenfest stammte, hatte sich Isabelle Cantalloube postiert und hielt eine schwungvolle Rede, in der sie die Arbeit der Jury – bestehend aus einem ehemaligen Sternekoch aus Strasbourg, einem Gastro-Kritiker und Madame Cantalloube höchstselbst – lobte und auf die Vielzahl der Bewerber hinwies.

»Unsere Ausschreibung hat ins Schwarze getroffen!«, tönte ihre Stimme aus zwei großen Lautsprechern. »Die rege Beteiligung stellt unter Beweis, dass unsere hochgeschätzten *tartes flambées* weit mehr sind als eine folkloristische Randnote der beliebten Elsässer Küche. Im Flammkuchen steckt das Potenzial für Höheres und Größeres.«

»Hört, hört«, meinte Lautner hinter vorgehaltener Hand. »Da ist jemand vom eigenen Erfolg mehr als nur überzeugt. Gleich hebt sie ab.«

»Psst!« Joanna warf ihm einen strengen Blick zu.

»Jeden Augenblick wird der Name des Siegers genannt. Das will ich nicht verpassen.«

Doch da hatte sie sich getäuscht. Denn die eigenwillige Tourismuschefin brachte es fertig, geschlagene zwanzig Minuten um den heißen Brei herumzureden, und wurde dabei nicht müde zu betonen, dass die Idee zu diesem Wettstreit der Köche einzig und allein ihrem Einfallsreichtum entsprungen sei.

Jules zog bereits in Erwägung, sich dem Trubel und der endlosen Ansprache zu entziehen und stattdessen auf der Wache auf Neuigkeiten über Lou-Annes Aufenthaltsort zu warten. Doch dann fand die Cantalloube zu einem Ende, zog gestenreich einen versiegelten Umschlag hervor, den sie öffnete, um den Namen des glücklichen Gewinners zu verkünden.

»Der beste Flammkuchen überzeugte uns nicht nur durch einen wahrlich perfekten Teig, so kross und geschmackvoll, wie er sein soll, sondern vor allem durch seine Kreativität und die exzellente Kombination aus Zutaten für den Belag, welche sich gegenseitig aufs Vortrefflichste stimulieren und eine *mélange* höchsten Niveaus ergeben. Auf einem Bett aus samtigem Sauerkraut trifft charakterstarker Ziegenkäse auf köstlich süße Datteln, beträufelt mit Wildblütenhonig aus dem Rheintal, abgerundet mit der mediterranen Note von Rosmarin. Das Ganze sekundengenau aus dem Ofen gezogen und serviert – keine andere Variante hat uns mehr überzeugt! Es ist mir daher eine außerordentliche Ehre, heute Abend den mit fünfhundert Euro dotierten Preis für diese wahrhaft himmlische *tarte flambée* übergeben zu dürfen. Der eigentliche Gewinn liegt aber wohl nicht im Preisgeld, sondern im Renommee: Ich bin sicher, dass sich die Kunde von der besten *tartes flambée*-Küche weit und breit in Windeseile herumsprechen und dem Sieger ein volles Haus bescheren wird. Das wünsche ich ihm von ganzem Herzen. Beziehungsweise *ihr*, denn unser Gewinner ist eine Gewinnerin. Es ist mir eine große Freude, dir den diesjährigen Preis übergeben zu dürfen, Anabelle Jardin! Liebe Anabelle, bitte komm zu mir auf die Bühne.«

Ein Raunen ging durch die Menge, als die in dunkle Farben gekleidete Anabelle unsicheren Schrittes das Podest erklomm. Noch dünner war sie geworden, dachte sich Jules, und so blass wie der Tod. Umso mehr freute er sich, dass die Jury sie als Siegerin auserkoren hatte. Ob bei der Entscheidung auch ein Quäntchen Mitleid eine Rolle gespielt hatte, darüber konnte Jules nur spekulieren.

»Das hat sie sich verdient«, raunte Joanna ihm zu. »Und die Werbung für ihr Lokal kann sie auch dringend gebrauchen.«

Jules stimmte ihr zu, obwohl er davon ausging, dass Anabelle auch ohne diesen Preis eine unbeschwerte Zukunft vor sich hatte – zumindest, was das Finanzielle anging. Denn inzwischen sah es ganz danach aus, als hätte sie überhaupt nichts mit dem Tod ihres Mannes zu tun – und damit würde die millionenschwere Lebensversicherung fällig werden.

»Leicht haben wir uns die Bewertung nicht gemacht«, schepperte nun wieder die Stimme von Isabelle Cantalloube durch die Lautsprecherboxen. »Auch die Mitbewerber haben sich alle erdenkliche Mühe gegeben und uns mit so ausgefallenen Kombinationen wie Trauben und Krokant, Rote Bete und Walnusspesto oder Maronenröhrlingen an Brunnenkresse überrascht. Ganz dicht vorbeigeschrammt an Platz eins ist eine Variante mit kreolischem Einschlag, ein Beitrag des Restaurants *Île Bourbon*, der uns vor allem durch seine gelungen eingesetzten exotischen Gewürze begeistert hat.«

Nun beglückwünschte die Tourismusamtsleiterin die etwas verlegene Gewinnerin, schüttelte ihr lange und ausgiebig die Hand, küsste sie links und rechts und ließ sich sodann eine übergroße und mit einer monströsen Schleife versehene Karte reichen: die Siegesurkunde.

Jules verfolgte das Spektakel auf der Bühne nur noch mit halbem Interesse, denn Isabelle Cantalloube hatte in ihrer Rede etwas erwähnt, das ihn aufhorchen ließ: Das Stichwort war der Name des Lokals gewesen, das als zweiter Favorit gegolten hatte: *Île Bourbon*.

Er wartete ab, bis der Beifall der Umstehenden allmählich abebbte, und wandte sich dann Joanna zu. »Dieses Gasthaus, das die Cantalloube gerade erwähnt hat, das *Île Bourbon*. Kennst du das? Warst du schon mal da?«

»Eigentlich ist es kein richtiges Gasthaus, sondern eher ein Verkaufslager, an dem es vorne auch ein paar Tische gibt«, antwortete Joanna. »Es liegt in der Neustadt und hat sich auf Importe aus den Überseegebieten spezialisiert. Dort bekommst du nicht nur etwas zu essen, die verkaufen auch exotische Zutaten und alle möglichen anderen Dinge aus *La France d'Outre-Mer*.«

»Also eher ein Großhandel«, folgerte Jules.

»Ja, so könnte man es nennen. Ein Großhandel mit angeschlossener Küche.« Joanna sah ihn forschend an. »Warum interessierst du dich dafür?«

»Ich habe da eine Vermutung«, deutete Jules an. »Der Name dieses Ladens, *Île Bourbon*, hat mich darauf gebracht. Ist es nicht die frühere Bezeichnung für eine unserer Inseln im Indischen Ozean?«

Joanna musste nicht lange nachdenken. »Du meinst La Réunion, die Nachbarinsel von Mauritius«, bestätigte sie. »Bis in die Siebzigerjahre hinein trug sie den Namen *Île Bourbon*, weil sie zu den wichtigsten Exporteuren von Bourbonvanille gehörte. Aber der Rum von dort ist auch nicht übel.«

Jules blickte sie nachdenklich an. »Es ist nicht das erste Mal, dass ich diesen Namen in letzter Zeit gehört habe: La Réunion. Gerade eben erst ist er mir noch einmal untergekommen.«

Joanna merkte wohl, dass Jules auf etwas gestoßen war. Sie sah ihn neugierig an, als sie fragte: »Wann und wo hast du von La Réunion gehört? Etwa in Zusammenhang mit unserem Fall?«

»Wie man es nimmt«, erwiderte Jules vage. »Ich habe da etwas aufgeschnappt. Bei den Dolders.«

»Sag schon: Um was dreht es sich?«

»Vielleicht habe ich vergessen, es dir gegenüber zu erwähnen, und vielleicht ist es auch gar nicht wichtig: Aber Lou-Anne war dort. Es ist gar nicht lange her.«

»Rede weiter, bitte!«

»Lou-Anne ist erst seit Kurzem wieder im Elsass. Davor hat sie studiert, und zwar an einer Universität in Übersee – auf La Réunion!«

Joanna begriff, worauf Jules hinauswollte. »Du ziehst daraus den Schluss, dass sie das *Île Bourbon* kennen könnte, dort vielleicht sogar Kundin ist?«

»Eine reine Spekulation«, dämpfte Jules die Erwartungen. »Aber irgendwo muss sie ja stecken.«

Joanna nickte. »Es wäre zumindest einen Versuch wert. Gut möglich, dass sie Kontakt zum *Île Bourbon* gesucht und dort vielleicht sogar Freunde gefunden hat.«

»Freunde, die ihr in der Stunde der Not möglicherweise beistehen«, spann Jules den Faden weiter. »Und die, wie du sagst, praktischerweise auch noch über eine große Lagerhalle verfügen, in der sie unser Auto abgestellt haben könnte.« Dann fragte er: »Wo ist dieser Laden? Kennst du die Adresse?«

»Nicht genau. Aber wenn wir in die Neustadt fahren, werde ich es finden.«

»Gut. Dann tun wir das.« Er drängte Joanna zum Aufbruch.

Sie sträubte sich. »Willst du nicht auch den anderen Bescheid geben? Wir brauchen Lautner und Kieffer als Unterstützung.«

Jules winkte ab. »Meine Leute arbeiten jetzt den siebten Tag in Folge. Diese Spur ist viel zu schwach, um die beiden noch mehr Überstunden schieben zu lassen. Bislang ist es ja nicht mehr als eine Intuition von mir. Sollten wir Hinweise finden, können wir immer noch Verstärkung anfordern.«

Das sah Joanna ein und nickte ihm zu. »Gut, dann versuchen wir mal unser Glück. Mit Lou-Anne werden wir zwei notfalls auch ohne Unterstützung fertig.«

Für die kurze Strecke in die Neustadt nahmen sie Joannas Peugeot, weil der kleine PS-Protz spritziger war als Jules' Dienst-Renault und außerdem näher geparkt stand. Nachdem sie sich durch die noch immer stark frequentierte Innenstadt gequält und den Ortskern durch die Porte de la Ville verlassen hatten, gab Joanna auf der kaum befahrenen Verbindungsstraße in die vorgelagerte Neustadt ihrem Auto die Sporen. Dank Joannas gutem Orientierungssinn brauchten sie nicht lange, um die gesuchte Adresse zu finden.

Das *Île Bourbon* lag im Gewerbegebiet der Neustadt, das an diesem Tag – einem Sonntag – verwaist war. Die gesuchte Adresse selbst bestand aus einem mehr oder weniger schlichten Zweckbau, einer Halle mit einem kantigen Vorbau, in dem das Lokal untergebracht war. Jules tippte, dass die Laufkundschaft werktags zum Mittagstisch aus den umliegenden Betrieben kam und Interessenten, die sich für Importwaren aus den Überseegebieten interessierten, aus dem weiteren Umkreis mit dem Auto anreisten.

»Sieht nicht so aus, als hätten sie heute geöffnet«, stellte Joanna fest und parkte ihren Wagen neben einer Hecke.

Beide stiegen aus, gingen zur Eingangstür und spähten durch die Scheibe in den Innenraum. Sie sahen Tische und Stühle, umrahmt von Palmen und allerlei bunter Dekoration, wohl Souvenirs von der Vanilleinsel. Der Raum war menschenleer und die Tür erwartungsgemäß verschlossen.

»Und nun?«, fragte Joanna und sah Jules unschlüssig an.

»Versuchen wir es mal bei der Halle«, schlug er vor und ging zu einer Art überdimensionalem Garagentor. Es war heruntergelassen und ebenfalls verschlossen. Jules rüttelte mehrere Male an den Griffen, konnte jedoch nichts ausrichten.

»Sieht schlecht aus, und von dem Polizeiauto ist auch nirgends etwas zu sehen. Wir müssen es wohl morgen noch mal probieren, wenn jemand hier ist«, meinte Joanna.

Jules war anderer Ansicht. »Morgen kann es zu spät sein. Sollte Lou-Anne wirklich Unterschlupf in diesem Laden gefunden haben, kann das für sie nur eine Zwischenstation sein. Sie muss wissen, dass wir in der Gegend alles durchkämmen.«

»Und der Polizeiwagen?«

»Ist – wenn überhaupt – im Lager geparkt.« Jules trat einige Schritte zurück, um sich einen Überblick zu verschaffen. Dann entschied er: »Wir versuchen es mal von hinten. Vielleicht gibt es dort eine Möglichkeit, um wenigstens mal in die Halle hineinsehen zu können.«

Joanna nickte und schloss sich ihm an. Sie umrundeten das Gebäude, das auf der Rückseite tatsächlich eine Reihe Fenster aufwies. Sie waren allerdings so hoch gelegen, dass Jules auf einen Müllcontainer steigen musste, um hineinsehen zu können. Als er oben war, streckte er eine Hand aus und half auch Joanna hinauf.

Mit den Händen neben den Augen, um nicht vom Tageslicht geblendet zu werden, sah Jules in die Halle. Sie stand mit mehreren Reihen hoher Regale voll, in denen sich diverse Kisten befanden. Außerdem gab es lange Tische mit Verpackungs- und Füllmaterial für den Versand und einen Stapel Europaletten.

Ein ganz normales Lager, dachte Jules, er konnte nichts Verdächtiges feststellen.

Joanna allerdings schon. »Siehst du das?«, fragte sie. »Gleich hinter den Paletten. Da ragt etwas drüber.«

Jules blickte noch einmal genau hin. Es war nicht

leicht, Genaueres zu erkennen, denn das durch die Fensterreihe einfallende Licht reichte nicht bis in den hinteren Teil der Halle. Er konzentrierte sich auf den oberen Rand des Palettenstapels – und nun erkannte auch er es.

»Volltreffer!«, freute er sich. »Das ist der Dachaufsatz unseres Mégane. Die Blaulichtleiste ist zu hoch und wird von dem Stapel nicht komplett verdeckt. Kein Zweifel: Das muss unserer Einsatzwagen sein!«

»Respekt, Major«, gratulierte ihm Joanna. »Dein Gespür hat dich nicht getäuscht. Meinst du, sie ist noch da drin?«

Jules warf noch einmal einen Blick in die Halle. »Es sieht nicht so aus. Möglicherweise hat sie hier bloß nach einer Gelegenheit gesucht, das Polizeiauto loszuwerden. Aber wir werden das überprüfen.« Er machte Anstalten, von dem Abfallcontainer zu springen. »Wir suchen die Nummer der Eigentümer oder Pächter raus und lassen uns von ihnen aufsperren.«

»Wenn wir niemanden erreichen, kannst du das Schloss auch von einem Schlüsseldienst knacken lassen«, schlug Joanna vor und setzte sich auf den Rand des Containers, um ebenfalls hinunterzuspringen. »Meinen Segen dafür hättest du.«

Wieder auf dem Boden wollte Jules zurück zum Auto, wo er sein Handy liegen gelassen hatte. Doch dann wurde er auf eine weitere Tür aufmerksam, die sie bisher übersehen hatten. Es handelte sich um einen schmalen Einlass, wahrscheinlich der rückwärtige Notausgang. Wie Jules verwundert feststellte, war die Pforte nicht zugezogen, sondern nur angelehnt. Er warf Joanna einen fragenden Blick zu.

»Was hältst du davon?«, fragte er.

Joanna neigte den Kopf. »Normalerweise sollte sie nicht offen stehen, oder? Ob Lou-Anne sie benutzt hat, um zu verschwinden?«

»Es sieht ganz danach aus.«

Zielstrebig legte Jules seine Hand an das kühle Metall und zog die Pforte langsam auf. Von der Schwelle aus warf er einen prüfenden Blick in die Halle. Das Lager schien leer zu sein, es herrschte eine tiefe Stille, die nur durch das leise Surren eines Transformators durchbrochen wurde. Die Luft war kühl und trocken. Über allem schwebte ein seltsamer Geruch nach getrockneten Kräutern, Würzmitteln und weiteren Düften, die Jules an einen orientalischen Basar denken ließen.

Vorsichtig betrat Jules die Halle, dann blickte er sich nach Joanna um. »Was meinst du? Gehen wir weiter und schauen nach?«

»Ja, geh nur weiter!« Sie nickte entschlossen.

»Gut«, bestätigte Jules, »aber bleib ein paar Schritte hinter mir. Man kann nie wissen.«

»Mir passiert schon nichts«, sagte Joanna. Sie wirkte aber dennoch angespannt.

»Schauen wir zuerst nach dem Wagen«, sagte Jules und sah sich forschend in der weitläufigen Lagerhalle um. Gelegenheit, sich zu verstecken, gab es hier in Hülle und Fülle, dachte er mit einem mulmigen Gefühl. Am besten, sie überprüften die Sachlage und verschwanden dann schnell, um Verstärkung zu rufen.

Nun hielt er zielstrebig auf die Europaletten zu, hinter denen er den vermissten Polizeiwagen vermutete. Dabei ging er davon aus, dass Joanna ihm mit einigen Metern Abstand folgte. Er hatte sein Ziel fast erreicht, als er in seinem Rücken plötzlich Geräusche hörte: schnelle Schritte, dann ein erschrockener Schrei von Joanna.

Blitzschnell wirbelte Jules herum und hatte sofort seine Hand am Holster mit seiner Dienstwaffe. Doch was er sah, verschlug ihm den Atem.

Etwa drei Meter vor ihm stand Joanna, aber nicht allein. Wie aus dem Nichts war Lou-Anne neben ihr aufgetaucht! Ungläubig registrierte Jules das entsetzte Gesicht von Joanna, die ihn flehend ansah. Dann blickte er zu Lou-Anne, sie schien wild entschlossen. Einen Arm hatte sie um Joannas Hüfte geschlungen, den anderen hielt sie ihr dicht unter den Hals. In ihrer Hand befand sich ein langes Küchenmesser.

»Eine Ahnung, wo der Chef geblieben sein könnte?«, erkundigte sich François Kieffer bei seinem Kollegen, während sie langsam über den Place Turenne schlenderten. Der Menschenauflauf um die Bühne mit Isabelle Cantalloube und Flammkuchen-Königin Anabelle löste sich allmählich auf.

Alain Lautner zuckte die Achseln. Er hatte seine Jacke ausgezogen und lässig über die Schulter gehängt. »Ich habe gesehen, wie er mit der Richterin abgezogen ist. Hätte sich ja wenigstens verabschieden können.«

»Die beiden Turteltäubchen sind sich selbst genug«, meinte Kieffer. »Mir kann es nur recht sein. Wir haben ja auch genug geschuftet in letzter Zeit«, beklagte sich Kieffer und schälte sich ebenfalls aus seiner Jacke. Das fiel ihm nicht leicht, denn in seinen Händen jonglierte er gleichzeitig einen Pappteller, auf dem ein Flammkuchen mit karamellisiertem Zucker auf einem Teppich aus Zimt lag. »Die Aufklärung des Falls muss eben bis Montag warten.«

»Mir wäre wohler, wenn wir die Flüchtige noch heute aufgreifen würden«, entgegnete Lautner. »Aber ich gebe dir recht: Genug ist genug. Sollen sich doch die Kollegen um die Suche nach Lou-Anne kümmern. Ihr Fahndungsfoto ist ja an alle umliegenden Stationen verteilt worden.«

»Genau. Und wir dürfen heute mal alle fünfe gerade sein lassen«, meinte Kieffer und verschlang die Hälfte seiner Kalorienbombe.

Ihr Weg führte sie zurück zum Corps de Garde, aber nur, weil Lautner sein Fahrrad vor dem Gebäude abgestellt hatte. Als sie dort ankamen, begegneten sie Charlotte Regnier, die gerade die Eingangstür hinter sich zuzog.

»Charlotte?«, wunderte sich Kieffer. »Was treibst du denn noch hier?« Lautner wollte wissen: »Warst du gar nicht auf dem Marktplatz? Dann hast du was verpasst. Stell dir vor: Anabelle hat den ersten Platz beim Wettbewerb abgeräumt!«

»Das ist schön!« Charlotte war die Freude darüber anzusehen. »Ich gönne es ihr nach all dem Kummer, den sie gehabt hat.«

»Aber sag doch: Warum warst du in der Gendarmerie? Was hattest du dort noch zu tun?«, wollte Lautner wissen.

Charlotte seufzte. »Kurz nachdem alle aufgebrochen waren, ist eine Meldung eingegangen. Angeblich hat gestern Abend ein Anwohner unseren Polizeiwagen gesehen. Er war ihm aufgefallen, weil er ohne Licht fuhr.«

»Was für ein Anwohner?«, fragte Kieffer missmutig. Augenscheinlich hatte er keine besonders große Lust darauf, sich nun doch mit dienstlichen Belangen beschäftigen zu müssen.

»Ein Hundehalter, der gerade mit seiner Bordeauxdogge Gassi ging. Sie ist ein Jungtier, das viel Auslauf braucht, erklärte er. Deshalb war er mit dem Tier außerhalb der Wohngebiete unterwegs.«

»Außerhalb der Wohngebiete?«, hakte Lautner nach. »Wo genau soll ihm unser Mégane denn begegnet sein?«

»Drüben im Gewerbegebiet«, antwortete Charlotte. »In der Neustadt. Und das ist noch nicht alles: Unser Chef hat mir vorhin eine SMS geschickt. Er ist zusammen mit Madame Laffargue unterwegs, um eine neue Spur zu verfolgen. Ratet mal, wo die hinführt?«

Lautner und Kieffer sahen sich an – und beide dachten sie dasselbe: Ihren Feierabend konnten sie vergessen.

Jules richtete die Mündung seiner Dienstwaffe auf Lou-Annes Oberkörper. Es handelte sich um die Standardpistole der Gendarmerie Nationale, eine SIG Sauer SP2022. Ihr Stangenmagazin fasste fünfzehn Patronen, was genügen sollte, um einen oder mehrere potenzielle Gegner in Schach zu halten. Doch in dieser Situation nutzte ihm das wenig, denn Lou-Anne hielt Joanna wie einen lebenden Schutzschild vor sich.

»Mach keinen Unsinn, Lou-Anne!«, rief Jules ihr zu. »Nimm das Messer runter und lass Madame Laffargue gehen.«

»Damit Sie auf mich schießen können? Nein, Major, keine gute Idee.« Die Stimme der jungen Frau klang schrill. Wie weggeblasen war ihre freundliche, sympathische Art.

»Ich habe nicht vor, auf Sie zu schießen«, sagte Jules, behielt seine Waffe aber im Anschlag.

»Aber verhaften werden Sie mich. Und mich für den Rest meines Lebens ins Gefängnis stecken.«

»Wie lange Ihre Haftstrafe sein wird, vermag ich nicht zu beurteilen. Aber machen Sie es nicht schlimmer, als es ohnehin schon ist.«

»Das kann ich gar nicht. Sie werden mich für den Tod von Serge drankriegen. Und für den an Richard. Zwei Morde. Das bedeutet Höchststrafe. Mehr geht nicht.«

»Lassen Sie die Frau los!«, forderte Jules erneut und beobachtete mit Sorge, wie Joanna die Farbe aus dem Gesicht wich. Stocksteif stand sie da, mit vor Angst weit aufgerissenen Augen.

»Nein!«, fauchte Lou-Anne. »Sie ist meine Lebensversicherung, mein Pfand.«

Jules atmete tief durch. Jetzt nur nicht die Nerven verlieren, bläute er sich ein. »Was soll das werden, Lou-Anne? Eine Geiselnahme? Glauben Sie wirklich, dass Sie damit durchkommen?«

»Was habe ich schon zu verlieren?«

»Sehr viel!«, rief Jules und wusste, dass er jetzt all seine diplomatischen Künste in die Waagschale werfen musste. Nun war psychologisches Feingefühl gefragt. »Sehen Sie, wir wissen doch eigentlich kaum etwas über die Hintergründe der Taten, weder über Ihre Motive noch über die Begleitumstände. Wie ist es denn überhaupt dazu gekommen? Wenn Sie jetzt mit uns reden, könnten sich Aspekte ergeben, die sich mildernd auf Ihre Strafe auswirken. Es kommt alles auf Ihren Willen zur Kooperation an.«

»Meine Motive?« Lou-Anne sah Jules mit einem irren Blick an. Aber er meinte, auch einen Anflug von Verletzlichkeit zu erkennen.

»Uns sind Gerüchte über Ihren Vater bekannt – über Ihren leiblichen Vater. Und wir gehen davon aus, dass die Morde damit in Zusammenhang stehen.«

Tatsächlich ging Lou-Anne darauf ein. »Ach ja?«, fragte sie. »Für diese Erkenntnis haben Sie aber lange gebraucht.«

»Seit wann wissen Sie, dass Joey nicht Ihr leiblicher Vater ist?«

»Schon lange. Sehr lange. Ich habe es früh herausgefunden, da war ich noch ein Kind. Ich hatte *maman* belauscht, als sie mit einer Freundin telefonierte. Dabei ist es ihr rausgerutscht.« Trotzig blickte sie auf und fasste das Messer fester. »Aber wissen Sie was? Es war mir egal! Der Mann, von dem da die Rede war, dieser Romain Binoche, war ein Fremder für mich. Ich hatte ihn nie gesehen und nie etwas von ihm gehört. Er war mir völlig gleichgültig, denn ich hatte schon einen *papa*. Und zwar einen, den ich liebte! Der mir jeden Wunsch von den Augen ablas! Der mich vor *mamans* Eskapaden beschützte! Joey hat mir eine wunderschöne Kindheit geschenkt. Er hat es fertiggebracht, die Familie zusammenzuhalten und mich von all den Problemen mit *maman* fernzuhalten. Das war nicht immer einfach, wie Sie sich vielleicht vorstellen können. Es gab Tage, an denen sie sich bis zur Besinnungslosigkeit betrunken hat. Manchmal, wenn ich sie so auffand, dachte ich, sie wäre tot. *Papa* sorgte jedes Mal dafür, dass alles wieder in Ordnung kam. Aber auf einmal…« Sie stockte, setzte ihren Monolog dann jedoch mit bebenden Lippen fort: »Als ich gerade wieder nach Hause gekommen war, nach dem Studium, da tauchte dieser Typ auf, Richard. Er wollte *papa* schaden und drohte ihm damit, die alte Geschichte mit Romain öffentlich zu machen, wenn er ihnen nicht viel Geld gab. Doch wo sollte *papa* das Geld denn hernehmen? Glaubte Richard etwa, wir hätten mit unserem Souvenirladen großartige Ersparnisse auf die Seite legen können? *Papa* hätte ihn nicht bezahlen können, selbst wenn er es gewollt hätte. Es wäre darauf hinausgelaufen, dass Richard ihn bei der Polizei angeschwärzt hätte und *papa* ins Gefängnis gekommen wäre. Wer hätte sich dann um *maman* gekümmert? Wer um den Laden? Alles wäre zusammengebrochen.«

Während sie geredet hatte, war das Messer in ihrer Hand langsam um einige Zentimeter herabgesunken. Aber es war Joannas Kehle noch immer viel zu nah, Jules konnte nichts tun. Also blieb er einfach stehen und hielt das Gespräch am Laufen. In dem Versuch, noch mehr über die Hintergründe herauszufinden, fragte er: »Wie haben Sie von dem Erpressungsversuch überhaupt erfahren? Joey hat doch sicherlich nicht mit Ihnen darüber gesprochen, und Ihre Mutter wusste ja von nichts.«

»Durch Zufall. Oder vielmehr durch Richards Unvorsichtigkeit. Er kam einfach so in unseren Laden spaziert und hat *papa* auf den Kopf zu gesagt, was er gefunden hatte und welche Rückschlüsse er daraus zog. Dabei hat er es versäumt, sich zu vergewissern, dass niemand im Hinterzimmer saß.«

»Also haben Sie vom Nebenraum aus alles mithören können.«

»Jedes erbärmliche Wort dieses miesen Erpressers«, bestätigte Lou-Anne voller Abscheu. »Nur um für sein schäbiges Lokal ein bisschen Geld rauszuschlagen, nahm er in Kauf, unsere Existenz zu zerstören. Das musste ich verhindern.«

»Und wie lief das bei Serge Boisselier? Woher wussten Sie von seiner Beteiligung?«

»Serge ging genauso stümperhaft vor. Tauchte kurz nach Richards Tod plötzlich hier auf, stellte sich mitten in den Laden und markierte den großen Mann. Er verlangte von mir, dass ich Joey hole, und da ahnte ich schon, was kommen würde. Also habe ich *papa* Bescheid gegeben, hielt mich aber in der Nähe versteckt, als sie sich unterhielten. So wurde ich Zeuge des zweiten Versuchs, *papa* auszunehmen wie eine Weihnachtsgans. Serge war noch unverschämter als Richard und verlangte mehr Geld. Er heftete sich an *papa* wie eine Schmeißfliege.«

Jules erkannte, dass es Joanna kaum noch auf den Beinen hielt. Sie war aschfahl und begann, ihre Augen zu verdrehen. Lange würde sie es nicht mehr aushalten. Jules musste handeln. Und zwar schnell!

Adjutant Lautner und Gendarm Kieffer saßen vorn im zweiten Dienstwagen der Gendarmerie, Charlotte hatte im Fond Platz genommen. Während Kieffer steuerte, beschäftigten sich die anderen mit ihren Handys: Lautner versuchte, das Smartphone des Majors zu erreichen, Charlotte probierte es bei der Untersuchungsrichterin. Doch niemand nahm ab. Auch über Funk hatten sie es schon probiert, obwohl sie wussten, dass ihr Boss selten ein Funkgerät bei sich trug.

»Sie gehen beide nicht dran?«, fragte Kieffer und

lenkte den Renault aus der Altstadt. »Kein gutes Zeichen.« Ungefragt schaltete er das Blaulicht ein.

»Was könnte bloß passiert sein?«, rätselte Charlotte, die es aufgegeben hatte, zum x-ten Mal die Nummer von Joanna Laffargue zu wählen. »Als sie das Fest mittendrin verließen, konnten sie noch nichts von der Meldung des Anwohners wissen. Was also hat sie veranlasst, in die Neustadt zu fahren?«

»Keine Ahnung«, antwortete Lautner. »Der Chef hat kein Sterbenswörtchen darüber verloren, bevor er ging.«

»Wir werden es herausbekommen«, gab sich Kieffer zuversichtlich und beschleunigte den Wagen, kaum dass sie die Verbindungsstraße in den Vorort erreicht hatten. »Das Gewerbegebiet ist ja nicht besonders groß. Falls sie dort stecken, finden wir sie.«

Lautner zog eine Karte aus dem Handschuhfach, auf der Rebenheim und Umgebung im großen Maßstab dargestellt war. Er faltete sie auf, suchte mit dem Finger die Neustadt ab und ließ ihn über einer rot schraffierten Fläche verweilen. »Da ist es. Wie François ganz richtig gesagt hat, es ist sehr übersichtlich. Nur drei Straßen mit gerade mal einer Handvoll Firmen.«

»Genau: das Autohaus, der Sanitärbetrieb, der Baustoffhandel und die Gärtnerei«, wusste Kieffer.

»Nicht zu vergessen das *Île Bourbon*«, warf Charlotte ein. »Ein Großhandel für Produkte aus den Überseedepartements.«

»Kenn ich«, behauptete Kieffer. »Die haben dort einen formidablen Imbiss, wo es alle möglichen exotischen Leckereien gibt. Kennt ihr zum Beispiel Samosas? Das sind knusprig frittierte Teigtaschen, gefüllt mit Zwiebeln, Fleisch, Ingwer, Chilis oder mit Stockfisch, Käse, Krabben und Gemüse. Dazu gibt es süßsaure Soße und Soja. Einfach köstlich.«

»*Île Bourbon* – ist dieser Name nicht vorhin bei der Preisverleihung gefallen?«, fragte Lautner.

»Stimmt, du hast recht«, pflichtete Kieffer ihm bei. »Deren Küchenteam hat sich mit einem kreolischen Rezept beteiligt und fast den ersten Platz erreicht.«

»Dann muss es das gewesen sein!«, rief Lautner laut aus.

Kieffer konnte ihm nicht folgen. »Was muss was gewesen sein?«

»Das Stichwort, das den Major und die Richterin alarmiert haben muss. *Île Bourbon* steht für die Insel La Réunion. Dort hat Lou-Anne Dolder studiert. Jede Wette, dass sie dorthin gefahren sind, um sie zu suchen! Zu dumm, dass ich nicht früher darauf gekommen bin.«

Charlotte war der gleichen Meinung: »Wir sollten es dort als Erstes versuchen. Vielleicht stecken sie in der Klemme und brauchen unsere Hilfe.«

Kieffer hinterfragte diesen Vorschlag nicht, sondern trat aufs Gaspedal.

Das Messer lag wieder am Kehlkopf der zitternden Joanna, doch sie selbst schien kaum mehr mitzubekommen, was vor sich ging. Ihre Sinne schwanden. Diesen Eindruck hatte zumindest Jules, dessen Hoffnung auf einen glimpflichen Ausgang dieser prekären Lage von Minute zu Minute schwand.

»Was wollen Sie jetzt tun?«, fragte er Lou-Anne. »Wenn es Ihnen um ein Fahrzeug für Ihre Flucht geht:

Draußen steht unser Wagen, ein ziviler Peugeot. Sie können ihn haben.«

»Halten Sie mich für blöd? Wenn, dann nehme ich Ihre Freundin mit«, blaffte Lou-Anne ihn an.

Jules kehrte zu seiner ursprünglichen Taktik zurück, der Ablenkung durch Reden. Während sie erzählte, würde er versuchen, sich ihr unauffällig zu nähern, um ein besseres Schussfeld zu bekommen oder sie im geeigneten Moment auf andere Weise überwältigen zu können.

»Wir haben am Tatort in der Werkstatt der Feuerwehr einen Ring gefunden. Ein Druidenring. Sie kennen ihn, ich habe ihn Ihnen gezeigt. War es der Ihrer Mutter? Eine Zweitanfertigung?«, fragte er und erzielte die erhoffte Wirkung.

Diese Frage behagte Lou-Anne ganz und gar nicht, dennoch antwortete sie mit einem knappen »Ja.«

»Warum haben Sie ihn dort zurückgelassen?«, bohrte Jules nach. »War das ein Versehen oder wollten Sie Ihre Mutter belasten?«

»Nein, das hatte ich nicht vor. *Maman* hatte den Ring in ihrem Tran in meinem Zimmer verloren. Als ich ihn unter meinem Bett fand, steckte ich ihn ein. Da kam mir die Idee, ihn zu benutzen. Er sollte Sie nur auf die Spur dieses Druidenvereins bringen. Ich wusste ja, dass Sie diese Leute ohnehin auf dem Schirm hatten. Mit dem Ring wollte ich Ihren Verdacht bestätigen und von mir selbst ablenken.«

»Das ist Ihnen gelungen«, räumte Jules ein. »Zumindest für eine kleine Weile.« Mit kaum merklichen Trippelschritten arbeitete er sich zu Lou-Anne und ihrer Geisel vor, Zentimeter um Zentimeter. »Aber wie sieht es mit dem anderen Fund aus? Die Trinkflasche, die in der Blutgrotte lag? Ebenfalls ein Ablenkungsmanöver?«

»Nein«, sagte Lou-Anne und mied Jules' Blick. »Ich habe sie verloren. Ein blöder Fehler.«

Wieder legte Jules einige Zentimeter zurück. »Wann haben Sie sie verloren? Sind Sie Joey, Claude und Richard Jardin gefolgt, als die drei zum Klettern gingen? Wollten Sie sich an Ort und Stelle davon überzeugen, dass der Plan, den Sie sich für Richard ausgedacht hatten, tatsächlich aufging?«

»Weshalb fragen Sie mich das, wenn Sie es ohnehin wissen?«

»Das ist starker Tobak, Lou-Anne: Zwei Morde, nur um das Ansehen Ihres Stiefvaters zu schützen.«

»Nennen Sie ihn nicht Stiefvater!«, giftete Lou-Anne ihn an.

Wieder eine Gelegenheit für Jules, ein kleines Stück vorwärtszukommen. »Also gut, ich korrigiere mich: um das Ansehen Ihres Vaters zu schützen. Sagen Sie mir nur, Lou-Anne: Warum? Warum haben Sie das alles getan? Dachten Sie etwa, Sie konnten damit die damalige Tat Ihres Vaters ungeschehen machen? Indem Sie diejenigen töteten, die ihm auf die Schliche gekommen waren?« Jetzt hatte er sich bis auf etwa eineinhalb Meter an Lou-Anne herangepirscht.

»Ich weiß nicht, was Joey vor zweiundzwanzig Jahren getan oder nicht getan hat. Darum ging es mir nicht. Aber diese Männer hatten die Absicht, ihm zu schaden – und das hätten sie geschafft. Ich wollte aber nicht noch einen Vater verlieren. Ich habe nur noch diesen einen.«

Da sprach das verletzte Kind, dachte Jules. Er

schätzte sein Risiko ab, einen Sprung nach vorn zu machen und Lou-Anne das Messer aus der Hand zu schlagen. Doch noch wagte er es nicht.

»Es hätte andere Wege gegeben, Ihren Vater zu schützen«, sagte Jules, so ruhig er konnte. Es fiel ihm schwer, denn die flehentlichen Blicke von Joanna setzten ihm zu. »Erpressung ist strafbar. Sie hätten sich an die Polizei wenden und Richard und Serge anzeigen können.«

»Damit die beiden Ihnen dann die Beweise für Vaters Schuld geliefert hätten? Nie im Leben!« Lou-Anne wirkte jetzt noch aufgebrachter, sie hob das Messer wieder höher. So ungelenk, dass die scharfe Schneide Joannas Haut ritzte. Jules sah voller Schrecken, wie ihr ein roter Blutfaden am Hals hinunterlief. »Zurück, Major!«, schrie Lou-Anne. »Halten Sie Abstand. Sonst ist es aus mit Ihrer Freundin!«

Jules folgte ihrem Befehl und kapitulierte. Seine Taktik war gescheitert.

»Wie weit ist es noch?«, fragte Charlotte, die unruhig auf dem Rücksitz hin- und herrutschte.

»Wir sind gleich da«, antwortete Kieffer. »Vielleicht noch fünf Minuten. Nicht länger.«

»Hoffentlich ist es dann nicht schon zu spät«, sorgte sich Charlotte.

Ungeduldig blickten alle drei durch die Frontscheibe. Als der blau-weiße Renault Mégane die Ausläufer der Gewerbeansiedlung passierte, schaltete Kieffer das Blaulicht aus. »Es ist wohl besser, wenn man uns nicht sofort sieht«, begründete er seine Entscheidung. Auf die Sirene hatte er wegen des dünnen Sonntagnachmittagverkehrs ohnehin verzichtet.

»Ein kluger Zug«, lobte ihn Lautner. »Möglicherweise hat der Major die Flüchtige bereits gestellt. Und wenn wir jetzt für ungewollte Ablenkung sorgen, geht sie vielleicht wieder durch.«

Charlotte zog andere Schlüsse aus dem ungewöhnlichen Schweigen ihres Chefs. »Wenn er Lou-Anne aufgespürt hätte, dann hätte er sich längst bei uns gemeldet. Könnte es nicht eher umgekehrt gelaufen sein?«

Lautner wandte seinen Blick von der Straße ab und sah die Kollegin streng an: »Major Gabin soll sich von der kleinen Lou-Anne überwältigen haben lassen? Meinst du etwa, sie hat ihm eine Falle gestellt?«

»Ich weiß es nicht, Alain«, wich Charlotte aus. »Aber irgendetwas stimmt hier nicht. Das merkt ihr doch auch!«

Kieffer drosselte das Tempo auf Schrittgeschwindigkeit, als sie an den schlichten Zweckbauten links und rechts der Industriestraße entlangfuhren, deren einziger Fassadenschmuck aus Werbetafeln und Neonschriften bestand. Sie steuerten das *Île Bourbon* an. Es machte schon von Weitem einen verlassenen Eindruck, und tatsächlich ergab ein Blick auf das abgedunkelte Lokal, dass es geschlossen war.

»Das war wohl nichts«, stellte Kieffer fest und drehte bei.

»Trotzdem sollten wir weitersuchen«, meinte Lautner. »Es könnte sein, dass sie sich hier nur getroffen haben und sich noch in der Nähe aufhalten.«

»Aber wo?«, fragte Kieffer.

»Finden wir es heraus!«, spornte Lautner ihn an.

Kieffer nickte und ließ den Wagen weiter durch den Gewerbepark rollen.

Aufmerksam suchten Lautner und Charlotte die Grundstücke ab und achteten besonders auf die Zugänge der einzelnen Objekte. An einem Sonntag sollten sie alle versperrt sein, genau wie beim *Île Bourbon*. Stünde doch eine Tür offen, wäre das ein Anhaltspunkt für sie.

Sie passierten einen Betrieb nach dem anderen. Ab und zu brachte Kieffer den Renault zum Stehen, damit sich die beiden anderen in Ruhe umschauen konnten. Dann fuhr er langsam weiter. Doch obwohl sie so gründlich vorgingen, dass ihnen nichts verborgen bleiben konnte, machten sie keine verdächtigen Beobachtungen. Sie hatten das kleine Quartier fast abgearbeitet, als Lautner eine Idee kam.

»Drehen wir doch noch einmal um«, sagte er.

»Umdrehen? Wohin?«, erkundigte sich Kieffer. »Zurück nach Rebenheim?«

»Nein, ich will mir diesen Überseeladen genauer ansehen. Irgendetwas kam mir vorhin komisch vor. Auf dem Kundenparkplatz.«

»Was soll denn da gewesen sein?«, fragte Kieffer. »Bloß ein paar Stellplätze mit Blumenrabatten und Hecken dazwischen.«

»Genau«, bestätigte Lautner. »Die Hecken waren es, die mich gestört haben. Man kann den Platz nicht vollständig überblicken. Wir sollten zurückfahren und aussteigen, um sicherzugehen, dass wir nichts übersehen haben.«

Das war der Moment, in dem Gendarm Kieffer normalerweise die Augen verdreht und gestöhnt hätte. Denn zusätzlicher Arbeitsaufwand, dessen Gründe sich ihm nicht erschlossen, ging ihm gegen den Strich. Heute allerdings nicht, denn ihm war sehr wohl bewusst, dass der Major möglicherweise in Gefahr schwebte. Kommentarlos wendete er den Polizeiwagen und fuhr zurück zum *Île Bourbon*.

Es war nur noch eine Frage der Zeit. Jules sah, dass Joanna schwächer und schwächer wurde, sah, wie ihre Beine nachgaben – und konnte ihr doch nicht helfen. Er war zur Untätigkeit verdammt. Trotz der Pistole in seiner Hand, konnte er nichts gegen die nur mit einem einfachen Küchenmesser ausgerüstete Lou-Anne unternehmen. Denn dieses Messer bedrohte das Leben seiner Freundin. Machte er voreilig von der Waffe Gebrauch, dann riskierte er Joannas Tod.

»Sie müssen sich entscheiden, Lou-Anne«, sagte er und merkte, wie die Anspannung auch ihn erschöpfte. »Sagen Sie, wie es weitergehen soll. Wir können hier nicht ewig stehen und diskutieren.«

»Das sehe ich genauso«, rief ihm Lou-Anne zu. »Legen Sie Ihre Pistole auf den Boden und lassen Sie uns ziehen.«

»Darauf kann ich mich nicht einlassen. Nicht, solange ich nicht weiß, was Sie mit Madame Laffargue vorhaben.«

»Sie fürchten, dass ich sie umbringen werde?«

»Können Sie mir garantieren, dass Sie es nicht tun?«

»Damit kann ich nicht dienen. Sie müssen mir eben vertrauen. Aber wir können das hier auch ganz anders regeln. Wie schon gesagt: Ich habe nichts mehr zu verlieren.« Abermals zuckte ihre Hand mit dem Messer.

Joannas Hals war inzwischen völlig blutverschmiert, auch der Kragen ihrer Bluse war blutrot.

Jules war dicht davor, durchzudrehen. Er musste das hier beenden. Unverzüglich!

Aber wie?

Den Revolverhelden zu markieren und blindlings draufloszuschießen, schied aus. Er musste die Situation allein mit Worten lösen.

Da fiel ihm etwas ein: eine neue Strategie. Vielleicht der rettende Gedanke?

»Stell den Wagen hier ab«, forderte Adjutant Lautner den Kollegen auf. Dann öffnete er die Beifahrertür und stieg aus, Charlotte Regnier tat es ihm gleich. Beide standen jetzt auf dem Parkplatz vor dem Restaurant, an das sich eine ausladende Lagerhalle anschloss. Die mannshohen Sichtblenden aus Pflanzenkübeln und Hecken ließen den Platz kleiner und ansprechender wirken, gleichzeitig verhinderten sie jedoch den schnellen Überblick.

»Du links, ich rechts«, teilte Lautner sich selbst und Kollegin Charlotte für die Suche ein. Er zog los und sah sich eine Parzelle nach der anderen an. Es war davon auszugehen, dass hier an einem Sonntag kein Auto stand. Und so war es auch: Auf der rechten Seite war der Parkplatz vollständig leer. Also sind sie doch nicht da, dachte Lautner verdrießlich.

Doch in diesem Moment rief Charlotte nach ihm: »Alain! Hierher! *Vite!*«

»Was ist los?«, rief Lautner zurück und begann im gleichen Moment zu rennen.

Seine Kollegin war auf Höhe der letzten Parklücke stehen geblieben. Als Lautner näher kam, sah er bereits, dass dort ein Wagen stand: Ein Peugeot Coupé, das er schon oft vor der Gendarmerie gesehen hatte.

»Das ist der Wagen von Richterin Laffargue«, sprach er aus, was Charlotte längst wusste.

»Ja, eindeutig«, bestätigte sie. »Ich kenne ihr Nummernschild.«

»Dann sind sie also wirklich hier«, folgerte Lautner und sah sich um. »Aber wo?«

»Im Zweifelsfall im Gebäude«, mutmaßte Charlotte.

»Aber drinnen ist alles dunkel«, entgegnete Lautner. »Und die Türen und Tore sind zu.«

»Vielleicht nicht alle«, meinte Charlotte. »Wir sollten jeden Zugang überprüfen und uns notfalls mit Gewalt Einlass verschaffen.«

Lautner blickte sie entschlossen an. »Einverstanden. Holen wir François dazu und nehmen uns diesen Laden vor!«

»Was ist, wenn es misslingt? Wenn Ihre Flucht fehlschlägt?«, fragte Jules.

»Wie meinen Sie das?«

»So, wie ich es sage. Nehmen wir an, Sie werden geschnappt und wandern ins Gefängnis. Dann wäre alles, was Sie getan haben, umsonst gewesen. Und selbst wenn Sie durchkommen – Ihr Plan geht einfach nicht auf.«

Lou-Anne trippelte von einem Bein auf das andere. Aber das Messer blieb, wo es war. »Reden Sie keinen Mist. Worauf wollen Sie hinaus?«

Jules spürte, dass er sie nervös machte, und das war gut so. Langsam ließ er seine Waffe sinken, aber ohne den Finger vom Abzug zu nehmen. »Ich rede von Ihren Eltern, Lou-Anne. Speziell von Ihrer Mutter. Nehmen wir an, Sie sitzen hinter Gittern. Dann bliebe nur noch Ihr Vater, um sich um Orianne zu kümmern.

Aber leider nicht lange, denn er würde Ihnen bald ins Gefängnis nachfolgen, weil man ihn für den Mord an Romain Binoche verurteilen wird.«

»Sie kriegen mich aber nicht!« Lou-Anne drehte sich hektisch zum nahen Notausgang um.

Jules hielt seine Waffe jetzt gesenkt in Hüfthöhe. »Nur zu, ich kann Sie nicht aufhalten. Aber denken Sie daran, dass Ihre Mutter auch dann auf sich allein gestellt sein wird, wenn Sie verschwinden und wir Sie nicht erwischen. Denn Ihr Vater wandert so oder so ins Gefängnis.«

»Das ist nicht wahr!«, schrie Lou-Anne. »Gegen Joey haben Sie nichts in der Hand. Ohne Beweise können Sie ihm nichts anhaben. Er wird bei *maman* bleiben und sich um sie kümmern.«

»Das wird er nicht, Lou-Anne«, entgegnete Jules mit fester Stimme. »Während wir hier miteinander sprechen, wird er bereits verhört. Sie können es nicht wissen, aber wir haben inzwischen das Erpressungsmaterial von Richard Jardin und Serge Boisselier gefunden.«

»Einen Teufel haben Sie!«

»Doch, doch. Wir haben es, das können Sie mir glauben. Und dank den Mitteln der modernen Forensik haben wir den eindeutigen Beweis dafür, dass vor zweiundzwanzig Jahren niemand anderes als Joey Dolder an der Kletterausrüstung des bedauernswerten Romain Binoche manipuliert hat.«

»Was?« Nun erstarrte Lou-Anne. Ihre Augen flatterten.

»Wir haben verhältnismäßig gut erhaltene Hautpartikel sicherstellen können, dazu Haare und sogar ein paar Fingerabdrücke. Kurz gesagt: das volle Repertoire.«

»Das ist nicht wahr!«, brüllte Lou-Anne mit sich überschlagender Stimme. »Sie lügen mich an!«

Jules sicherte seine Pistole und steckte sie zurück in das Holster. »Finden Sie sich damit ab, Lou-Anne: Mit dem, was Sie gemacht haben, haben Sie niemandem einen Gefallen getan. Am wenigsten sich selbst.«

Lou-Anne starrte ihn fassungslos an.

Als sie die Halle zur Hälfte umrundet hatten, bemerkten sie die schmale Stahltür, die einen Spaltbreit offen stand. »Gehen wir rein?«, fragte François Kieffer, der sich breitbeinig vor dem kleinen Eingang postierte. Die Arme hielt er ausgestreckt, mit beiden Händen umklammerte er seine schussbereite Dienstwaffe.

»Gut«, sagte Lautner und stellte sich seitlich neben der Stahltür auf. »Dann also: eins, zwei…«

Noch bevor Lautner »drei« sagen konnte, ließ Kieffer seinen schweren Körper gegen die Tür krachen, die sofort aufschwang. Die Pistolen weit vor sich haltend stürmten die beiden Männer in das Lager, während die unbewaffnete Charlotte in Deckung blieb. Kieffer brüllte etwas Unverständliches, während er durch die Halle rannte. Lautner lief ihm nach und fuchtelte dabei wie wild mit seiner Automatik.

Als Kieffer ein mit Kartons gefülltes Regal umrundet hatte, sah er Lou-Anne, die der Untersuchungsrichterin ein Messer an die Kehle hielt. Wenige Schritte davon entfernt stand der Boss. Zu Kieffers größter Verwunderung hatte er seine Waffe im Holster stecken.

»Kieffer!« Jules traute seinen Augen nicht. Gerade eben hatte er kurz davor gestanden, die kritische Situation mit Worten zu lösen, da fuhr ihm der Gendarm in die Parade. Gleich hinter Kieffer erschien Lautner, er wirkte hoch nervös. Machtlos musste Jules mit ansehen, wie der Adjutant seine Pistole in die Höhe hielt und schrie: »Das Messer fallen lassen! Sofort!«

Im nächsten Moment ertönte ein Knall, und Lou-Anne stieß einen spitzen Schrei aus. Reflexartig zog sie ihr Messer zurück, schubste Joanna beiseite und stürzte sich stattdessen auf Lautner, der verwirrt auf seine Dienstwaffe starrte.

Jules sah, wie Joanna zu Boden ging, und wäre gern zu ihr gelaufen, um ihr zu helfen. Doch er musste Lou-Anne auf den Fersen bleiben, die in diesem Moment Lautner erreicht hatte, ihm den Ellenbogen in die Flanke stieß und ihn damit aus dem Gleichgewicht brachte. Jules rannte an dem keuchenden Kieffer vorbei, dem der kurze Spurt in die Halle offenbar den Atem genommen hatte. Außerdem schien ihm alles viel zu schnell zu gehen.

Als Lou-Anne Jules auf sich zukommen sah, riss sie im Vorbeilaufen an einem der Kartons, sodass er umkippte. Der Deckel sprang auf, und Tausende Styroporkugeln, gefolgt von kleinen Holzschnitzarbeiten aus der Südsee, verteilten sich auf dem Boden. Jules versuchte noch, auszuweichen, doch zu spät. Er geriet mit den Füßen auf die Kugeln, verlor den Halt und fiel der Länge nach hin. Gleich darauf war Lou-Anne hinter dem nächsten Regal verschwunden.

»Ausschwärmen!«, brüllte Jules seinen Männern zu. »Verteilt euch! Alles absuchen!«

Kieffer und Lautner folgten seiner Aufforderung, Jules selbst eilte zurück zu Joanna, die mit angsterfülltem Blick auf dem Boden kauerte. Er beugte sich über sie, begutachtete ihren Hals. Alles halb so schlimm, wie er erleichtert feststellte, sie hatte nur oberflächliche Verletzungen.

Sofort richtete er sich wieder auf und rief in die Halle: »Habt ihr sie? Sie darf uns keinesfalls entkommen!«

»Ich sehe sie!«, brüllte Kieffer vom Ende der Halle. »Sie läuft auf die Tür zu. Will türmen!«

»Halten Sie sie auf!« Jules rannte ebenfalls zum Ausgang. Von der anderen Seite kam Lautner hinzu.

Doch sie waren zu spät: Jules sah gerade noch, wie sich die Stahltür wieder schloss. Lou-Anne war bereits draußen.

»Sie ist uns entwischt!«, sprach Lautner aus, was alle gesehen hatten.

»Verdammt!«, lautete der Kommentar von Kieffer.

Als Jules' Hand schon auf der Klinke der schmalen Metalltür lag, hörte er von draußen einen erstickten Aufschrei, gefolgt von einem Geräusch, das sich wie ein gedämpfter Aufprall anhörte. Siedend heiß fiel Jules ein, dass Lautner und Kieffer ohne Charlotte Regnier in die Halle gekommen waren. Hatte Lou-Anne sie etwa mit dem Messer …

Jules riss die Tür auf, sprang über die Schwelle – und stieß erleichtert die Luft aus.

Lou-Anne lag flach auf dem Bauch, Jules' Assistentin saß auf ihrem Rücken und drehte ihr gerade den Arm über die Schulter. Das Messer lag einen guten Meter entfernt im Staub.

»Ich habe ihr ein Bein gestellt«, sagte Charlotte nicht ohne Stolz. »Werfen Sie mir bitte die Handschellen rüber, Major?«

ÉPILOGUE

EPILOG

Jules hatte sich völlig verausgabt: Er war mit dem Rad durch die Weinberge bis hinauf an den Waldrand gefahren und hatte dabei etliche Höhenmeter überwunden. Statt sich dort ein Päuschen zu gönnen und die herrliche Aussicht auf die Rheinebene zu genießen, hatte er unermüdlich weiter in die Pedale getreten und eine große Runde entlang an Burgruinen, Campingplätzen und der ein oder anderen *viennerie* gedreht, bevor er allmählich die Rückfahrt nach Rebenheim ins Auge fasste.

Währenddessen hatte er unentwegt über den Fall Jardin nachgedacht, der so unspektakulär als vermeintlicher Unfall begonnen und sich schließlich zu einem vielschichtigen Drama mit mehreren Beteiligten ausgeweitet hatte. Nun war dieser Fall gelöst, und die Schuldige saß hinter Schloss und Riegel. Jules hätte also zufrieden sein können mit seiner detektivischen Leistung. Doch er war es nicht.

Niemals hätte er es riskieren dürfen, dass Joanna in Lebensgefahr geriet und er sie nicht daraus befreien konnte. Zwar gehörte es zu ihrem Beruf als Untersuchungsrichterin, hin und wieder polizeiliche Maßnahmen zu begleiten, aber Jules war äußerst unvorsichtig vorgegangen, eine Nachlässigkeit, für die seine Freundin beinahe mit dem Leben bezahlt hätte. Und dann hatte er, um Lou-Annes Durchhaltewillen zu brechen, auch noch behauptet, er habe Beweismittel gegen Joey Dolder in der Hand – was schlicht und ergreifend eine Lüge gewesen war. Damit hatte er einen Teil der weiteren Arbeit der Justiz aufgehalst, die sich auf ein langwieriges und zähes Verfahren einstellen musste.

Er hätte den Einsatz in der Lagerhalle einfach von vornherein besser planen müssen, dann wäre ihnen vielleicht nicht auch noch um ein Haar die Täterin durch die Lappen gegangen.

Immerhin war es ihm gelungen, wenigstens einen Teil seines Frustes durch die kräftezehrende Strampelei auf dem Rad abzubauen. Und so war er nicht mehr ganz so schlecht gelaunt, als er über die Rue de Strasbourg fuhr und sein Rad am Rand des Marktplatzes ausrollen ließ. Jules stieg ab, lehnte das Fahrrad gegen eine Mauer und ging auf das Bistro zu.

Unter einem der zitronengelben Sonnenschirme wartete bereits Joanna auf ihn. An die Tortur, die sie wenige Tage zuvor überstanden hatte, erinnerte nur noch ein lässig um den Hals geschlungener Seidenschal, der ihre Blessuren verdeckte. Im Übrigen schien sie sich gut erholt und den Schrecken bereits verdaut zu haben.

So zumindest interpretierte Jules ihr freudiges Lächeln, mit dem sie ihn grüßte. Auf die übliche Umarmung verzichtete sie allerdings. »Die gibt's erst, wenn du geduscht hast«, sagte sie und rümpfte die Nase.

Jules ließ sich auf den freien Platz neben ihr sinken und legte seinen Helm auf dem Boden ab. »Puh! Das hat gutgetan.«

»Das kann ich mir vorstellen«, sagte Joanna. »Sport

hilft, den Kopf freizukriegen. Es ist an der Zeit, dass du mit dieser Geschichte abschließt.«

»Leichter gesagt als getan. Du weißt, dass ich dir gegenüber ein verdammt schlechtes Gewissen habe.«

»Davon kann ich mir auch nichts kaufen«, tat Joanna die Angelegenheit ab. »Ich muss selbst damit klarkommen. Das bedeutet nicht, dass ich es verdrängen werde. Heute hatte ich meine erste Sitzung bei der Polizeipsychologin in Colmar.«

»Traumabehandlung? Finde ich prima, dass du dich dazu durchgerungen hast.«

»Trauma klingt mir zu dramatisch. Sagen wir einfach, es tut gut, mit einer Außenstehenden offen darüber sprechen zu können.«

Jules nahm Joannas Hand. »Gibt es etwas Neues von den Dolders? Hat Lou-Anne das Geständnis, das sie uns gegenüber abgelegt hatte, in der U-Haft bestätigt?«

»In Teilen ja. Doch inzwischen ist ein Anwalt im Spiel, und der versucht natürlich, das Beste für seine Mandantin herauszuholen. Wir werden in diesem Fall sehr viel mit Indizien arbeiten müssen.«

»Und die Eltern? In der Gendarmerie geht das Gerücht um, dass sie wieder auf freiem Fuß sind.«

»So sieht es aus, ja«, bestätigte Joanna. »Ich habe dir ja schon beim Frühstück erzählt, dass ich sie bald freilassen muss. Zu den Vorgängen im Jahr 1996 schweigen sie beharrlich. Als hätten sie ein Bündnis geschlossen, um sich gegenseitig abzusichern. Die Gründe für ihr Verhalten liegen auf der Hand: Joey hält den Mund, damit er nicht doch noch ins Gefängnis muss. Orianne gibt nichts preis, weil sie weiß, dass sie ihr Leben ohne Joey nicht allein meistern kann.«

»Also keine Chance, die Sache restlos aufzuklären?«, fragte Jules.

»Diese Frage solltest du dir selbst beantworten können.«

»Richtig«, meinte Jules. »Den Nachweis zu erbringen, dass Joey Dolder 1996 wirklich an der Kletterausrüstung von Romain Binoche manipuliert hat, wird nahezu unmöglich sein. Zwar haben wir die Fotos der fehlenden Ösen und Haken von damals, aber wir wissen nicht, wo die Originale versteckt sind, die wir mit den Mitteln eines Polizeilabors untersuchen könnten. Ihr Wissen um das Versteck haben Richard Jardin und Serge Boisselier mit in ihr Grab genommen.«

Joanna nickte mit nachdenklichem Blick. Dann schaute sie auf und sagte: »Du musst hungrig sein! Soll ich der Kellnerin winken, damit wir etwas bestellen können?«

»Ja, gern. Aber bitte nichts, was auch nur im Mindesten einer *tarte flambée* ähnelt. Ich fürchte, ich habe mich daran überessen.«

»Wie bitte? Das darf nicht sein. Von Flammkuchen kann man doch nie genug bekommen!«

Jules wollte widersprechen, doch dann wurde ein Tablett mit einer Lage des hauchdünnen Zwiebelkuchens an seinem Platz vorbeigetragen. Als ihm der köstlich würzige Duft in die Nase stieg, besann er sich, schaute sich nach der Bedienung um und rief: »Die nächsten *tartes flambée* bitte zu uns!«

Fin

MERCI

Mein Dank gilt all denen, die mir bei der Recherche zu diesem Buch mit ihren Tipps und wohlmeinender Kritik geholfen haben. Merci an Marie-Anne Tan, Dr. Uwe Meier, Dr. Dieter Johannes, Oliver Grill, Sabine Gräwe, Werner Hellwig und Julian Hofknecht. Und natürlich an meine Familie!

Ein Hinweis für Elsass-Kenner: Das kleine Örtchen Rebenheim gibt es im wahren Leben ebenso wenig wie die handelnden Personen. Aber ich habe mir ein schönes Fleckchen Erde ganz in der Nähe des Weindorfs Rorschwihr ausgesucht, wo noch Platz für Rebenheim wäre – mitten im Herzen der Weinberge.